이솝
증후군

이솝 증후군

김경수 장편소설

한스컨텐츠

내가 그 회사에 들어갔을 때,
사업은 이미 쇠락의 길에 들어서 있었다.

회사는 심한 이솝 증후군을 앓고 있었던 것이다.

차례

프롤로그

새벽 사무실에서

단 한 번의 알람 소리면 충분했다. 이마에서 부적을 떼어낸 강시처럼 나는 번쩍 눈을 떴다. 새벽 05:30, 출근 준비는 10분이면 충분하다. 헝클어진 머리카락은 수돗물로 대강 정리하고, 면도는 과감히 생략했다. 전날과 적당히 다른 색깔의 넥타이를 골라 매고, 구두코에 올라앉은 먼지는 두어 번 털어냈다. 아침 식사는 오래전부터 그래 왔듯이 물 한 잔이면 족했다.

현관문을 닫고 1층에 멈춰 있던 엘리베이터를 불러 올렸다. 약간의 여유 시간 동안 스마트폰을 만지작거리다 굉음과 함께 지상에 안착했다. 새벽의 세상을 밟는 내 발걸음이 오늘따라 은밀하다.

"어이구, 오늘도 일찍 나가시네요."

아파트 단지 화단 근처에서 잠시 발길을 멈췄다. 낙엽을 쓸고 있던 경비원이 졸음 섞인 목소리로 인사를 건네온 것이다. 가을의 새벽 공기에는 낙엽 냄새와 함께 제법 싸늘한 기운이 배어 있었다. 빗자루를 들고 머뭇거리며 뭔가 응수를 기대하는 늙은 경비원을, 나는 고개도 까딱이지 않은 채 휙 지나쳤다. 잠시 후 경비원의 민망한 헛기침 소리를 뒤로하고 검은색 SM 5의 문을 열어젖혔다. 전날 밤

의 늦은 귀가로 내 차는 주차장 구석에 아무렇게나 이중 주차돼 있
었다.

시동 버튼을 누르자마자 SM 5는 경쾌한 소리를 내며 선잠에서
깨어났다. 살아 있는 기계의 진동이 온몸에 퍼져왔다. 매일 아침 살
아 있음을 일깨워주는 상쾌한 전율이다. 나는 이 느낌을 무척이나
좋아하지만 오랫동안 잊고 지내야 했다.

마모되고 부서져도 상관없다. 아주 작은 부품일지언정 거대한 풍
차 속에서 기능만 할 수 있다면 어떠한 대가라도 치를 것이다. 그러
기 위해서는 무엇보다도 온정적이고 우유부단했던 예전의 나와는
완벽히 결별해야만 한다.

새벽녘에야 잠들었다가 벌건 대낮에 눈을 떴을 때 밀려들던 허탈
함, 창가에서 내려다본 세상이 음 소거 버튼이 눌린 TV 드라마처럼
적막하게만 보였던 그 서늘한 소외감. 금년 첫날부터 실업자의 반열
에 들어선 내가 매일같이 앓아온 친숙한 증상들이었다. 불과 두어
달 전, 그러니까 유독 태풍의 방문이 잦았던 여름이 끝나가던 8월
중순까지만 해도, 나는 별다른 외출 없이 집에만 틀어박혀 지내던
백수 가장이었다. 창고 바닥에서 서서히 산화와 부식의 과정을 밟
는 나사못과 나를 구별하는 일은 어렵지 않았다. 마흔의 문턱을 넘
보는 나이를 감안하더라도 무위의 계절은 예상보다 길었다.

평소와 다름없이 억지로 잠을 깬 어느 날 정오 무렵이었다. 영원
히 출구가 없을 줄만 알았던 무위의 터널이 갑자기 끝나 있었다. 나
는 출근이라는 짓을 다시 하게 된 것이다. 그것도 이름만 들으면 누

구나 고개를 끄덕이는 아주 번듯한 회사로 말이다.

***

　승용차는 막힘없이 남산 1호 터널을 지났다. 회사는 집에서 차로 30분 정도 걸리는 서울시청 부근에 위치해 있다. 왼쪽으로 바벨탑처럼 우뚝 솟은 건물이 시야에 들어왔다. 통유리로 지어진 것 같은 38층 빌딩은 새벽에 내려앉은 거대한 우주선처럼 서 있었다. 지하 2층에 주차를 마치고, 나는 엘리베이터로 18층에 올라 사무실 출입구 오른쪽에 부착된 단말기에 사원증을 가까이 가져갔다.

　"위이잉~."

　매끄러운 기계음 소리와 동시에 문이 열렸다. 어두컴컴한 실내의 오른쪽 벽면을 더듬어 스위치를 누르자 수십 개의 형광등이 일제히 눈을 흘기기 시작했다. 잰걸음으로 내 자리를 향하던 발걸음을 멈추고 나는 문득 뒤를 돌아봤다. 혹시라도 나보다 먼저 온 사람이 있을까? 사무실 안에는 아무런 인기척이 없었다. 밤새 가라앉아 있던 먼지가 내가 지나간 궤적을 따라 분주하게 유영하고 있을 뿐이었다.

　좌우로 각각 4개의 책상을 감시하듯 내려다보는 자리에 이르러, 나는 서류 가방을 내려놓았다. 그리고 자리에 앉자마자 살짝 벌어진 노트북의 입을 더욱 크게 벌렸다.

　한참 동안 노트북을 들여다봤더니 눈이 따끔따끔해졌다. 모니터에는 '신사업 타당성 보고서_V3.5'라 제목 붙여진 워드 파일이 열려 있었다. 나는 고개를 들어 사람들이 몰려올 때까지 아직 30분가량 남아 있음을 확인했다. 잠깐 쉬어도 좋겠다는 생각으로 의자를 180도 돌렸다. 창밖에는 희뿌옇게 어둠이 밀려가고 있었다. 도심의 뒷골목에 옹기종기 들어선 낮은 주택가에는 벌써 불 켜진 집이 더러 보였다. 세상은 너무나 평온해 비현실적인 풍경처럼 느껴졌다.

어디였더라? 아마 저기 저 누르스름한 빌딩인 것 같은데. 팔짱을 끼고 앉아 창밖 풍경을 바라보다가, 나는 슬쩍 의자에서 몸을 일으켰다. 언젠가 팀원들과 함께 갔었던 가라오케의 위치가 갑자기 궁금해졌기 때문이다. 내 입가에 퍼지고 있던 여유로운 미소가 순식간에 사라진 것은 바로 그때였다. 유리창 너머로 누군가의 낯선 얼굴이 슬쩍 비친 것 같았다.

헛것을 봤나? 그럴 리가 없지. 벌써 노안이 오는지 언제부턴가 눈이 침침할 때가 많아졌다. 나는 눈을 가늘게 뜨고 다시 유리창을 살펴봤다. 차분히 가라앉은 갈색 머리, 동그란 갈색 안경 아래로 갸름하고 창백한 얼굴, 내 얼굴을 빤히 들여다보는 낯익은 사내는 바로 내 자신이었다.

노안이 온 것뿐 아니라 심약해지기까지 했나 보군. 나는 안도의 한숨을 내쉬며 다시 회전의자에 몸을 뉘였다. 그러다가 서늘해진 뒷목을 매만지며 커피라도 마실 생각에 다시 자리를 털고 일어서려던 순간이었다.

"헉!"

나는 외마디 비명을 지르며 털썩 의자에 주저앉고 말았다. 헛것을 본 게 아니었다. 분명 내가 아닌 낯선 이의 형체를 본 것 같았다. 유령이라도 만난 사람의 얼굴이 돼, 나는 천천히 유리창 쪽으로 시선을 옮겼다. 금방 뽑은 폴라로이드 사진처럼 흐릿하게 사람의 형체가 떠오르고 있었다. 나는 고개를 돌려 혹시나 누가 들어왔는지 두리번거렸다. 아무도 없었다. 괴괴한 사무실 내부는 먼지마저도 가라앉아 있었다. 온몸의 피가 얼어붙는 것 같은 공포감에 휩싸여, 나는 이제 유리창 너머로 선명하게 인화된 누군가를 똑바로 쳐다봤다.

섬뜩할 정도로 새하얀 백발 아래 겨우 흔적을 찾을 수 있는 째진 눈, 우스꽝스럽게 툭 불거진 광대뼈, 가늘면서 비대칭으로 박힌 입술, 몹시도 흉한 몰골의 사내. 불행스럽게도 그가 누구인지 알 것 같았다. 그의 눈빛은 의심으로 가득 차 있고 입가에는 나를 조롱하는 듯한 미묘한 웃음이 흘렀다. 더 이상 그와 눈을 마주하기 어려웠다. 훤하게 터오는 새벽 여명이 사내의 모습을 완전히 밀어낼 때까지, 나는 그의 시선을 외면한 채 시체처럼 굳어버렸다.

***

그 사내에 얽힌 끔찍하고 참혹했던 이야기는 작년, 그러니까 2014년 어느 이른 봄날 밤 걸려왔던 한 통의 전화로 거슬러 올라간다. 꿈과 현실의 경계를 넘나들며 나를 따라다닌 악몽이 시작된 밤이었다.

내 머릿속의 일부를 들어내서라도 영원히 삭제하고 싶은 기억의 구간, 좌절과 분노와 무기력감으로 직면해야 했던 공포의 시간, 그리고 결국 나를 기나긴 실업의 디널 속에 내동댕이쳤던 비극의 공간.

'그 회사에 대한 이야기를 꺼내려면 그 시점부터 시작하는 것이 적당할 것 같다.

1장
우화 속으로

이 험악한 세상에서 살아가는 방식은 동물들의 행태와 크게 다르지 않다.
그렇다면 자신들의 처지에 맞는 동물들의 도를 배워두는 것이 한세상 살
아가는 데에 도움이 되지 않겠는가?

— 주경철, 『문학으로 역사 읽기, 역사로 문학 읽기』

부음

정적을 가르는 경쾌한 음악 소리에 심야의 공기는 불안하게 흔들리기 시작했다. 눈을 뜨지 않은 채로 베개 밑 언저리를 더듬어봤다. 아무것도 만져지는 것이 없었다. 결국 나는 부석부석한 눈꺼풀을 열어야 했다. 그렇게 한밤의 전화벨 소리는 가까스로 가수면 상태에 빠져들었던 나의 뇌세포들을 일순간 흔들어 깨웠다.

나는 최소한 잠자리에 있는 순간이라도 완벽하게 세상과 차단되기를 원한다. 그래서 언제부터인가 잠들기 직전 휴대폰을 끄고 베개 밑에 깔고 자는 습관이 생겼다. 그것은 잠들기 전에 양치질을 하고 방광을 비우는 일처럼 거의 어김이 없었다. 하지만 그날따라 나는 마치 운명에 조종을 당하듯 평범한 일상의 궤도에서 벗어나고 있었다. 아침에는 전날 주차해놓은 위치를 기억하지 못해 아파트 단지를 20분 이상 헤매어 다녔고, 사무실에서는 예상치 못한 고객의 클레임에 대응하느라 온종일 전화와 씨름해야만 했다. 귀가한 이후에도 인터넷 사이트를 검색하며 여기저기 문자를 날리느라 그야말로 녹초가 돼 있었다. 급기야 밤 11시에 조금 못 미쳤던 시각, 나는 결국 휴대폰을 꺼놓는 오랜 습관을 까맣게 잊고 침대에 쓰러지고 말았다.

전화벨 소리의 진원지는 멀리 거실이었다. 그냥 잠잠해질 때까지 놔둬 버릴까 하는 생각은 안이했다. 인내심을 시험하듯 벨 소리는 열 번이 넘도록 그칠 기미가 없었다. 나는 한껏 이마를 비비며 자리에서 일어났다. 작은 방에 잠들어 있을 아들마저 깨게 해서는 곤란하다는 생각에서였다. 나는 욕이나 다름없는 단어들을 웅얼거리며 거실로 달려갔다. 그리고 소파 위에서 요란스럽게 발광하는 물건을 거칠게 집어 들었다.

"자냐?"

휴대폰의 스피커 구멍에서 알코올 냄새가 흘러나왔다. 주변이 시끌시끌한 것으로 보아 술자리 도중에 건 전화가 분명했다. 익숙한 목소리, 취중이면 습관적으로 휴대폰을 꺼내 드는 친구였다.

'술 취한 지인', 나는 일단 안도했다. 이런 경우는 대개 뚜렷한 목적 없이 전화했을 가능성이 높다. 하지만 그날 나에게는 한가롭게 누군가의 취중 넋두리를 들어줄 마음의 여유가 없었다.

"지금 통화 힘들어. 내일 얘기하자. 추운데 어여 들어가시고."

냉정하게 내 말만 내뱉고 아예 휴대폰의 전원 버튼을 누르려던 참이었다.

"야, 인마! 그게 아니고…"

귀에서 멀어지는 전화기에서 얼핏 정신을 번쩍 들게 하는 단어가 튀어나온 것 같았다. 나는 천천히 휴대폰을 귀에 다시 가져갔다.

"뭐라고? 다시 말해봐."

"문자 못 받았어? 죽었다고 인마. 수경이 형이 죽었어. 나도 이제야 문자 확인했다고."

목적 없는 전화가 아니었다. 그가 취중에, 그것도 새벽 2시에, 수고스럽게도 휴대폰 연락처를 뒤적거린 것은 단순히 넋두리나 늘어놓기 위함이 아니었다.

"왜? 언제?"

"자살이란다. 자세한 것은 나도 모르겠고. 내일 갈 거지? 이왕이면 시간 맞춰서 같이 가자고."

꿈을 꾸는 얼굴로 전화를 끊었다. 휴대폰을 확인해보니 자정 무렵 도착한 문자 메시지가 눈에 띄었다. 문자 중간에 믿기 어려운 이름이 들어 있었다.

자살이라… 한참을 서서 그 이름을 들여다봤다. 그리고 얼마 후 휴대폰의 전원 버튼을 꾹 눌러 소파 위에 던져놓고 다시 침실로 돌아왔다.

"지금이 몇 신데. 누구야?"

잠꼬대처럼 구시렁거리는 아내에게는 조용히 이불을 덮어주는 것으로 대답을 대신했다. 나는 아내를 등지고 가만히 누웠다. 눈을 감았다가 다시 뜨기를 반복했다. 어차피 잠을 자기는 글렀다는 사실을 인정하고 나니 오히려 마음이 차분해졌다.

***

오수경, 그는 예전에 내가 다니던 직장의 선배였다. 그를 마지막으로 만난 게 언제쯤이었을까? 그러고 보니 불과 열흘 전쯤이었다. 분당 서현역 부근에서 그와 단둘이 술자리를 가졌었다. 그날 우리는 세상의 시시콜콜한 뉴스거리들에 대해 나름의 논평을 늘어놓으며 주거니 받거니 폭주를 했다. 그날 그에게 평소와 다른 점이 있었던가? 솔직히 잘 모르겠다. 몇 순배가 돌고 나서 그는 취할 때마다 나타나는 특유의 높은 톤으로 회사와 업무에 대해 주저리주저리 늘어놓았다. 평소 일 중독자로 알려진 그로서는 전혀 이상하지 않은 모습이었다. 한 가지 평소와 달랐던 느낌을 굳이 꺼내자면 그날 헤어지면서 택시 뒷문을 열고 들어가던 그의 어깨가 유난히 쓸쓸해 보였다는 그 정도가 아니었을까 싶다. 그렇지만 그 또한 그가 지나온 어두운 개인사를 알고 있던 나로서는 충분히 수긍할 수 있는 부분이었다.

좋은 소식은 결코 밤 12시를 넘겨 문지방을 넘어오는 법이 없다. 오수경이 자살했다는 한 통의 전화는 지병인 불면증과 겹쳐 끊임없는 상념을 일으켰고, 결국 커튼 너머로 부옇게 동이 터올 때까지 나는 뜬눈으로 뒤척이고 말았다.

그것이 시작이었다. 2014년 3월의 어느 밤, 예기치 않던 한 통의 부음이 날아들었다. 하지만 그것이 내 인생을 송두리째 뒤흔들 일련의 사건을 알리는 불길한 전조였음을, 나는 아직 모르고 있었다.

장례식장

"상필아, 여기다."

장례식장 입구에서 큰 키의 남자가 길게 연기를 뿜어대며 손을 흔들었다. 자욱한 담배 연기 사이로 보이는 굵은 곱슬머리만 봐도 그가 누구인지 쉽게 알아볼 수 있었다.

"먼저 왔구나. 언제 왔어?"

예년보다 따뜻했던 짧은 겨울이 끝나가고 있었다. 하지만 그날따라 유난히도 매서운 칼바람이 옷깃을 파고들었다.

"넌 요즘도 머리 안 감고 다니는가 보다?"

버스 등받이에 눌려 찌그러진 내 뒷머리를 두고 말하는 그의 인사였다. 심찬보의 인사는 늘 이런 식이라, 나는 별로 개의치 않고 그에게 물었다.

"추운데 여기서 기다린 거야? 들어가 있지 않고."

"웬걸. 나도 방금 도착했다. 딱 두 대째 물었더니 네가 나타난 거야. 한남대교 넘어오면서 좀 막히더구만."

그는 유행이 한참 지난 후줄근한 청색 계열의 코트 주머니에서 가느다란 담배 한 개비를 또 꺼내 들었다. 그는 예전보다 훨씬 심각한 골초가 돼 있었다. 라이터로 파묻었던 얼굴을 들면서 그가 물었다.

"사업은 잘돼가냐? 행색을 보아하니 어쩐지 돈 냄새가 나는 것 같기도 허고. 신기하게도 운동도 별로 안 하는 녀석이 배가 안 나온다 말이야. 묘한 조합이야. 얼굴은 샌님인데 몸은 야수 같단 말이지."

당시 나는 오랫동안 몸담았던 KM전자를 그만두고 헤드헌팅 사무실을 운영하고 있었다. 그가 의례적으로 물어온 질문에 나는 대답 대신 오른쪽 눈살을 살짝 찌푸리며 재촉했다.

"쓸데없는 소리 말고 얼른 들어가자. 배도 고프고."

빈소는 지하 1층에 마련돼 있었다. 오수경의 영정 사진이 걸려 있을 '특3호' 입구에는 다른 빈소들과 비교될 정도로 빈약해 보이는 서너 개의 화환이 서 있었다.

'MS에너지 주식회사', '대구 S고등학교 총동문회', 'Y대학교 경영대학 93학번 동기회', 생전의 그를 전부 설명하지는 못하겠지만, 화환에 달린 꼬리표들은 그가 걸어온 스펙들이었다. 나는 심찬보와 함께 방명록에 이름 석 자를 적고, 앞선 서너 명의 조문객이 나오기를 잠시 기다렸다.

빈소에 들어서자 어린 상주가 우리를 맞이했다. 10살 남짓으로 보이는 남자아이는 이미 눈물이 메말랐는지, 아니면 아빠의 죽음을 아직 실감하지 못하는지 무표정하게 허리를 조아렸다. 세 가닥의 연기 사이로 영정 사진 속의 남자는 환한 웃음을 지으며 실내의 무거운 공기와 묘한 대조를 이뤘다. 어린 상주는 오수경이 생전에 그토록 애타게 그리워하던 아들이었다. 예상은 했지만 고인의 아내는 보이지 않았다.

"그나저나 그 잘났다는 KM전자 놈들은 코빼기도 안 보이네? 너무들 하는구만. 아무리 퇴직했다지만 10년 넘게 일했던 사람인데 그 흔한 10만 원짜리 화환 하나 안 보내다니."

빈소에서 나와 접객실 쪽을 둘러보면서 심찬보가 투덜거렸다.

"회사가 다닐 때만 회사라는 사실, 아직 몰랐던 거냐?"

퉁명스럽게 그의 말을 받아준 것은 나 또한 공감하기 때문이다. 영정 사진 속의 오수경은 불과 1년 전까지만 해도 KM전자의 직원이었다. 그냥 직원도 아니고 소위 S등급으로 분류돼 기획조정실에서 승승장구하던 핵심 인재였다. 거듭된 특진으로 임원 승진을 목전에 둔 그가 한 번의 실수로 회사와 가정을 동시에 잃었다는 소식이 들려온 것은, 내가 헤드헌팅 사무실을 차리고 본격적으로 영업을 시작한 지 얼마 되지 않은 2013년 2월경이었다. 실적에 몹시 목말라 있던 나는 염치 불구하고 그에게 전화를 걸어 일자리를 제안했다. 그리고 죽음처럼 깊은 절망에 빠져 두문불출하던 그가 뜻밖에도 내 제안을 받아들였다. 그렇게 오수경은 볼품없이 작은 회사의 신사업 담당 임원으로 새로운 삶을 시작했고, 미친 듯이 일에만 몰두하며 차츰 과거의 그늘을 지워내고 있었다. 적어도 내가 알기로는 그랬다. 그러던 그가 스스로 목숨을 끊었다.

접객실은 몹시도 한산했다. 발인을 하루 앞둔 저녁이라면 문상객이 줄을 이어야 할 시간임에도 불구하고 여기저기 빈자리가 눈에 띄었다. 왼쪽 구석에는 고인의 친척들로 보이는 한 무리가, 다른 한쪽 구석에는 그의 회사 동료로 보이는 정장 차림의 남녀들이 문상객의 거의 전부였다.

"그나저나 심 사장 넌 요즘 어때? 맨날 뼁 뜨으러 돌아다니다 가만히 손님이나 기다리고 있으려면 갑갑하실 텐데."

사장이라는 호칭이 기분 좋았는지 심찬보의 입꼬리가 살짝 위로 올라갔다. 그는 용인과 성남 지역에서 잔뼈가 굵은 형사였지만, 어느 날 갑자기 사표를 던지고 나와 조그만 낚시점을 운영하고 있었다. 그가 형사를 그만둔 이유는 말하고 싶지 않은 눈치라 나도 묻지는 않고 있었다. 나와 고교 동창인 심찬보는 나를 매개로 오수경과는 한 다리 건너 알고 지내던 사이였다.

"넌 마 좀! 내가 뼁 뜨는 거 봤냐? 아이고, 됐다. 말해봐야 내 입만 아프고. 어쨌거나 요즘은 낚시채비만 팔아서는 먹고살기 힘들더라고. 네 말대로 그 지긋지긋하던 잠복근무가 일상이 돼버린 거지. 가게에 짱 박혀서 문짝만 쳐다보고 살자니, 막상 좋아하는 낚시도 자주 못 다니고. 그건 그렇고 네 헤드헌팅 사업은 어떠냐니까?"

오랜만에 만나서, 그것도 장례식장에서 지지부진한 내 사업을 얘기하고 싶지는 않았다. 하지만 집요한 심찬보의 성향으로 보아 대충 넘기기는 어렵다는 판단이 들었다.

"나야말로 진짜 사무실 문 닫게 생겼어."

이 정도면 재미없는 화제를 종결시킬 결정적인 한 방이라 생각했다. 하지만 눈치 없는 심찬보는 쉽게 물러서지 않았다. 그가 이마로 흘러 내려온 곱슬머리 몇 가닥을 손으로 쓸어 올리며 다시 물었다.

"자리 잡으려니까 시간이 좀 걸리는 거겠지. 이제 겨우 1년 정도 됐던가?"

더 이상 안 되겠다 싶어 다른 질문으로 화제를 돌려야 했다. 누군가의 '상가'에 와 있다는 사실을 새삼 상기시킬 필요도 있었다. 그리고 그것은 밤새도록 내 머릿속을 떠돌던 의문이기도 했다.

"근데. 어쩌다가 저리 되신 건지 혹시 들었어?"

"…"

심찬보는 오히려 '내가 물을 소리다'라는 표정으로 동그래진 눈으로 나를 쳐다봤다. 사실 그날 오전에 나는 오수경이 다니던 회사의 인사 팀장에게 전화를 걸어봤다. 평소 인재 추천 건으로 간간이 인사를 나눈 사이였고, 워낙 떠벌리기를 좋아하는 사람인지라 그를 통해 뭔가 들을 수 있을 것이라 기대했다. 하지만 예상과 달리 그는 궁금하면 직접 유가족에게 물으라며 단호하게 입을 다물었다. 그렇다고 두 눈에 물기 가득한 앳된 상주에게 아버지의 죽음에 대해 꼬치꼬치 물을 수도 없는 노릇이었다.

"MS에너지라는 저 회사는 뭐하는 데냐? 전에 수경이 형한테서 들은 거 같기는 한데."

심찬보가 오수경의 회사 동료들로 보이는 무리를 턱으로 가리키며 나에게 물었다.

"뭐, 그냥. 바람개비 만드는 회사라고 보면 돼."

심드렁하게 내가 대답했다.

"바람개비? 그럼 애들 장난감 회사냐? 다른 건 안 만들고?"

"술자리에서 오 선배가 말할 때는 잘도 알아듣는 척하더니만. 그런 장난감 말고, 풍력 터빈 말이야. 엄청 큰 거. 아 왜 강원도나 제주도에 가면 산등성이에 바람개비처럼 회전하는 풍차 있잖아."

우리는 티격태격, 생전에 오수경과 겪었던 이런저런 에피소드를 이야기하다가, 그마저도 시들해지자 슬슬 일어날 시간을 계산하고 있었다. 오수경의 죽음에 대해 최소한의 궁금증을 풀어줄 사람이 나타난 것은 그로부터 얼마 지나지 않아서였다.

밤 10시가 넘어 문상객들의 발길이 가뜩이나 뜸해진 시각이었다. 나는 간간이 들어오는 손님들에게 음식을 나르고 있던 어느 앳돼 보이는 여자에게 눈길을 보내고 있었다. 딱히 여자라서가 아니었다. 갓 고등학생 티를 벗은 듯한 그녀의 얼굴에 배어 있는 음울한 그늘 때문이다. 게다가 그녀는 오른쪽 다리가 불편한 모양인지 걸음을 옮길 때마다 들고 있는 쟁반이 위태로워 보이기까지 했다. 간혹 양복쟁이들 틈에서 친숙하게 대화를 나누는 모습으로 보아, 그녀 또한 망자가 다니던 회사의 직원인 것 같았다.

"이제 늦었는데, 슬슬 가볼까? 너도 분당까지 가려면 한참이잖아."

나는 심찬보에게 일어나자는 눈짓을 보내고 슬그머니 테이블 밑에 둔 외투로 손을 뻗었다. 그때 어쩐지 주변의 시선들이 일제히 접객실 입구로 쏠리는 느낌이 들었다. 누군가 대단한 사람의 등장을 직감하고 입구 쪽으로 고개를 돌렸다. 그리고 나는 한동안 시선을 거두지 못했다.

입구에는 한 여자가 서 있었다. 어깨 아래까지 늘어진 긴 머리와 이마를 훤히 드러낸 하얀 얼굴, 이국적인 눈매에 어울리는 다소 짙어 보이는 화장, 적절한 표현인지 모르겠지만 묘하게도 옛날의 잭 니콜슨을 연상시키는 가볍고 세련된 입매. 아니, 그녀의 첫인상을 이런

저런 상투적인 미사여구로 표현하는 것이 오히려 무색할 정도였다. 여하튼 내 기억에 등장한 그녀의 첫인상은 한마디로 비현실적인 아름다움이었다. 나도 모르게 그녀의 타이트한 검은색 정장 차림 내부를 막 추측하려던 순간, 그녀는 종종걸음으로 양복쟁이 무리 속으로 쏙 들어가 버렸다.

"오 선배 회사 사람인가 보구나. 엄청나게 미인인데? 그나저나 넌 유부남 녀석이 외간 여자 얼굴은 왜 그리 빤히 쳐다보는 거냐?"

심찬보의 짓궂은 한마디가 한동안 벌어져 있던 내 입을 꾹 다물게 했다.

"무, 무슨 소리야? 왠지 낯익은 사람인 거 같아서 쳐다본 건데."

궁색한 변명이었다.

"짜아식. 우리 사이에 뭘 그렇게 정색까지 하면서 잡아떼냐? 예쁜 여자에게 눈 돌아가는 거야 당연지사구만."

나는 피식 웃어넘기며 대강 수습하기로 했다. 솔직히 말하자면 심찬보의 말처럼 난 내숭이 심한 편이다. 시골 출신에 외아들로 자란 배경 탓인지 여자라는 사람과는 늘 부자연스러웠다. 소위 미인이라는 부류를 대할 때는 더욱 심했다. 대학 시절 몇 번 해보지도 못한 단체 미팅에서, 내가 맡은 배역은 늘상 보릿자루나 다름없는 단역이었다. 도시적인 세련미가 넘치는 여학생들과는 감히 눈길을 마주할 용기가 없었다.

"자아, 남의 상가에 와서 싱거운 소리 그만하고 일어나자고."

나는 오랜 책상다리로 저려오는 다리를 쭉 펴고 일어나 외투를 집어 들었다. 그런데 이상한 일이었다. 마주 앉은 심찬보의 눈이 점점 커시머 내게 뒤를 돌아보라는 눈짓을 보내고 있었다. 뒤를 돌아보자마자 나는 집어 들었던 외투를 바닥에 떨어뜨리고 말았다. 비현실적인 미모의 그녀가 억지로 만든 웃음을 짓고 있었다.

"저, 혹시 헤드헌터 선생님 아니세요? 예전에 오수경 상무님 추천해주셨던."

"네, 네. 마, 맞습니다만."

나는 애써 태연한 척했다. 곁눈질로 보니 심찬보는 얼굴이 빨개져 말까지 더듬는 나를 보고 고개를 돌려 키득거리고 있었다.

"맞군요. 오래전에 저희 사무실에서 얼핏 뵌 적이 있는 것 같아서요. 상무님께서 평소에 말씀 많이 하셨거든요. 두 분이 가깝게 지내셨다고…."

"아, 예."

내 머릿속에는 단답형 이외에 별달리 대꾸할 만한 말이 떠오르지 않았다. 내 어정쩡한 태도 때문인지 그녀가 멋쩍은 표정을 지었다.

"그냥 상무님과 가까운 분을 뵈니까 반갑고 안타까운 마음이 들어서요. 인사나 드리러 잠시 온 것뿐입니다. 방해가 됐다면 죄송해요."

"아, 아닙니다. 저도 오수경 선배 소식에 놀라고 착잡하긴 마찬가지입니다. 정말이지 아직도 믿어지지가 않아서요."

진심 어린 내 말투에 쉽게 공감한 탓일까? 그녀의 눈가에 촉촉한 기운이 감돌기 시작했다.

"얼마나 추우셨을까요. 밤새도록 그 차가운 벽 틈에 끼어 있었다니. 그것도 댁도 아니고 출장지에서. 너무 끔찍해요. 그건 정말이지…."

그녀는 울먹거리는 것 같았다. 옅은 주황색 립스틱을 바른 그녀의 입에서 내가 궁금해하던 이야기가 흘러나오기 시작했다. 성미 급한 심찬보가 가만히 있을 리 없었다. 그가 침을 꼴깍 삼키며 우리의 대화에 끼어들었다.

"벽 틈에 끼어 있었다고요? 출장지였다면 모텔에서 말입니까? 어쩌다 그렇게 된 거죠?"

갑작스럽게 끼어든 질문 세례는 감상에 빠져들던 그녀로 하여금 제정신을 차리게 했다. 그녀가 큰 눈을 더욱 크게 뜨는 방법으로 눈가의 물기를 지워내며 말했다.

"전혀 모르셨군요? 죄송합니다. 제가 괜한 말을 꺼냈나 봐요."

"아닙니다. 저희도 어떻게 된 영문인지 궁금해하던 참이었습니다. 괜찮으시다면 잠깐 앉으시겠어요?"

나는 그녀가 아직 서 있다는 사실을 깨닫고 자리를 권했다. 하지만 그녀는 고개를 돌려 동료들의 눈치를 살짝 살피는 듯싶더니 고개를 가로저었다.

"아닙니다. 말씀드린 것처럼 인사만 드리러 온 거니까요. 저는 이만 가보겠습니다."

가볍게 머리를 숙이고 돌아서려던 그녀는 뭔가 생각났는지 조금 머뭇거리는 눈치였다. 그리고 잠시 뒤 그녀의 얼굴이 나를 향했다. 그녀의 움직임을 따라 옅은 향수 냄새가 풍겨왔다.

"궁금해하신다고 하니까 말씀드려야겠군요. 상무님은 그날 안산 본사에 출장을 가셨어요. 모텔 방에 혼자 계시다가 베란다에서 추락하셨고요. 실수로 발을 헛디디셨는지, 일부러 그러셨는지는 모르겠지만요."

***

춘삼월의 밤바람은 한겨울이나 다를 바 없이 몸을 웅크리게 만들었다. 장례식장에서 가까운 버스 승강장 앞에 서서, 심찬보는 코트 주머니에 손을 찔러 넣은 채 연신 고개를 갸우뚱거렸다.

"그 여자 말이야. 아무래도 좀 이상하지 않냐? 굳이 너에게 와서 인사를 건넬 필요가 있었을까? 네가 뭐가 그리 반가운 사람이라고. 마지막 설명도 좀 석연치 않아. 모텔 방에 오 선배가 혼자 있었는지 어떻게 알지? 자기가 직접 보기라도 했다는 건가?"

나는 슬슬 그의 집요한 호기심에 짜증이 나기 시작했다. 밤새도록 낯선 곳에서 차갑게 죽어갔을 망자를 애도하지는 못할망정, 어설프게 전직 형사 냄새나 풍기고 있다니! 그의 입을 한 대 쥐어박고 싶어졌다.

"너는 참 이상할 것도 많다. 상사를 잃은 슬픔에 마침 고인과 친분 있는 사람이 보이니까 인사를 온 것이고, 우리가 궁금해한다니까 상황을 더 잘 아는 회사 동료로서 친절하게 설명해준 것을 가지고. 넌 그 무턱대고 의심부터 하는 버릇 좀 고쳐야 돼. 경찰 짓거리 할 때 그렇게 열심히 좀 하지 그랬냐."

하지만 나는 그의 말에 좀 더 귀를 기울였어야 했다. 어쩌면 그날 처음 만났던 그 여인의 치명적인 아름다움이 이미 나의 귀 언저리부터 심각하게 마비시키고 있었는지도 모른다.

헤드헌팅 사무실

오수경의 장례식으로부터 한 달 정도가 지나간 어느 날이었다. 아침부터 아파트 단지 안에는 벚꽃 잎들이 눈송이처럼 굴러다니고 있었다. 그날도 나는 기계처럼 일어나 별 목적의식 없이 서울 역삼역 부근에 위치한 5평짜리 사무실로 향했다.

사무실에 들어섰지만 인사를 건네오는 사람은 아무도 없었다. 그나마 한 명 있던 직원마저 나가버린 뒤라 나는 소위 1인 업체의 대표이자 직원이었다. 서늘한 의자에 앉자마자 다이어리를 펴고 일정부터 확인했다.

역시나 딱히 갈 곳도 마땅히 할 일도 없었다. 오랜 경기 침체로 경력직 수요마저 뚝 끊어진데다, 진입 문턱이 거의 없다시피 한 헤드헌팅 업체의 난립이 문제였다. 고객 업체를 뚫기 위해 방문 일정을 잡으려 하면 문전박대를 당하기 일쑤였고, 어렵게 지인을 통해 계약한 업체들은 굳이 돈이 드는 헤드헌팅 서비스를 이용하려 하지 않았다. 회사 통장은 바닥을 드러냈고 사무실 월세를 내기도 빠듯했다. 집에는 마이너스 통장을 만들어 그럭저럭 최저 생계비를 가져다주고 있었다. 그즈음 나는 사회의 일원이자 한 가정의 가장으로서 중증의 불안감에 빠져들고 있었다.

인재 데이터베이스나 확보하자는 생각으로 잡 포털 사이트를 뒤적거리다 문득 고개를 들어봤다. 네모난 벽시계가 12시를 가리키고 있었다. 머릿속에 딱따구리 한 마리가 들어 있는 것처럼 편두통이 느껴졌다. 밥 생각은 없었지만 바깥바람이 쐬고 싶어졌다. 나는 들어갈 때와 똑같이 목적 없는 걸음걸이로 사무실 계단을 내려왔다.

역삼동 사무실을 나와 강남역을 끼고 오른쪽으로 돌아 30분쯤 걸었을까? 어느덧 신사역 사거리를 지나고 있는 나를 발견하고 문득 걸음을 멈췄다. 왠지 가던 길로 계속 걷다가는 한남대교에 닿을 것 같았다. 피식 웃음이 절로 나왔다. 한강 다리에 갔다가 무슨 충동이 일어날지 나 자신이 두려워졌다.

나는 압구정역 쪽으로 방향을 돌렸다. 조금 걷다가 주머니에서 이어폰을 꺼내 들었다. 스마트폰 화면을 몇 번 두드렸더니 모차르트의 〈레퀴엠〉이 흘러나왔다. 천국으로 한 걸음씩 다가서는 느낌을 주는 그 곡을 나는 언제부턴가 즐겨 듣게 됐다. 하지만 곡을 재생한 지 얼마 지나지 않아 멈춤 버튼을 눌러야 했다. 그 곡은 장송곡이었다.

＊

압구정역 근처에 이르자 편두통은 더욱 심해졌다. 게다가 갑자기 배에서 꼬르륵 소리가 났다. 그도 그럴 것이 아침도 거른 상태였다. 혼자서 사람들이 북적대는 식당에 들어갈 용기는 없어서 대신에 근처의 주황색 포장마차를 기웃거렸다. 역시 공복이 문제였다. 어묵 2개와 핫도그 1개를 순식간에 해치우고 나서야 비로소 나는 현실 세상으로 돌아올 수 있었다. 그제야 나를 괴롭히던 편두통의 실체가 보이기 시작했다. 그것은 이제 사무실 문을 닫아야 할 때가 왔다는 차가운 현실의 경고였다.

포장마차에서 나와 다시 걷기 시작했다. 문득 아내의 얼굴이 떠올랐다. 무표정하게 입을 굳게 다문 얼굴. 내가 KM전자를 그만두던 즈음부터 1년 넘게 마주해야 했던, 이제는 익숙해진 그녀의 가면이었다. 초식 동물에 가까운 내 성향으로 거친 조직 생활을 버텨내는 일은 쉽지 않았다. 나는 육식 동물이 우글거리는 회사 조직을 떠나 내가 할 수 있는 일을 찾고 싶었고, 그래서 생각해낸 일이 헤드헌팅이었다. 하지만 나는 성급했고, 오판했고, 결국 실패하고 있었다. 그리고 이제는 예전에 마약이라 조롱해 마지않던 정기적 급여 이체를 몹시도 그리워하는 처지가 돼 있었다.

그래, 어쨌든 이제 더 이상 가망 없는 사무실은 접어버리는 거야. 하지만 그다음에는? 예전처럼 회사라는 곳으로 돌아갈 수 있을까? 혹시 모르지. 약간의 경력 공백이 생겼지만 내 나이 아직 마흔을 넘긴 것도 아니고. 예전 직장 경력도 결코 나쁘다고 할 수는 없어.

실패를 인정하고 그만둬야 한다는 사실을 깨달았다는 것만으로 의미 있는 한낮의 배회였다. 음악을 켜고 볼륨을 최대한으로 높였다. 내 발걸음은 이제 사무실로 향하고 있었다. 그리고 나올 때보다는 걷는 속도가 조금 빨라졌다.

***

내 휴대폰으로 전화가 걸려온 것은 멀리 사무실이 있는 건물이 보이기 시작할 즈음이었다. 강렬한 음악 소리 너머로 "뚜우" 하는 전자음이 희미하게 들려왔다.

"HR네트웍스 박상필입니다."

"안녕하세요? 박 사장님. 저 임문규입니다. 점심은 어떻게?"

MS중공업 인사 팀장의 목소리였다. 그는 말끝을 상당 부분 생략하는 버릇이 있었다.

"아이고, 안녕하세요? 팀장님. 지금 식사하고 들어가는 길입니다. 별일 없으시죠?"

"그러시군요. 각설하고 정말 오랜만에 인재 추천을 좀 부탁드리려고."

바로 10여 분 전에 사업을 접기로 결심한 터였다. 하지만 새로운 일감이 들어왔다는 생각에 본능적으로 침이 꼴깍 넘어갔다.

"아, 예. 정말 감사합니다. 어떤 포지션인가요?"

"오수경 상무의 후임입니다만."

고인의 이름이 문득 낯설게 느껴졌다. MS중공업은 오수경이 다녔던 MS에너지의 모회사였다. MS에너지는 인사, 경리 등의 기능을 두지 않고 모회사의 서비스를 활용하는 구조였다.

"그럼 임원급이겠네요?"

"아뇨. 이번에는 기획 실무에 밝은 팀장급."

한참을 걸으면서 골몰했던 고민들의 잔상이 남아서였을까? 내 머릿속에 조금은 엉뚱하고 부적절한 생각이 스쳐갔다. 아차 싶었을 때는 이미 말이 튀어나간 이후였다.

"그래요? 그럼 저는 어떨까요?"

"…."

상대방이 아무런 대꾸가 없자, 나는 억지로 크게 웃음소리를 내며 어색해진 상황을 수습하려 했다.

"아, 뭘 그렇게 놀라십니까. 농담입니다. 농담. 하하하."

그런데 의외의 반응이었다. 그가 정색을 하며 내게 물었다.

"아닙니다. 그러고 보니 박 사장님도 KM전자 출신이잖아요? 실례지만 올해 나이가 얼마나 되셨죠? KM 계실 때에는 어느 부서였습니까?"

엉겁결에 나는 면접장의 지원자가 돼 아주 성실하게 대답하고 있었다.

"76년생입니다. 올해 서른아홉 됐고요. KM전자에서는 경영지원본부라고, 엄밀히 말하자면 기획이라기보다는 경영 관리에 가까운 업무를 맡았었죠."

"아주 좋네요. 우리 회장님이나 부회장님이 KM 출신을 워낙 선호해서 말이죠. 우리 회사처럼 작은 회사에서는 정통 기획보다는 관리 출신이 업무에 더 적합할 수 있죠. 그나저나 요즘 하시는 일이 힘드신가 봐요. 이력서나 한 번 넣어보세요."

사무실로 돌아오자마자 나는 책상에 앉아 머리를 감싸 쥐었다. 식은땀이 났다. 헤드헌터가 고객사의 의뢰에 자신을 추천하겠다고 나서다니, 주선인이 스스로 맞선에 나가겠다고 말하는 것과 무엇이 다르단 말인가? 하지만 그런 수치심은 사치였다. 잠시 뒤 나는 컴퓨터를 뒤져 가장 괜찮은 이력서 샘플 하나를 골라냈다. 그러고는 조금의 주저함도 없이 빠르게 빈칸을 채워가기 시작했다.

제2의 몽정기

침대에서 몸을 일으키며 슬쩍 옆자리를 살폈다. 어슴푸레한 새벽빛에 비친 아내는 세상모르고 잠들어 있었다. 나는 슬며시 침대에서 내려와 옷장을 더듬었다. 그리고 세 번째 서랍에서 주섬주섬 속옷을 챙겨 조용히 거실로 나왔다. 나는 화장실로 들어갔다가 10여 분 뒤에 다시 나왔다. 사춘기에도 거의 경험하지 못했던 몽정이었다. 나는 복잡한 심경으로 침대 위로 돌아왔다.

눈을 감으니 그녀의 얼굴이 둥둥 떠다녔다. 언젠가 오수경의 장례식장에서 마주쳤던 미모의 여인이었다. 꿈속에서 그녀는 나를 내려다보며 거친 숨결을 토해냈다. 그리고 절정의 순간에 이르러, 갑자기 그녀의 겨드랑이에서 검고 거대한 날개가 서서히 펼쳐졌다. 어느덧 새카만 한 마리 새로 탈바꿈한 그녀는 "까아악" 소리를 내며 열린 창문을 통해 사라져갔다.

다시 눈을 떠봤다. 달콤하고 비릿한 살코기의 육즙이 내 입속에 가득했다. 마치 그녀와의 키스가 남긴 흔적처럼.

***

아침 식사를 기다리며 식탁 앞에 앉은 아들이 내게 물었다.

"어떤 회사야? 큰 회사야?"

전날 오후 나는 오수경이 다녔던 그 회사로부터 최종 합격 통보를 받았다. 심찬보와 밤새도록 술을 마시는 바람에, 나는 아침 준비로 분주한 아내의 등을 향해 다시 회사에 다니게 됐다는 소식을 전했다. 크게 반가운 내색은 하지 않았지만, 아내의 칼질 소리가 경쾌해진 것만은 분명했다.

몹시 급하게 진행된 포지션이었다. 서류 전형과 면접은 열흘 만에 일사천리로 진행됐고, 인사 팀장은 당장이라도 나올 수 없느냐며 다짜고짜 졸라댔다. 사업을 정리할 최소한의 말미를 요청하면서 담담하게 전화를 끊었지만, 나는 내심 대학 합격보다 기뻐했다. 그동안 밀린 사무실 월세와 마이너스 통장 여파로 당분간은 여전히 빠듯하겠지만, 이제 마약 같은 월급으로 그럭저럭 평균적인 가장 노릇을 할 수 있게 됐다.

"으응. MS에너지라고 아직은 작은 회사야. 너 왜 강원도 넘어가는 고개에서 그 커다란 풍차 봤었지? 그거 만드는 회사야."

간단하게 물 한 잔을 마시고 집에서 나왔다. 나는 곧바로 폐업 신고와 사무실 임차 계약 정리 등 행정적인 절차에 착수했다.

***

그날 새벽에도 나는 몰래 일어나 아내의 눈치를 살펴야 했다. 한 번 정도는 일어날 수 있는 일이라 생각했다. 그렇지만 이틀 연속 같은 사건이 반복되니까 처음보다 더 당황스러웠다. 그녀와 같은 회사에 다니게 됐다는 변화가 내 무의식을 움직여 비현실의 그녀를 현실로 인식하게 만든 것 같았다. 여하튼 그녀와의 첫 대면에서 뭔가 설명할 수 없는 강한 자력을 느낀 건 사실이었다. 그리고 그 자석은 오랜 발효와 석회화의 과정을 거쳐온 무기력한 나의 정액마저 꿈틀거리게 했다.

그 이후로도 민망한 새벽 행사는 심심치 않게 일어났고, 내게 비밀스러운 손빨래거리를 제공해주곤 했다. 말하자면 때아니게 찾아온 제2의 몽정기였다.

낯선 여인의 방문

사무실에는 딱히 가져갈 만한 큰 물건은 남아 있지 않았다. 임대한 복사기와 팩스는 이미 반납 처리를 마쳤고, 두 세트의 책상과 의자는 그냥 두고 가기로 건물주와 합의가 됐다. 자질구레한 개인 사물만 챙기면 그만이었다. 나는 근처의 가게에 가서 빈 박스를 얻어와 서랍 속의 물건들을 담기 시작했다.

***

누군가가 사무실 문을 노크하는 소리를 들은 것은 오전 10시쯤. 짐을 다 챙기고 마지막 남은 물건인 커피포트에 물을 올려놓고 짧은 감상에 젖어 있던 시각이었다.

"누구세요?"

진짜로 누구인지 궁금했다. 헤드헌팅 사무실에는 구인자든 구직자든 고객이 찾아오는 일은 거의 드물기 때문이다. 문을 열고 빼꼼 얼굴을 내민 사람은 40대 초반쯤 돼 보이는 낯선 중년 여인이었다.

"저, 실례가 많습니다."

단정한 머리와 조금 유행이 지난 듯한 연두색 투피스 정장, 그리고 다소 고집스러워 보이는 인상에 어색해 보이는 미소. 처음에는 보험이나 신문 구독을 권유하는 영업 사원으로 생각했다. 그녀의 차림이 충분이 그런 추측을 가능케 했다.

"여기 오늘 문 닫습니다. 다른 데 가보시죠."

내 말투가 쌀쌀했는지 문고리를 잡은 그녀의 손이 움찔했다.

"그게 아니라, 혹시 박상필 씨 아니신가요?"

내 추측이 틀렸다.

"맞습니다만. 혹시 누, 누구십니까?"

"불쑥 찾아와 미안합니다. 저는 오수경이라는 사람의 아내입니다. 아니, 전처라고 하는 게 정확하겠군요."

나는 허둥거리며 일어나 퇴사한 직원이 쓰던 의자를 끌어왔다. 그리고 사무실 바닥에 뭉치로 굴러다니는 먼지들을 한 번 쏘아보고 나서 그녀에게 앉기를 권했다.

"죄송합니다. 오수경 선배한테서 말씀 많이 들었습니다."

엉겁결에 다소 상황에 어울리지 않는 인사말이 튀어나왔다. 자리에 앉은 그녀는 어색한 기운을 털어내려는 듯 연신 주위를 두리번거렸다. 그러나 주변에는 그녀가 눈을 둘 만한 사물이 마땅치 않았다. 잠시 후 그녀가 가늘게 떨리는 손으로 손가방에서 작은 서류 봉투를 꺼내어 내 앞으로 내밀었다.

"이게 뭔가요?"

"망설이다가 용기를 내서 왔습니다. 그이와 가깝게 지내셨다고 들었거든요. 그이를 죽인 사람을 찾아달라는 부탁을 드리려는 거예요. 아니, 그이가 자살하지 않았다는 사실만이라도요."

죽인 사람? 다짜고짜 그녀의 입에서 튀어나온 말이 잠결에 들은 속삭임처럼 내 귓전을 맴돌았다. 나는 어리둥절한 얼굴로 그녀가 건네준 서류 봉투부터 열어봤다. 볼펜으로 뭔가 휘갈긴 노트를 복사한 3장 분량의 A4 용지가 담겨 있었다. 내가 묻기도 전에 그녀가 먼저 입을 열었다.

"그이가 죽기 직전에 써놓았던 글입니다. 시아버님께서 유품을 정리하다 발견하셨고요. 물론 원본은 경찰이 가지고 있다고 들었습니다. 그 서류에 선생님의 이름도 나와 있더군요."

우물을 파네 어쩌네 하면서 시작하는 글은, 얼핏 봐도 심한 악필인지라 내용을 분간하는 데 시간이 필요해 보였다. 그래서 그녀에게 물었다.

"무슨 내용이죠?"

"누군가 자신을 미행하고 있고, 죽음의 공포를 느끼고 있다는 내용이에요. 회사 생활에 대한 이런저런 얘기와 함께요."

자살이 아니었단 말인가? 내 가슴속에 일기 시작한 파동이 차츰 거세지고 있었다. 그건 그렇고, 그래서 지금 이 여인은 왜 나를 찾아온 거지? 그녀의 목적이 무엇인지 궁금해졌다.

"말씀드리기 뭐합니다만, 이런 일이라면 경찰을 찾아가셔야…."

충분히 예상하고 있었던 말이었나 보다. 내 말허리를 자르고 들어온 그녀의 목소리가 처음보다 다급해져 있었다.

"그이가 죽기 사흘 전에 적지 않은 생명 보험을 가입했다는군요. 수혜자는 우리 아들입니다. 하지만 보험금은 지급되지 않을 거라 들었어요. 경찰과 보험사가 이미 이 사건을 자살이라 정리해버렸으니까요. 경찰은 남편이 남긴 이 문서도 타살로 위장하기 위해 고안해둔 장치라 여기고 있죠."

머릿속이 복잡하게 헝클어졌다. 카페인이 필요했다. 양해를 구하고 자리에서 일어나 그녀가 오기 전에 이미 데워진 커피포트를 들고 돌아왔다. 그녀는 내가 내민 종이컵을 말없이 받아 들었다.

"그러니까 오 선배가 누군가로부터 생명의 위협을 느꼈고, 만일의 경우에 대비해 보험을 들었고, 그러고 나서 살해당했다. 이런 말씀이시군요?"

"네. 그렇습니다."

그녀의 표정이 처음으로 밝아졌다. 그러나 그것은 내 입에서 찬물을 끼얹는 말이 튀어나오기까지 아주 잠깐 동안이었다.

"죄송한 말씀입니다만, 죽기 직전에 거액의 보험을 들었다면 일반

직인 경우를 볼 때 경찰의 말도 전혀 일리가 없지는…"

그녀가 다시 내 말허리를 잘랐다. 그녀의 손에 들려 있는 종이컵이 불안하게 흔들렸다.

"그 문서를 읽어보면 진실을 아실 수 있을 거예요. 그이를 정말 아는 사람이라면 말입니다."

나는 책상 위에 올려놓은 서류로 눈길을 돌리며 말했다.

"알겠습니다. 천천히 아니 자세히 읽어보겠습니다. 그러고 나서 제가 어떤 도움을 드릴 수 있을지 생각해보겠습니다."

내 말투에서 다소 형식적인 느낌을 읽었는지, 그녀가 정면으로 내 눈을 빤히 바라보며 말했다.

"지금 저희 모자에게 도움을 주실 분은 선생님밖에 없습니다. 퇴직금 문제로 회사 담당 직원과 얘기하다가 들었어요. 선생님이 그 회사에 들어가신다고요. 그이를 죽인 사람은 회사 동료가 분명해요. 모든 것은 그 서류를 읽고 나서 판단해주세요."

그때 나는 그녀의 절박한 눈빛에서 내가 겪어왔던 외로운 가장의 모습을 본 것 같았다. 그녀가 입에 대지도 않은 종이컵을 테이블 위에 내려놓고 계속 말했다.

"솔직히 말씀드리죠. 요즘 학습지 교사를 하며 가계를 꾸려가고 있습니다. 쉽지 않더군요. 제대로 자식을 키우며 세상 살아갈 자신이 점점 사라지고 있어요. 그래요. 보험금이 필요한 것도 사실입니다. 하지만 그게 전부는 아니에요. 비록 한때 다른 여자에게 빠져 가정을 버린 사람이지만, 우리 아이에게는 세상의 전부였던 사람입니다. 어린 그 애가 아빠가 집을 떠나야 했던 이유를 알고 몹시 혼란스러운 시기를 겪었어요. 하지만 이번 경우는 다릅니다. 아빠가 자신에게 보험금을 남겨주기 위해 자살했다고 어디서 들은 모양입니다. 이제 11살이죠. 아빠가 죽은 이유가 자신 때문이라는 멍에를 감당하기에는 너무 어린 나이랍니다. 진실이 필요합니다. 제발 꼭 도와주세요."

말을 마치고 그녀는 힘없이 자리에서 일어났다. 처음에는 다소 미온적이던 내 태도가 어느덧 180도 바뀌어 있었다. 그 순간 내 가슴속에서 불붙고 있던 의협심 내지 사명감은 맹세컨대 진심이었다.

"알겠습니다. 제가 할 수 있는 일을 해보겠습니다. 아니, 도움이 될 만한 단서를 반드시 찾아내겠습니다. 혹시 말씀 못하신 중요한 사실이 생각나면 언제라도 제게 전화 주시구요."

핸드폰 번호 외에는 의미를 상실한 헤드헌터 명함을 그녀에게 건넸다. 자리에서 일어서는 그녀의 눈동자가 약간 흔들리고 있었다. 무언가 하지 못한 말이 남아 있다는 듯이. 그녀가 조심스럽게 입을 열었다.

"경찰에게서 들었어요. 그이가 죽던 밤 모텔 방에 여자가 다녀간 흔적이 있다고. 여성용 장갑이 실내 바닥에 떨어져 있었다는군요."

"네? 여자라고요? 경찰이 뭐라고 하던가요? 누구 건지는 혹시…."

"많은 사람이 출입하는 장소이다 보니 주인을 알아볼 생각도 없는 태도였어요. 따져봤지만 그냥 윤락녀 정도였을 거라 넘겨버리더군요."

"그럴 리가요. 제가 아는 오 선배는…."

나는 뭔가 말하려다 입을 다물고 말았다. 남편의 외도로 이혼의 아픔을 겪었던 그녀 앞에서 전남편이 생전에 얼마나 점잖은 사람이 었는지 말한다는 것이 좀 우스꽝스러웠다. 잠시 어색한 침묵이 흘렀 다. 하지만 그녀는 내가 말하려던 의도를 알아차린 것 같았다.

"무슨 말씀을 하시려는지 알겠어요. 하지만 그날 모텔 엘리베이터 CCTV에 그이와 함께 올라간 여자는 없었어요. 물론 여자 혼자 그이가 묵던 8층에 올라간 기록도 없었고요. 경찰 말로는 여자가 따로 계단으로 올라갔을 수도 있다더군요. 객실 복도에는 CCTV가 없는 오래된 모텔입니다. 말도 안 되는 얘기죠. 윤락녀였다면 왜 그 높은 8층까지 계단을 걸어서 올라가야 했을까요?"

오수경의 전처가 가고 난 뒤, 나는 텅 빈 사무실에 앉아 그녀가 남 기고 간 서류를 읽어봤다. 그러나 서류를 다 읽고 난 뒤의 내 생각은 솔직히 '잘 모르겠다'였다. 군데군데 솔깃한 대목도 없지는 않았지 만, 취중에 써 내려간 듯한 글은 문맥이 닿지 않는 부분도 있었고, 심지어 감정이 격해져 과장돼 보이는 문구들도 눈에 띄었다. 그를 아는 사람이라면 진실임을 알 수 있다던 문서는 의외로 확신을 주 는 구석이 별로 보이지 않았다. 특히 글의 마지막 부분은 그의 전처 가 기대했던 진실과는 정반대의 추측마저 불러일으켰다. 불과 1시 간 전에 사명감에 불타오르던 내 호언장담은 어느덧 크게 무색해져 있었다.

두세 번 반복해서 글을 읽고 나서 엉거주춤 의자에 걸터앉아 머 리를 감싸 쥐었다. 사무실 바닥에는 컴퓨터 선을 정리했던 청 테이 프가 너저분하게 뒹굴고 있었다. 장갑이 떨어져 있었다고? 여자의 장갑이?

***

얼마 후 나는 자리에서 일어나 다시 짐을 챙기기 시작했다. 종이 박스 2개 분량이니까 잘하면 한 번에 가지고 내려갈 수 있을 것 같았다. 하지만 부산스럽게 짐을 싸던 내 손은 얼마 못 가 동작을 멈췄다.

'모텔 방에 오 선배가 혼자 있었는지 어떻게 알지? 자기가 직접 보기라도 했다는 건가?'

장례식장을 나와 심찬보가 내뱉은 말이었다. 이어서 몹시 생뚱맞은 생각이 머릿속에 떠올랐다. 오수경의 장례식 때 봤던 꿈속의 그녀, 오수경의 모텔 방에 떨어져 있었다는 장갑의 주인이 혹시 그녀가 아니었을까? 이런, 내가 지금 무슨 생각을? 나도 모르게 실소가 터져 나왔다. 그러나 억지로 소리 내어 웃던 내 목구멍에는 근거를 알 수 없는 질투심이 슬며시 고개를 들고 있었다.

그래서 그랬을까? 내 머리는 오수경과 함께 있었을지도 모른다는 미지의 여인이 분명 모텔 주인이 비밀리에 들여보낸 윤락녀였을 거라 쉽게 단정 내리고 있었다. 지난 10여 년 동안 그와 가깝게 지냈다고는 하나, 내가 아는 오수경의 모습이 전부라 할 수는 없겠지. 국내외를 막론하고 출장지라는 장소는 외로움을 증폭시키는 곳이야. 그 짧은 외로움을 치료한다는 핑계로 아무런 죄의식 없이 출장비의 일부를 뿌려대는 놈들이 대다수의 직장 남성들 아니겠어? 성인군자가 아닌들 가족을 잃은 상처로 누구보다도 외로움이 깊었을 오수경 선배 또한 예외가 아니었을 거라고.

***

점심시간이 가까워졌는지 허기가 밀려왔다. 남긴 물건이 없나 최종 점검하던 내 시선이 책상 위에 덩그러니 놓여 있는 오수경의 문서에 닿았다. 나는 그것을 집어 아무렇게나 짐 꾸러미에 찔러 넣고 서둘러 사무실을 나섰다.

오수경의 전처가 찾아와 전해준 이야기는 가히 충격적이었다. 그러나 집으로 향하는 내 마음속에서 충격은 이미 봄눈처럼 녹아내리고 있었다. 그리고 나는 그날 이후로 몹시 바쁜 나날을 보내느라 좀처럼 그 일을 떠올리지 못했다. 낯선 조직에 안착하기 위해서는 신재생 에너지에 대한 사전 지식을 습득하는 일이 우선이었다.
어쨌든 나는 오수경이 남긴 마지막 글을 한 글자도 빼놓지 않고 여기에 남겨두기로 했다. 군데군데 눈에 띄는 오타만 수정했을 뿐이다. 오수경이 공식적으로 남긴 유서는 없다고 들었지만, 나는 이 글의 제목을 '유서'라고 이름 붙였다.
이 글의 형식이 전형적인 유서의 그것은 아니지만, 그의 전처의 주장대로 그가 죽음을 예감하고 썼다는 의미로 그렇게 이름 붙인 것이다. 한 가지 주목할 점은, 그가 글을 쓴 시점이 생전에 나와 마지막으로 술을 마신 바로 그날 밤이었다는 사실이었다.

오수경의 유서

우리는 우물을 파고 있다. 언젠가 누군가의 나태함으로 방향을 잃은 적이 있었다. 자만이라는 이름의 거대한 돌덩이가 우리를 막아서기도 했다. 무지와 무능은 작업 속도를 늦추고, 탐욕은 재앙으로 다가오고 있다. 그래도 우리는 아직 우물을 파고 있다. 한참을 더디게 돌아서 왔지만, 종내는 그토록 갈망하는 물줄기를 만나게 되리라.

나는 또한 알고 있다. 정작 우리가 경계해야 할, 보이지 않는 위험을 말이다. 불합리와 부조리의 중심에 있는 모든 실패의 근원, 그것은 이미 바이러스처럼 우리가 숨 쉬는 사무실 내부를 떠다니고 있다.

오랜만에 상필과 기분 좋게 술을 마셨다. 그는 내가 마음 터놓고 술을 마실 수 있는 유일한 사람이다. 한 가지 후회스러운 점이 있다면, 이번에도 돌아오는 길에 택시를 돌려 그곳을 찾아갔다는 사실이다. 베란다에 비치는 아들과 아내의 그림자를 올려다보는 고통은 이제 술자리의 끝마다 어김없이 이어지는 일과가 돼버렸다. 어쩌겠는가? 나는 평생 홀로 고독에 갇혀 살아야 하는 형벌을 받고 있는 것을.

세상이 허락하지 않는 사랑을 했다. 그리고 그 대가는 너무나도 가혹했다. 소중한 모든 것을 잃은 그 순간에 이미 내 삶은 끝나버렸다.

고마운 회사였다. 나의 구차한 삶을 연명할 수 있는 구실이 돼준 회사였다. 괴로움을 잠시 잊고 몰두할 수 있는 일이 내게 주어진 것만으로 감사하다. 들어온 첫날부터 크고 작은 사건이 끊이지 않았다. 모든 것을 처음부터 다시 시작해야 했다. 사업의 성공, 나는 어쩌면 이 사업의 성공이 내 삶에 남은 유일한 의미라고 스스로 최면을 걸고 있는지 모르겠다. 나의 운명과도 같은 슬픈 신사업, 나는 이 일에 내게 남은 모든 열정을 쏟아부었다.

가끔씩 거대한 벽에 가로막혀 있다는 생각은 어쩔 수 없다. 다른 회사로 도망칠 기회도 있었다. 잠시 갈등했던 것도 사실이지만 결국은 거절했다. 나는 이 사업의 성공을 내 눈으로 확인하고 싶기 때문이다.

나는 지금 2평짜리 관이나 다름없는 고시원에 들어와 있다. 더러운 담요 속으로 들어가 잠을 청하지 않고 책상머리에 앉아 불을 켠 이유가 있다. 취기가 가시면서 나타나는 불면 증상 때문만은 아니다. 자꾸만 소름이 돋는다. 가슴이 답답하다. 창문을 열어보기조차 겁이 난다. 왠지 어둠이 내린 골목 어딘가에 늑대의 눈빛이 번뜩이고 있을 것만 같다.

오늘도 나는 늑대와 마주쳤다. 그놈은 상필과 헤어져 택시에 오르는 순간에도 나를 지켜보고 있었고, 내가 옛집 앞에서 서성거릴 때에는 근처 놀이터 그네에 앉아 담배를 물고 있었다. 심지어 조금 전 내가 고시원 앞에 택시를 내리는 순간까지도 어두운 골목 안에서 나를 주시하고 있었다.

언제부터였을까? 일주일? 열흘? 자세히 기억나지는 않지만 늑대는 이제 하루도 빠짐없이 나의 뒤를 따라다니고 있다. 매일 새벽 그놈은 모든 양을 죽이고 마침내 내 목덜미를 물어뜯는 악몽으로 나를 깨운다.

나와 같은 생각을 품었던 어제의 동지가 하루아침에 늑대로 돌변해 내 앞에 나타났다. 불행히도 그는 나와 함께 공존할 수 없을 것 같다. 둘 중에 하나는 반드시 사라져야 한다.

죽음은 두렵지 않다. 하지만 쉽게 눈을 감지 못할 이유가 하나 남아 있다. 사랑하는 나의 아들! 가난하게 자란 나와는 다르게 너에게는 많은 것을 해주고 싶었다. 어리석은 아빠가 마지막으로 네게 해줄 수 있는 것. 과연 무엇이 남아 있을까?

2장
여우의 비극

배고픈 여우 한 마리가 포도송이를 따려 했습니다. 나무를 기어 올라가는 포도 넝쿨에 달려 있는 것인데 너무 높이 달려 있어 뜻을 못 이뤘어요. 여우는 그 자리를 뜨고 스스로를 위로했습니다. "아직 익지도 않은걸, 뭐."

— 『이솝 우화』

첫 출근

  나는 사람들 무리에서 눈에 띄는 것을 별로 좋아하지 않는다. 부모님의 성화에도 불구하고 학창 시절에 한 번도 반장 선거에 나가지 않았다. 앞에 나서서 이끄는 사람이기보다는 늘 중간이나 뒤에서 소소한 재미와 자유를 만끽하는 삶을 선호해왔다. 하지만 그날 아침 나는 약간 달라지고 싶었던 것 같다.

  4월의 마지막 월요일이었다. 옷장 벽걸이에 진열된 대여섯 개의 옵션 중에서 나는 유독 밝은 색깔의 넥타이를 꺼내 들었다. 집을 나서면서 확인한 휴대폰의 시계는 오전 6:50을 가리키고 있었다. 시간 여유가 많지는 않았다. 연봉이 적은 것은 회사 규모를 감안해 그냥 그런가 보다 하고 받아들였지만, 출근 시간이 8시까지라는 사실은 다소 실망스러웠다. 전날 전화를 걸어온 인사 팀장은 다른 팀장들은 다들 30분 정도 일찍 나오니까, 늦어도 7:30까지는 사무실에 도착해 있는 것이 좋겠다며 한술 더 떠줬다.

서초역에서 지하철을 타고 강남역에 내렸다. 거기서 다시 고속 신분당선을 갈아타고 판교역에 도착한 시각은 이미 권장 출근 시간인 7:30분에 가까워 있었다. 문제는 마지막 관문인 마을버스였다. 지상으로 통하는 출구는 동서남북으로 네 곳, 어디로 나가야 할지 미리 알아보지 못했다는 사실을 깨달았다. 그래도 비교적 많은 사람의 무리를 따르는 게 안전하겠지? 어깨를 부딪치며 경보하듯 움직이는 사람들의 무리를 따라가 보기로 했다. 그들은 마치 침묵하는 양 떼처럼 굳게 입을 다문 채 종종걸음을 재촉하고 있었다.

양 떼에 둘러싸여 에스컬레이터로 지상에 다다랐을 때였다. 오랜만의 직장 생활을 앞둔 긴장감 때문일까? 갑자기 극심한 복통이 밀려왔다. 창자가 끊어지는 것 같은 예리한 통증이었다. 꾸르륵 뱃속에서 빠른 속도로 흘러가는 물줄기가 느껴졌다. 아침을 거르는 내게는 흔치 않은, 그래서 더욱 당혹스러운 사건이었다. 식은땀이 빗물처럼 흘렀다. 나는 꾸부정하게 허리를 숙인 채 천천히 발걸음을 지하로 돌려야 했다.

10분이 넘게 흐르고 나서야 나는 화장실 근처의 출구를 올라 지나가는 택시에 뛰어들었다. 테크노밸리 벤처 단지 구석에 위치한 우중충한 회색 건물에 이르러, 회전문을 통과하면서 확인한 시각은 벌써 공식 출근 시간인 8시를 살짝 넘기고 있었다. 첫 출근 날 지각, 어쨌든 사람들의 눈에 강한 첫인상을 심어줄 수밖에 없겠다는 쓴웃음이 내 입가를 맴돌았다.

건물 8층에 내리자마자, 'MS에너지'라는 상호가 먼저 눈에 띄었다. 나는 허둥지둥 뛰어가 출입문 오른쪽에 붙어 있는 벨을 눌렀다. 잠시 후 반투명 출입문 너머로 누군가의 그림자가 비치는가 싶더니 '철컥' 하고 문이 열렸다. 문을 열고 나온 상대방이 누군지 확인도 하지 않고 나는 허리부터 숙이고 봤다.

"죄송합니다. 좀 늦었습니다."

헝클어진 머리카락을 쓸어 올리면서 눈을 들어보니, 내 앞에는 몹시 앳돼 보이는 여사원이 머쓱하게 웃고 있었다. 발그레한 양 볼에 대략 여남은 개 안팎으로 박혀 있는 주근깨만 보였다. 어디서 봤더라? 별로 이렇다 할 특징이 없는 평범한 얼굴이었지만 어디선가 본 얼굴 같았다. 가냘픈 어깨까지 닿은 단발머리, 약간 아래로 처진 눈꼬리와 웃을 때 보일락 말락 비치는 팔자 주름이 묘하게도 측은한 느낌을 주는 인상이었다.

"박상필 팀장님이신가요? 부회장님께서 기다리고 계십니다."

차분한 그녀의 목소리를 따라가다가 그녀가 다리를 절룩거리고 있다는 것을 알게 됐다. 그제야 생각이 났다. 예전에 오수경 선배의 장례식장에서 음식을 나르고 있었던 그 어린 여자였다. 그녀의 오른쪽 다리는 왼쪽 다리보다 약간 짧아 보였지만, 걷는 속도 자체는 그다지 느려 보이지 않았다.

***

사무실에 들어서니 매우 난처한 상황이 나를 기다리고 있었다.

약 20명의 시선들이 일제히 내게로 몰려왔다. 강강술래라도 하고 있는 줄 알았다. 그들은 둥그렇게 둘러서서 아침 조회를 하고 있었다. 무리 중에서 머리가 듬성한 금테 안경의 노인이 내게 손짓을 해왔다. 입사 인터뷰에서 30분가량 대면했던, 나와는 구면인 노인이었다. 나는 그의 앞으로 달려가 머리를 숙였다.

"죄송합니다, 부회장님. 교통편이 익숙지 않아 지각을 했습니다."

내 말에서 무엇이 그리 우스웠던 것일까? 뛰어오느라 아직 숨이 고르지 못한 내 목소리 때문일까? 사람들의 웃음소리가 터져 나왔다. 당혹감으로 온통 좁아진 내 시야로는 아직 사람들의 얼굴이 구분되지 않았다.

"하하, 그럴 수 있습니다. 여러분 맞죠? 마침 조회 중이었는데 잘 됐네요. 직원들 모인 자리에서 인사나 하시죠. 자아, 여러분, 새로 오신 기획 팀장입니다. 요즘 말하는 훈남 스타일이죠, 하하하."

호탕한 부회장의 말투에 다소 안도감을 느껴서인지, 하나둘씩 얼굴들의 형체가 드러났다. 나는 헛기침을 한 번 하고 호흡을 가다듬었다. 그리고 전날 밤 미리 준비해둔 짧은 인사말을 읊조리기 시작했다. 지금 생각하면 참으로 밋밋하고 상투적인 인사말이었다.

"안녕하십니까? 첫날부터 별로 아름답지 못한 모습으로 인사드리게 됐습니다. 박상필이라고 합니다. 많이 부족하지만 여러분과 함께 일하게 돼 영광스럽게 생각합니다. 풍력 사업이 꼭 좋은 결실을 맺어 여러분의 그간 노고가 헛되지 않도록 기획이라는 한 축을 충실히 담당하겠습니다. 나중에 또 기회가 될 때마다 개별적으로 인사드리겠습니다. 잘 부탁드립니다."

미적지근한 박수 소리가 흘러나왔다. 그렇지만 공식 멘트까지 마치니 마음은 한결 홀가분해졌다. 이제는 사람들의 얼굴이 더욱 또렷하게 보였다. 그들 중에는 밤마다 꿈속에서 밀회를 즐겼던 그녀가 있었다. 그녀는 환하게 웃으며 가장 늦게까지 박수를 쳐줬다. 부회장이 내 인사말을 거들었다.

"박 팀장님은 예전에 오수경 상무와 같이 근무했던 KM 출신입니다. 다들 아시겠지만 중요한 자리를 계속 공백 상태로 둘 수가 없어서 이렇게 모시게 된 겁니다. 다들 많이 도와주시기 바랍니다. 혹시 박 팀장님께 궁금한 점이 있으면 지금 질문하셔도 좋아요. 뭐 어디 사는지, 돈은 많은지 그런 개인적인 질문도 좋습니다."

다들 멀뚱히 서로의 얼굴만 쳐다볼 뿐 묵묵부답이었다. 민망해진 나는 억지로 웃으며 빨리 어색한 자리가 정리되기만을 기다려야 했다. 그때 불쑥 정면에서 거친 남자의 목소리가 튀어나왔다. 서울말에 가까웠지만 어딘지 모르게 경상도의 억양이 남아 있었다.

"그 대단하다는 KM 출신이 왜 요래 코딱지만 한 회사로 왔습니까? 언제까지 이 회사에 다니실 생각인지 물어봐도 되겠습니까?"

목소리의 주인공은 조금은 나이가 있어 보이는, 키가 훤칠하고 다부진 체구의 사내였다. 저 새끼는 뭐지? 그는 약간 건방져 보인다 싶을 정도로 짝다리를 짚고 있었다. 갑작스럽고 낯선 질문에 머뭇거리던 나를 구원해준 사람은 이번에도 부회장이었다.

"정 팀장! 거 새로 오신 분께 무슨 실례인가? 쓸데없는 질문 그만하고 조회 끝나는 대로 내 방으로 들어와. 지난달 연구비 실적 자료 뽑아가지고."

부회장은 감정이 얼굴에 곧바로 드러나는 유형의 사람이었다. 정 팀장을 향해 잔뜩 위로 치켜 올라갔던 그의 눈매가, 내 쪽을 향하면서는 순식간에 웃는 모습으로 둔갑했다.

"박 팀장님은 일단 부서원들하고 인사 나누고 자리부터 정돈하시죠. 나하고는 이따가 점심이나 같이하면서 다시 인사합시다."

사람들의 동그라미가 흩어지는 동안 나는 정 팀장이라는 남자를 곁눈질로 힐끔 쳐다봤다. 그도 나의 눈길을 의식했는지 입을 실룩거리며 횡하니 자신의 자리로 가버렸다. 첫날부터 왠지 신경이 쓰이는 사내였다.

***

"팀장님 자리는 이쪽입니다."

멀리서 상냥하고 또박또박한 여자의 목소리가 들려왔다. 고개를 돌리기도 전에 나는 그 목소리의 주인이 누구인지 알아차렸다. 단한 번의 마주침으로 내게 민망한 몽정기를 안겨준 그녀였다. 나는 애써 무덤덤한 시선으로 그녀를 향했다. 그녀는 활짝 웃고 있었다. 옅은 보라색 계열의 정장을 입은 그녀에게서 예전과 조금 달라진 느낌이 있었다. 어깨까지 길게 늘어졌던 굵은 파마머리가 10센티가량 짧아진 것 같았고, 그냥 뭐랄까 전체적으로 야윈 느낌이었다. 나는 그녀가 가리킨 자리와 그녀가 서 있는 자리를 번갈아 바라봤다. 그녀의 자리는 내 정면에서 오른쪽 두 번째. 자리의 구조로 보아 그녀가 나와 같은 기획팀 소속이라는 사실이 짐작됐다. 말하자면 직속 부하 직원이었던 것이다.

***

자리에 가방을 내려놓고 뭐부터 해야 할지 고민할 겨를도 없이 그녀가 쪼르르 내게 다가왔다.

"팀장님, 제가 우리 팀원들 인사시켜드릴게요."

아나운서를 흉내 내는 것처럼 지나치게 또랑또랑한 말투였다. 어쨌든 그녀의 목소리는 조회 말미에 발생한 해프닝으로 잠시 굳어 있던 내 마음을 풀어주기에 충분했다. 곧이어 내 주변으로 3명의 젊은이가 모여들었다.

"제 소개부터 정식으로 다시 드려야겠네요. 저는 신혜원 대리라고 합니다. 중국에서 대학을 나왔고요. 주로 해외 쪽 조사 업무를 맡고 있습니다. 잘 부탁드립니다."

"아하, 신 대리님. 중국어는 걱정 없겠군요. 우린 구면이죠?"

그녀는 옅은 미소를 지으며 소개를 계속했다.

"이쪽은 문기수 과장이라고 합니다. 다른 업무는 별로지만 문서 하나는 끝내주게 작성하는 분이죠."

"안녕하십니까? 문기수라고 합니다. 주로 회의 운영과 경영진 수명 업무를 담당하고 있습니다. 잘 부탁드립니다."

신뢰감을 주는 중저음의 목소리였다. 콧잔등에 오래돼 보이는 다이아몬드 모양의 흉터가 먼저 눈에 띄었다. 그 밖에는 전체적으로 깔끔한 인상이었고, 검고 굵은 뿔테 안경은 다소 세련된 느낌이 있었나. 그뿐 아니라 그는 푸르스름한 염색기가 감도는 더벅머리에 소위 '제품'을 발라 한껏 멋을 부렸다. 과장 직급이면 일반적으로 족히 30대 중반은 됐을 법한데, 입고 있는 감색 정장은 20대 젊은 층이 선호하는 폭이 좁은 스타일이었다.

"반갑습니다. 부탁은 제가 드려야죠. 근데 과장님은 꽤나 멋쟁이 같은데요."

"고맙습니다. 제가 좀 그렇습니다."

그는 손사래를 치기보다는 요즘 젊은이답게 반응했다.

"맞아요. 보통 멋쟁이가 아니죠. 30대가 이런 옷을 소화하기는 쉽지 않거든요. 슬픈 현실은 이렇게 노력하는데도 아직 장가를 못 가셨다는 거예요."

옆에서 끼어든 신 대리의 농담에 고개가 끄덕여졌다. 노총각, 그의 얼굴과 옷차림의 묘한 불균형을 잘 설명해주는 말이었다.

"어이쿠, 미혼이시군요. 이거 나랑 일하려면 데이트할 시간이 없을 텐데요. 하하하."

내 농담에 그에게서 별다른 반응이 없는 것을 확인하고 그의 오른쪽으로 시선을 옮겼다. 문 과장보다 조금 더 나이 들어 보이는 남자가 시원한 웃음을 짓고 있었다.

"마지막으로 이희구 사원이에요. 믿기 어려우시겠지만 사원이 맞고요. 남자치고는 좀 수다스럽긴 하지만, 우리 회사에 없어서는 안 될 분위기 메이커랍니다."

"안녕하세요? 최선을 다해 팀장님을 보필할 이희구라고 합니다. 아직 사원이라 아무 일이나 가리지 않고 시키면 뭐든 다 하고 있습니다."

희구? 뭘 희구한다는 건가? 살짝 쉰 목소리에 가히 노안이라 할 만한 외모의 남자 사원이었다. 작지만 균형 잡힌 체구에 이름처럼 성격 좋은 시골 아저씨를 연상케 했다. 말투는 갓 제대한 군인처럼 깍듯했다.

"이희구 씨. 아, 언제 들어오셨나요?"

"오해하실까 봐 말씀드리면 올해 스물아홉입니다. 작년에 들어왔구요, 대입 재수한 적 없고, 대학 때 휴학한 적 없고, 취업만 1년 재수했습니다."

"오해 안 했습니다. 전혀요. 이희구 씨, 제가 좀 무뚝뚝하더라도 즐거운 분위기로 일해봅시다."

나는 '전혀'라는 단어에 힘을 주며 말했다. 그렇게 나는 부서원들과의 첫 상견례를 별 탈 없이 마쳤다.

오전 10시쯤, 내가 사용할 노트북이 지급됐다. 곧바로 이희구는 회사용 그룹 웨어 사용법을 내게 설명해줬다. ERP를 사용할 수 있도록 ID를 신청하고, 명함을 신청하는 등등의 자질구레한 일들은 이미 내가 오기 전 그가 처리해놓은 상태였다.

"팀장님. 뭐하고 계세요? 계산기나 휴지통 같은 사무 용품은 오후에 사러 나갈 생각인데요. 혹시 필요하신 건 없으세요?"

어느새 신혜원 대리의 얼굴이 내 오른편에 불쑥 다가와 있었다.

"글쎄요. 당장 필요한 건 생각나지 않는데. 아! 그러고 보니 하나 있네요."

"말씀만 하세요."

"기존 자료들을 좀 읽어보고 싶은데. 우리 팀 서류철은 어디에 있죠?"

신 대리의 입꼬리는 여전히 위를 향하고 있었다.

"딱히 서류철이라고 해봐야 계약서 모아둔 파일밖에 없어요. 웬만한 자료는 각자가 컴퓨터에 파일로 보관하거든요."

예상한 바였다. 작은 신생 회사라면 자료 관리가 다소 허술할 수 있다는 생각이 들었다.

"그렇군요. 그럼 기획팀 주요 서류들은 누구 컴퓨터에 있죠? 자질구레한 것들 말고 경영진 보고 서류라든가 주요 회의록이라든가 그런 거 말입니다."

"그런 거라면 거의 다 오수경 상무님이 보관하고 계셨죠. 사실 우리 회사에서 중요한 문서라 할 수 있는 것들은 오 상무님이 직접 작성하신 게 90% 이상이었으니까요."

"그럼 오 상무님 쓰시던 컴퓨터 좀 부탁드려도 될까요? 자료들을 제 컴퓨터로 옮겼으면 좋겠는데."

그때 나는 그녀의 입가에서 잠시도 떠나지 않던 미소가 감쪽같이 사라지는 마술을 본 것 같았다.

"오, 오 상무님 노트북이요? 잘 모르겠는데. 아 참! 예전에 경찰서에서 증거물로 가져갔던 것 같네요. 찾아봐야 할 것 같은데요."

국어책을 읽듯 또박또박했던 그녀의 말투가 어수룩하게 흐려졌다. 그녀와 나 사이에 어색한 기류가 번졌다.

"팀장님. 새로 오셨는데 한 바퀴 돌아야 안 되겠습니까?"

때마침 아침 조회에서 당혹스럽게 만들었던 사내가 나를 향해 소리쳤다. 나는 그의 말이 무슨 소리인지 알아듣고, 후닥닥 의자에 걸쳐뒀던 상의를 둘러 입었다. 검은색 바탕에 흰색 줄무늬가 있는 슬리퍼를 질질 끌면서, 그는 뒤도 안 보고 나보다 앞서 걸었다.

불친절한 사내

슬리퍼의 주인은 관리팀을 맡고 있는 정철호 팀장이었다. 먼저 그를 포함한 관리팀 4명과 인사를 나누고, 뒤이어 영업팀 직원 3명과도 개별적으로 이름을 주고받았다. 마지막으로 내 자리에서 가장 멀리 반대쪽 구석자리를 차지한 개발팀 직원 5명과도 인사를 나눴다.

"개발팀은 원래 20명입니다. 이 사무실에는 일부만 있고, 개발 상무님을 포함해서 나머지는 안산 공장에 있어요. 생산 팀원들과 생산 담당 상무도 물론 전부 거기에 있고요. 당분간 별로 일도 없을 텐데 두 분 상무님께 후딱 인사를 다녀오시는 게 좋을 겁니다."

인사를 마치고 정 팀장이 내게 말했다. 그의 말투 어딘가에 풍기는 냉소적인 느낌이 영 거슬려 말없이 고개만 끄덕였다. 갑자기 그가 내게 제안했다.

"그냥 자리로 가실랍니까? 첫날부터 뭐 할 일이 있다고. 잠깐 나랑 차나 한잔하십시다."

내키지 않았지만 마땅히 거절할 핑곗거리도 없었다.

그를 따라 들어간 회의실 안에서 예상대로 어색한 침묵이 맴돌았다. 먼저 입을 뗀 사람은 정 팀장이었다.

"아까는 좀 미안하게 됐습니다. 오 상무와 알고 지내던 사람이라고 하니까 제가 마음이 좀 그랬나 봅니다."

뜻밖에도 그가 유화적인 태도를 보였다. 그러나 언뜻 이해하기 어려운 말이기도 했다.

"아, 그건 뭐, 괜찮습니다. 근데 마음이 그랬다는 말씀이…."

그는 거침없이 말하는 스타일이었다. 잠시의 주저함도 없이 대답이 튀어나왔다.

"오 상무가 그리된 일은 안됐지만, 평소 나와 별로 좋은 감정은 아니었다는 뜻입니다."

비록 고인이 됐지만 그는 직속상관이었던 사람에게 '님' 자를 붙이지 않고 있었다.

"아, 그렇군요."

별로 캐묻고 싶지도 않았다. 화제를 돌리기 위해 머리를 굴리다가 내가 물었다.

"그러나저러나 그동안 신사업 추진하시느라 다들 고생이 많으셨겠습니다. 고대하던 첫 제품이 조만간 출시된다고 하던데요. 정확히 언제쯤 출시되나요?"

정 팀장의 반응이 또 예상을 빗나갔다. 그는 퉁명스럽게 종이컵을 탁자 위에 내려놓더니 입을 삐죽거리며 내게 되물었다.

"고생이라고요? 박 팀장님은 우리 사업에 대해 어떻게 듣고 오신 겁니까?"

언젠가 면접에서도 비슷한 질문을 받았던 경험이 있어 나는 그대로 재생할 수 있었다.

"뭐, 많은 우여곡절이 있었지만 2.5MW 대형 육상 터빈을 독자 기술로 개발했고, 시제품 테스트 또한 최근 성공적으로 마친 상태며, 조만간 경기도 화성에 경쟁력 있는 첫 상용화 제품 출시를 목전에 뒀다고 알고 있습니다만."

그의 얼굴에 슬쩍 냉소가 비치는가 싶더니, 그는 이내 킬킬거리며 웃기 시작했다. 무안한 나머지 얼굴이 벌게져서 나는 그에게 따지듯 물었다.

"아니, 도대체 왜 웃는 겁니까?"

그는 웃음을 멈추고 내 얼굴을 빤히 들여다보며 말했다.

"두 가지 말이 웃기다 말입니다. '성공적으로'와 '경쟁력 있는' 그 표현이 말입니다."

나는 목구멍까지 화가 치밀어 올랐다.

"그러니까 내 질문은 그 말이 왜 웃기냐 그겁니다!"

내 눈에서 뿜어져 나온 독기에 그가 약간 움찔하는 눈치였다. 그러나 그는 여전히 비아냥거리는 말투로 대답했다.

"왜 웃기냐고요? 여긴 개판 5분 전이다 이 말입니다. 시제품도 개판이었고 곧 출시된다는 첫 제품도 누더기나 다름없다 안 합니까. 거기다가 성공적이고 경쟁력 어쩌고 하니 안 웃을 수가 있겠습니까? 하하하."

실성한 사람처럼 다시 킬킬거리기 시작한 그와 도저히 한자리에 앉아 있기 어려웠다. 나는 자리에서 벌떡 일어나 도망치듯 회의실을 빠져나오고 말았다.

***

자리로 돌아와 가까스로 마음을 진정시키기까지는 적지 않은 시간이 필요했다. 끊은 지 수년째 돼가는 담배 한 모금이 절실하게 느껴졌다. 가까스로 마음을 누그러뜨리는 동안 오른쪽 첫 번째 자리에 앉은 문기수 과장과 눈이 마주쳤다. 나는 슬며시 일어나 그의 곁으로 다가갔다. 그의 책상 위에 빽빽하게 정렬돼 있는 굵직한 책들이 먼저 눈에 들어왔다.

'조직 관리론, 5-Forces Analysis, 경영의 미래, 현대 마케팅론, M&A 실전 사례, 리더십 이론, 시장 조사론 등등등.'

20권이 넘는 고전적인 경영 서적들 중에는 원서도 더러 눈에 띄었다. 문기수는 내가 다가온 줄도 모르고 방정맞게 다리를 떨며 모니터 안의 뭔가에 열중하고 있었다. 나는 헛기침을 한 번 하고, 눈짓으로 은밀하게 그를 비상구 계단으로 불렀다.

"정철호 팀장이라는 사람 말이에요. 어떤 사람인가요? 좀 특이한 사람 같아서 말입니다."

문기수는 선뜻 대답하기 어려웠는지, 5초 정도 뜸을 들이다가 천천히 입을 열었다.

"별로 나쁜 분은 아닙니다. 매너가 부족하고 좀 다혈질이지만 누구보다도 사업에 대해 애착이 있는 분이시죠. 사회생활 첫 시작을 MS중공업에서 하셨고, 이 회사로 갈라져 나올 때부터 창립 멤버셨다고 알고 있습니다."

그의 설명은 정 팀장의 개요라 할 수 있을 정도로 간결하고 정연했다.

"그래요? 하나만 더 물읍시다. 그분, 오 상무님하고는 생전에 어떠셨나요? 별로 사이가 좋지는 않았던 거 같은데. 아무리 돌아가셨다지만 모시던 상사한테 예의가 영…."

문기수가 내 눈을 빤히 들여다봤다. 내 질문의 의도를 곰곰이 되짚고 있는 눈빛이었다. 나는 부담스러운 기분이 들어 그의 시선을 슬쩍 피했다. 그의 검은 뿔테 안경은 도수가 그리 높아 보이지는 않았다.

"정반대입니다. 오 상무님하고는 둘도 없는 친구 사이셨습니다. 상무님이 처음 여기 오신 날 단번에 서로 알아본 고등학교 동창이셨죠. 아마 팀장님이 그렇게 느끼셨다면 오 상무님 돌아가시기 한 달 전에 두 분이 다투셨던 일 때문일 겁니다. 사무실 분위기가 냉랭할 정도로 두 분이 냉전 중이었으니까요."

"무슨 이유로요?"

"저야 모르죠."

***

비상구 계단에서 나와 자리로 돌아와 보니, 점심이 거의 임박한 시간이었다.

"팀장님, 여기 한 달 치 식권입니다. 건물 지하에 입주 업체 공용으로 쓰는 구내식당이 있거든요. 맛은 별로지만 식권은 공짜랍니다."

신혜원 대리가 기다렸다는 듯이 내게로 다가왔다. 어느덧 그녀는 처음의 밝은 목소리로 돌아와 있었다. 식권을 책상 서랍 안에 대충 던져놓으며 정 팀장 자리 쪽을 힐끗 훔쳐봤다. 기획팀과 관리팀 사이에는 영업팀이 끼어 있어 그와 내 자리는 5미터 정도 떨어져 있었다. 모니터를 향한 별로 목적 없어 보이는 눈빛으로 미뤄, 그는 대충 시간이나 때우는 느낌이었다. 못마땅한 시선을 그에게서 거두려던 순간이었다. 번개처럼 내 머릿속을 스쳐가는 글귀 하나가 있었다.

'나와 같은 생각을 품었던 어제의 동지가 하루아침에 늑대로 돌변해 내 앞에 나타났다.'

뒷목에서 출발한 서늘한 기운이 빠르게 등골을 타고 줄달음치기 시작했다. 나는 다시 왼쪽으로 그의 얼굴을 힐끔 쳐다봤다. 그는 입을 쭉 내밀어 동그랗게 모으고 오른손으로는 열심히 볼펜을 돌리고 있었다. 갑자기 그가 무슨 낌새를 느꼈는지 눈을 치켜들었다. 나와 마주친 그의 눈빛에서 섬뜩한 기운이 뿜어져 나온 것 같았다. 머리칼 끝이 쭈뼛하게 곤두서는 느낌에 나는 황급히 시선을 돌리고 말았다. 그때 누군가 내 어깨를 툭 치는 바람에 나는 화들짝 놀라 앞으로 고꾸라질 뻔했다.

"뭐하고 있습니까? 오늘 나랑 점심 하자고 했잖아요. 요 앞에 대구 지리탕 아주 잘하는 데가 있죠."

백발에 가까운 머리를 가지런히 빗어 올려 듬성듬성한 정수리를 덮은 노인이 내 뒤에 서 있었다. 부회장이었다. 번쩍이는 금테 안경 너머로 그의 작은 눈이 보일락 말락 했다.

그의 뒤를 따라 나서던 도중에 그의 오른손에 몹시 낡아 보이는 고동색 서류 가방이 들려져 있는 것을 발견했다.

"부회장님, 식사하시고 바로 어디 외근 나가십니까?"

부회장은 고개를 돌려 누런 이를 드러내며 씩 하고 한 번 웃어 보였다. 몹시 간사해 보이는 미소였다.

안산 공장

입사한 지 사흘이 지나서야 공장이 있는 안산 시화공단을 방문할 기회가 생겼다. 곧 출시 예정인 첫 상용화 제품의 제조 과정을 둘러볼 목적이었지만, 그보다는 생산 부문과 개발 부문의 담당 임원께 인사를 드리라는 부회장의 지시가 있었다. 공장까지 초행길에 오르는 나를 위해 함께 수행해주는 직원은 없었다. 그때쯤 나는 이미 웬만한 일은 혼자서 해결해야 한다는 분위기를 눈치로 알아가고 있었다. 적은 인원으로 바쁘게 돌아가는 조직이다 보니 다른 직원들의 협조를 구하기가 매우 열악한 환경이었다.

내비게이션에 입력한 주소에 도달하니 공단 북쪽 구석에 오래된 공장 하나가 눈에 들어왔다. MS중공업, 예상보다는 큰 규모의 공장이었다. 하지만 그것은 어디까지나 모회사의 자산이었다. 내가 몸담은 MS에너지는 모회사의 공장 귀퉁이를 빌려 겨우겨우 첫 제품을 조립하는 형편이었다.

***

MS에너지의 안산 근무 인력들은 2공장이라는 건물의 3분의 1 정도를 별도 구획해 근무하고 있었다. 공장 단지 안에는 울창한 나무가 많았다. 특히 절반 이상을 차지하는 은행나무마다 푸릇한 잎사귀 아래 미니어처 포도송이처럼 생긴 수꽃이 매달려 있었다. 문득 발걸음을 멈추고 손을 위로 내밀어봤다. 하지만 아무리 까치발을 하고 팔을 뻗어봐도, 수꽃은 너무나 멀리 있었다.

나는 MS중공업 마크가 새겨진 하늘색 근무복을 입은 직원들에게 묻고 또 물어 'MS에너지㈜'라는 나무 팻말이 달린 장소에 도달하게 됐다. 철제 계단을 올라 삐그덕 출입문을 밀고 들여다보니 어두침침한 사무실 내부에 20명 남짓한 직원들이 무표정한 얼굴로 앉아 있었다. 공장이라고 하기에는 지나치게 조용해서 마치 독서실의 문을 열어젖힌 느낌이었다. 몇몇 메마른 시선들이 나를 힐끔거렸지만 누가 왔는지 별로 신경 쓰지 않는 분위기였다.

잠시 후 얼굴빛이 허연 뚱뚱보 남자가 내 쪽을 향해 걸어왔다. 창문을 통해 들어온 햇살이 그가 착용한 은빛 안경테에 반사돼 차가운 기운이 느껴졌다.

"자네구먼. 나야 뭐 이런 시골구석에 있으니 이력서 사진으로만 봤네만, 사진보다는 훨씬 젊은 인상이구만."

나이가 가늠하기 어려운, 그저 뽀얗다고밖에 할 수 없는 사내가 짐짓 근엄한 표정으로 내게 손을 내밀었다. 그는 생산 부문을 총괄하는 석영우 상무였다.

"안녕하십니까? 기획팀 박상필 팀장입니다. 진작 와서 인사를 드렸어야 하는데 좀 늦었습니다."

나는 허리를 숙여 그의 손을 잡고 흔들었다. 그의 손은 몹시 희고 부드러웠다.

"이름에 무슨 필 자를 쓰나?"

"도울 필 자를 씁니다."

"그래? 허허. 내 아들놈이랑 같구먼. 반갑네. 근데 머리는 어째 염색이라도 한 거가?"

어릴 때부터 갈색에 가까운 내 머리카락을 두고 하는 말이었다.

"아닙니다. 원래 이렇습니다."

손을 놓고 자세히 들여다본 그의 얼굴은 현장에서 잔뼈가 굵은 사람들과는 사뭇 달랐다. 그는 나이에 비해 주름이 거의 없는 통통한 얼굴형의 소유자였으며, 머리는 최근에 염색했는지 온통 시커멓고, 얼굴은 덕지덕지 선크림을 발라놓은 것처럼 하얘서 묘하게도 스산한 분위기를 자아내고 있었다. 안산에서 근무하는 거의 모든 직원이 하늘색 작업용 점퍼를 착용하고 있었지만, 그는 유독 눈에 띄는 은회색 정장에 붉은색 넥타이 차림이었다.

석 상무를 따라 들어간 곳은 입구에 걸린 회의실이라는 팻말이 무색할 정도로 낡고 지저분한 곳이었다. 대롱대롱 천장에 매달린 백열등 아래로 6명이 간신히 앉을 수 있는 낡은 테이블, 군데군데 칠이 벗겨지고 커피색 얼룩이 묻어 있는 더러운 벽, 말로만 들었던 1970년대 취조실을 연상케 하는 곳이었다.

"여기서 잠시만 기다리고 있게."

그러고 보니 그는 처음 대면부터 내게 반말을 하고 있었다. 잠시 후에 그가 키가 작달막하고 낯빛이 거무튀튀한 시골 영감과 함께 들어왔다.

"인사해. 여긴 개발을 맡고 있는 이종찬 상무라네."

"아이쿠, 이거 귀한 손님 오셨네요. 이종찬입니다."

이종찬 상무는 순박한 웃음을 지으며 반가움이 묻은 두 손을 내밀었다.

"이번에 기획팀을 맡게 된 박상필이라고 합니다."

인사를 마치고 나니 딱히 더 할 말이 없었다. 그러나 다행히도 석 상무는 말하기를 몹시 좋아하는 사람이었다. 여직원 한 명이 미지근한 물을 내려놓고 나가자마자, 그가 쉴 새 없이 입을 움직이기 시작했다. 그는 말하다가 누가 잠깐 끼어들기라도 하면 듣는 둥 마는 둥 물을 마시다가 언제고 말허리를 끊고 들어왔다. 대화 중에 그는 자신이 예전에 나름 대기업인 SH중공업 발전기 사업부에서 근무했던 경력을 은근히 내비쳤다. 딱히 에너지 계통의 경력이 없는 나보다 우위에 있다는 점을 각인시키려는 의도로 보였다.

그는 또 내가 부회장의 수하에 있다는 사실을 상기시키면서 이렇게 열악한 공장을 본 적 있느냐고 엄살을 부리기 시작했다. 그러고 나서 판교로 돌아가면 부회장님께 하루빨리 풍력 전용 공장 설립의 필요성을 종용해달라며 너스레를 떨기도 했다. 반면에 옆에 앉은 이 상무는 그저 허허 웃으면서 남의 말을 들어줄 뿐 딱히 자기주장이 없는 사람처럼 보였다. 슬슬 그들과의, 아니 석 상무와의 대화가 지루해질 무렵이었다.

"지금 조립되고 있는 화성 1호기 좀 볼 수 있을까요?"

인사도 충분히 나눈 것 같고 판교로 돌아갈 시간도 된 것 같아 나는 두 번째 방문 목적을 서둘렀다.

***

오수경이 그토록 염원하던 거대한 물체는 사무실 아래층 공장 구석에 덩그러니 놓여 있었다. 공장이라고 해봐야 천장에 매달린 크레인과 지상에 놓인 공구 상자와 지게차가 거의 전부였다.

"이게 나셀(Nacelle, 풍력 터빈의 주된 기계 요소인 기어 박스와 발전기를 포함하는 본체)이라는 거야. 풍력 터빈의 핵심 부품이 대부분 여기 모여 있지. 이걸 100미터 되는 타워(Tower) 꼭대기에다 올려놓고, 블레이드(Blade)를 달면 그게 풍력 터빈이란 거지. 뭐 별것도 아니라고."

공장 투어 중에도 석 상무는 연신 입을 다물지 않고 떠들어댔다.

"출하 예정일이 언제라고 하셨죠?"

"이제 한 달 보름 남았지. 6월 중순쯤이면 이 녀석을 시집보내는 거야. 허허허. 이거 땜에 여러 사람 고생한 걸 생각하면. 이까짓 쇳덩어리 하나 설계하는 일이 뭐 그렇게 어려운 일이라고."

어찌 보면 설계 부문을 무시하는 듯한 발언이었다. 설계를 총괄하고 있는 이 상무가 마음을 상하지는 않을까 눈치가 보였다. 그래서 내가 끼어들었다.

"그래도 이런 대형 터빈을 설계하시느라 이 상무님께서 고생이 많으셨겠습니다. 안 그렇습니까?"

내가 약간 치켜세우자, 이 상무는 오히려 난처한 표정을 지으며 손사래를 쳤다.

"무슨 소리예요? 저는 MS중공업에 있다가 여기 풍력으로 옮긴 지 1년밖에 안 됐습니다. 마강토 상무라고 전에 계시던 개발 상무가 갑자기 그만두는 바람에 부랴부랴 발을 담그게 됐죠. 여기 와서 제가 한 일이라고는 거의 없어요. 그저 석 상무님이 계셨으니까 이렇게 훌륭한 제품이 만들어진 거죠."

이 상무의 아부성 발언에 석 상무는 헛기침을 하면서 고개를 빳빳이 들고 나를 내려다봤다. 그들 사이에 흐르는 미묘한 서열 내지 역학 관계를 감지할 수 있었다.

"아, 제가 잘 몰랐습니다. 어쨌든 훌륭하신 두 분 밑에서 일하게 돼 새삼 영광입니다."

콘크리트를 발라놓은 듯한 석 상무의 근엄한 얼굴이 그제야 조금 풀어진 것 같았다. 그가 번쩍이는 은빛 안경테를 매만지며 다시 입을 열었다.

"내가 여기 온 지도 벌써 1년이 넘어가고 있구만. 내가 여기 왔을 때만 해도 문제가 한두 가지가 아니었지. 1.5MW 시제품이라고 하나 돌리고 있었는데, 그나마도 요잉 시스템(Yawing system, 블레이드를 바람이 불어오는 방향으로 자동 전환해주는 제어 장치)이 박살이 나서 다들 손을 놓고 있더군. 내가 딱 보니 설계가 문제였어. 하중 해석을 엉터리로 했더라고. 미국에서 박사를 받았다는 전임 개발 상무 놈이 대충 설계해서 그런 고철 덩어리를 만들었더라고. 모두가 망연자실하고 있을 때 회장님을 설득한 사람이 바로 나였지. 아직 우리 국산 기술로 풍력 터빈 설계는 너무 요원한 일이니, 유럽 엔지니어링 업체와 공동 설계를 하자고 말이야. 그 참에 용량도 2.5MW급으로 높였던 거고. 1.5MW는 말도 안 되는 용량이거든. 이미 시장에서는 전부 2MW급이 깔리고 있는데 그런 소형을 만들어서 뭘 하려고 했던 건지 원. 아무튼 그때 그 개발 상무 놈이 끝까지 자체 개발하겠다고 고집부리는 통에 골치가 아팠지 뭔가."

석 상무는 민망할 정도로 자화자찬에 익숙했다. 그러나 그의 말에 나는 고개를 갸우뚱거렸다. 오래전 오수경과의 술자리에서 들었던 얘기와 다소 상이한 부분이 있기 때문이다.

"죄송합니다만, 기존 1.5MW 구모델이 실패하면서 유럽의 공동 개발자를 발굴하고 용량도 2.5MW로 키우자는 주장을 편 사람은 죽은 오 상무 아니었습니까? 혹시 제가 잘못 알고 있는 건가요?"

말을 하면서도 아차 싶었다. 그러나 이미 엎질러진 물이었다. 내 말이 끝나기 무섭게 분위기가 싸늘해졌다. 석 상무의 얼굴이 붉으락푸르락 칠면조처럼 변해가고 있었다. 이 상무는 아예 눈을 내리깔고 불호령에 대비하고 있었다. 석 상무는 화를 누그러뜨리려는지 깊게 심호흡을 한 번 하더니, 이내 냉정을 되찾으며 입을 열었다. 짧은 시간 동안 그의 얼굴에 나타난 표정 변화에서 그가 놀라운 자제력의 소유자임을 읽을 수 있었다.

"안 그래도 오 상무와 잘 아는 놈이 기어들어 온다길래 걱정했는데, 이거 내가 충고 하나 해야겠구만. 앞으로 오수경 그놈에 대한 언급은 될 수 있으면 안 하는 게 좋을 거야. 최소한 내 앞에서는 말이야. 그 애송이 녀석이 우기는 바람에 작년 겨우내 국제 인증 받는답시고 눈보라 속에서 시운전하며 당한 그 개고생을 자네가 알아? 오 상무 그놈이 회장님에게 달라붙어 모든 걸 망쳐버린 거야. 새파란 놈을 상무 자리에 앉힌 것부터가 문제였지만. 내 박 팀장에게 딱 한 마디만 하겠어. 풍력의 '풍' 자도 모르면서 대충 어디서 듣고 인터넷이나 뒤적거린 내용으로 입만 나불대려거든 일찌감치 그만두는 게 좋을 거야. 오 상무처럼 되지 않으려면 말이지."

나는 석 상무의 낮고 단호한 어조에 완전히 기가 눌려버렸다. 내가 할 수 있는 일은 비굴한 사과뿐이었다.

"심기를 불편하게 해드렸다면 죄송합니다. 제가 아직 잘 몰라서 드린 말씀이니 너무 노여워하지 마십시오. 정말 죄송합니다."

진심이 아니면서 잘못했다고 말해야 하는 상황, 회사 생활에서 가장 서글픈 순간이 아닐까 싶다. 공장 투어는 그렇게 어색하게 끝나버렸다. 그리고 나는 공장 식당에서 두 상무와의 좌불안석 점심으로 그날의 일정을 마무리해야 했다.

나중에 알게 된 사실이지만, 석영우는 오수경과 같은 날 입사해 사업 초기에 발생한 문제들을 함께 해결해왔던 인물이었다. 해외 업체와의 공동 개발과 2.5MW로의 용량 변경까지는 그럭저럭 오수경이 먼저 주장하고 석영우가 지지해주는 모양새였다. 그러다가 제품 설계까지 마친 뒤 석영우는 신모델의 시제품 설치 시점에 대한 이견을 시작으로 오수경과 충돌하기 시작했다. 2013년 겨울에 임박해

시제품 제작이 마무리된 직후, 오수경은 무리를 해서라도 곧바로 설치를 해야 한다는 입장이었다. 동절기 양질의 바람 조건하에서 테스트를 해야 이듬해 봄에 국제 인증을 마치고 본격 영업 활동을 시작할 수 있고, 그렇게 하지 못하면 시장 진입 시기가 상당히 지연될 수 있다는 이유를 들었다. 반면에 석영우는 폭설로 동절기 설치가 용이치 않다는 현실적인 이유를 근거로, 시장 진입이 좀 늦을 수 있어도 안전하게 다음 해 봄으로 시제품 설치를 미루자는 주장이었다.

갑론을박 끝에 결국 신모델 시제품은 오수경의 주장대로 그해 겨울 강원도 산간에 설치 작업에 착수했고, 다행히 폭설이 내리기 직전에 모든 설치를 마쳤다. 하지만 그 뒤로 무슨 이유에선지 겨울 내내 시제품은 크고 작은 결함으로 바람 잘 날이 없었다. 오수경은 물러서지 않고 유지 보수 인력을 현지에 거의 상주시키다시피 하는 방법으로 밀어붙여 이듬해 2014년 봄 마침내 국제 인증을 받는 데 성공했다.

안산 공장에서 그리 멀지 않는 모텔에서 그가 차가운 시체로 발견된 것은 그로부터 얼마 지나지 않은 시점이었다.

판교 사무실로 돌아오는 고속 도로 위에서 내 귓가에는 석 상무의 낮은 음성이 계속 맴돌고 있었다. 그의 말은 마치 악마의 목소리처럼 계속 형태를 바꿔가며, 내 머릿속을 떠다니고 있었다.

'오 상무처럼 되지 않으려면 말이지.'

'오 상무처럼 죽고 싶지 않으면 말이야.'

'오 상무처럼 까불다가 나한테 뒈지고 싶지 않으면 조심하라고!'

환영 회식

첫 출근했던 그 주의 마지막 날, 나를 위한 조촐한 환영회가 열렸다. 판교 사무실 근무자 중에서 개발팀을 제외하고 기획팀, 관리팀, 영업팀 세 팀이 부회장과 함께하는 자리였다. 누군가가 저녁 6시로 예약한 삼겹살 식당은 7시가 돼서야 자리가 다 채워졌다. 맞은편에 앉은 정철호 팀장이 나보고 들으라는 듯이 혼잣말을 했다.

"그래도 핵심 팀장님이 새로 오셨는데, 이런 허접한 삼겹살이 뭐꼬?"

1인분에 7,000원짜리 냉동 대패 삼겹살 식당이었다. 직원들이 편안하게 자리를 잡고 익숙하게 밑반찬을 집는 모양새로 보아 처음 온 장소는 아닌 것 같았다.

"많이 드세요. 팀장님."

내 옆자리에 앉은 신혜원이 맨 먼저 익은 고기를 가리키며 내게 권했다. 하지만 내 식욕은 크게 왕성하기는 어려운 상황이었다. 자리에 앉자마자 정신없이 내게 날아드는 술잔들 때문이다.

몇 순배가 돌아간 이후, 벌써 얼굴이 벌게진 부회장이 그날의 유일한 공식 멘트를 시작할 기색이었다. 그는 풍력 터빈을 풍뎅이라는 별칭으로 불렀다.

"자아, 오늘 정말 경사로운 날입니다. 우리 풍뎅이가 성공적인 제품 설계와 시제품 인증을 마치고, 이제는 상용화 제품 출하를 목전에 둔 상태입니다. 안 그래요? 내 말이 무슨 말이냐 하면 이제는 기획과 영업의 시대가 왔다 이겁니다. 여기 영업 팀원들도 잘하고 계시지만, 이번에 새로 들어오신 박상필 팀장님의 어깨가 그래서 무겁다 이 말입니다. 그렇죠?"

부회장의 사설이 지나치게 길어지고 있었다. 건배를 위해 길게 내민 오른손들이 조금씩 움츠러들고 있는데도 그는 아랑곳하지 않고 말을 이었다.

"정철호 팀장, 올해 우리 경영 계획 매출이 얼마죠? 공사 매출 제외하고 터빈만 250억 맞죠? 10대를 팔겠다고 회장님께 약속했으니까요. 그렇죠? 자 내가 약속 하나 하겠습니다. 올해 안에 우리가 10대를 파는 그 시점부터 매일 소고기만 먹는 겁니다. 아시겠죠? 자아, 그럼 건배를 제안하겠습니다. 박상필 팀장님의 입사와 우리 MS에너지의 경영 계획 달성을 위하여!"

"위하여!"

부회장 1명의 목소리보다 나머지 10여 명의 복창 소리가 더 작았다. 뜬금없는 매출 독려 발언 탓에 분위기가 다소 냉랭해졌다. 곧이어 합성 탄에서 피어오르는 매캐한 일산화탄소 너머로 다시 술잔이 넘나들기 시작했다. 술잔들은 여전히 나에게 집중됐다. 내 앞에 쌓인 술잔을 대강 해치우고 숨을 돌릴 때쯤, 나는 맞은편 부회장의 무릎 위에 놓인 무엇인가를 발견했다.

"부회장님, 불편하실 것 같은데 가방 이리 주십쇼. 저쪽 구석에 잘 두고 오겠습니다. 고기 냄새가 배일 수도 있거든요."

별로 마시지도 않은 노인은 더욱 벌겋게 얼굴이 달아올랐다. 그는 그냥 놔두라는 뜻으로 턱을 흔들면서, 오른손으로는 낡아빠진 손가방을 들어 올렸다. 대충 봐도 20년은 넘게 사용했을 법한 고동색 샘

소나이트 가방이었다. 그러고 보니 부회장은 출근할 때나 퇴근할 때
는 물론이고 심지어 회의나 식사 장소에도 그 가방을 곁에 두고 있
었다.

"아, 이거? 내가 예전 회사에서 과장 승진했을 때 마누라가 사준
거지요. 내가 가장 아끼는 복덩이라고 할까요. 젊은 시절부터 지금까
지 삼시 세끼 굶지 않게 돈을 벌어다 준 가방이니까요. 하하하."

부회장의 과장스러운 너털웃음 너머로 번쩍거리는 금빛 어금니가
살짝 보였다. 그의 옆자리에서 아니꼬운 얼굴로 바라보던 정철호가
끼어들었다.

"아하, 그래서 그랬나 봅니다. 얼마 전에는 화장실에서 나오실 때
도 들고 계셨다 안 합니까?"

나는 하마터면 터트릴 뻔한 웃음을 꿀꺽 삼켰다. 주변 눈치를 보
니 테이블 여기저기 은밀하게 부회장을 향한 조롱의 시선들이 아른
거렸다.

***

부회장의 이름은 구승팔이다. 그는 경상북도 안동 출신으로 비교
적 서울 말씨를 썼지만, 말끝마다 동의를 바라는 듯이 토를 다는 버
릇이 있었다. 이를테면 그렇죠? 맞죠? 안 그래요? 이런 식이었다. 그
는 소비재로 이름이 나 있는 어느 대기업에서 임원까지 지내다가 정
년퇴직한 인물로, 이후 개인 사업을 한답시고 평생 모은 재산을 몽
땅 말아먹고 4년 전쯤 MS중공업으로 흘러 들어왔다. 그가 회장의

대학 동창이라는 소문이 있었지만 자신의 입으로 언급한 적은 한 번도 없었다. 그가 회장에게 지나치게 깍듯이 대하는 태도로 미뤄 동창 관계는 아닐 거라 추측하는 이도 있었다.

이 땅의 수많은 직장 상사가 외로운 위치에 있겠지만, 어쨌거나 부회장만큼 왕따 상사도 드물었다. 그를 존경스러운 눈빛으로 대하는 직원은 보이지 않았고, 심지어 점심시간이 되면 그와 눈도 마주치지 않으려는 직원들이 대다수였다. 첫날 그가 내게 점심을 함께하자고 했던 것은 다 이유가 있었다. 여하튼 그날 이후로 나는 부회장의 점심 식사 당번이 됐다. 식당 선정과 메뉴 선택까지 그의 까다로운 비위를 맞추는 일부터 식사 도중 내내 음식 맛에 대한 불평을 들어주는 일까지, 가끔은 차라리 도시락을 싸가고 싶다는 생각이 들기도 했다. 더군다나 그는 노령임에도 불구하고 마치 먹기 위해 태어난 사람, 아니 벌레처럼 식탐이 심했다. 공깃밥 추가 또한 늘 내가 대신해야 할 업무 중의 하나였다.

***

얼큰하게 취기가 오른 한 사내가 술병을 들고 내 자리로 다가온 것은, 이미 기본 주량을 훨씬 넘긴 내가 옆에 앉은 신혜원과 이런저런 농담을 던지며 속도를 조절하던 와중이었다.

"아이고 팀장님, 여기 숨어 계셨군요. 제 계란주 받으셔야죠."

쉰 목소리, 이희구 사원이었다. 순박한 웃음이 그의 눈가에 잔주름을 더욱 깊어 보이게 했다. 특이하게도 그 회사에서는 새로 들어온 사람에게 '계란주'라는 것을 먹이는 풍습이 있었다. 계란주의 제조 기술 전수자는 한 해 전에 입사한 이희구였다.

"하하. 숨긴, 언제 숨었다고."

"자, 여기 있습니다."

맥주잔에 소주를 반쯤 붓고 달걀노른자 2개를 빠뜨리는 것이 제조 과정의 전부였다. 목구멍을 넘어갈 때 노른자가 터지며 풍겨 나오는 비릿한 기운이 그리 나쁘지만은 않았다. 이희구는 아예 내 옆에 앉아 있던 신혜원을 밀어내고 제대로 자리를 차지했다. 이어서 술 냄새가 풀풀 풍기는 그의 입에서 약간은 해괴한 이야기가 흘러나왔다.

"사실은 환영의 술이 아니라 일종의 백신이라고 보시면 됩니다. 앞으로 저 노인네 밑에서 일하시려면 고생문이 훤하실 테니 말입니다. 단, 오 상무님도 그걸 드시고도 결국 돌아가셨으니 약발은 장담 못합니다."

"아, 그래? 이거 영광이구만. 근데 어떤 약발 말이지?"

"어떤 약발이겠습니까? 저 노인네의 추악한 손아귀로부터 보호하는 거죠. 우리 오 상무님을 죽이고 저기 버젓이 앉아 있는 저 인간 말입니다."

나의 혈관을 데우고 있던 알코올 기운이 순식간에 증발해버리는 느낌이었다. 다행히 부회장은 맞은편에 앉은 정철호를 붙잡고 잔소리를 늘어놓느라 듣지 못한 눈치였다.

"믿지 못하시겠죠. 당연합니다. 하지만 오 상무님은 정말이지 혼자서 고군분투하셨거든요. 저 욕심 많은 노인네의 시기심이 그 훌륭하신 분을 죽음으로 몰고 말았지만요. 얼씨구나 부려먹을 때는 언제고 말이야. 씨부럴 놈."

갑자기 튀어나온 육두문자를 들었는지 입속 가득 상추쌈을 우겨 넣다가 동그래진 부회장의 눈이 내 눈과 마주쳤다. 나는 황급히 이희구의 어깨를 두드리며 밖으로 나가자고 손짓했다.

***

판교 테크노밸리의 밤거리는 흥청망청한 서울 빌딩가와 달리 한 적해 보였다. 마음껏 토사물을 쏟아낸 이희구가 소매로 입가를 닦으며 허리를 일으켰다.

"죄송합니다. 팀장님 환영 자리에서 이런 추태를…."

그는 퀭한 눈을 깜박이며 억지로 정신을 차리려 애쓰는 모습이었다.

"아니다. 괜찮아. 그보다 아까 그 말은 무슨 뜻이지? 부회장님이 오 상무를 죽였다는 말."

이희구는 피식 웃으며 호주머니에서 담배를 꺼내 물었다. 나에게도 권했으나 나는 손을 좌우로 흔들었다.

"뭐 완전히 틀린 말은 아니었습니다. 제가 작년 초에 입사하자마자 구모델 실패로 사업을 하네 마네 하고 있었거든요. 때마침 그때 오 상무님이 오셨죠. 이미 쓰러진 사업을 하나하나 일으켜 세우니까, 처음에는 부회장도 간 쓸개 다 내줄 듯 상무님을 챙기더군요. 사업을 읽는 능력도, 전개하는 실행력도 정말 출중한 분이셨으니까요. 언제부턴가 회장님이 웬만한 일은 오 상무님을 직접 찾으셔서 지시하기 시삭했죠. 당연한 일 이니겠습니까? 그때부터 부회장의 태도가 돌변한 겁니다. 자리가 불안해져서 그랬겠죠. 그때부터 회장님께 오 상무가 조직 질서를 무너뜨렸다는 등 독단적으로 결정하다가 큰 수주 기회를 놓쳤다는 등 말도 안 되는 고자질이 시작됐고요. 오 상무님이 돌아가신 건 다 부회장 탓입니다. 얼마나 괴로워하셨는지 제가 곁에서 다 봤다니까요."

정말이지 기가 막힌 이야기였다. 나는 다시 한 번 오수경의 유서 속에 나오는 문구를 떠올리고 있었다. 오수경, 그는 여기서 어떻게 지내고 있었을까? 이 무수한 갈등 관계는 무엇을 의미하는 것일까? 나는 탄식하듯 한마디를 내뱉었다.

"오수경 상무님, 정말 그렇게 대단한 분이셨나 보네."

이희구는 다 타버린 꽁초로 새로운 담배에 불을 옮겨 붙이느라 잠시 뜸을 들이다 대답했다.

"그럼요. 기획은 물론 영업 업무도 도맡아서 하셨으니까요. 다음 달 출시되는 첫 제품 수주 건도 오 상무님이 혼자 따온 거나 다름없어요. 상무님 들어오시기 직전에 갑작스럽게 영업 팀장이 그만둔 일이 있었거든요. 그 바람에 상무님이 영업 팀장까지 겸임했던 거고요."

언뜻 얼마 전 안산 공장에서 들었던 누군가가 떠올랐다.

"영업 팀장이 관뒀다고? 듣자 하니 개발 임원 분도 작년에 교체된 것 같던데."

"맞습니다. 마강토 상무라고 전에 계셨던 개발 임원이 있었습니다. 그분도 참 안되셨죠. 아마 작년 이맘때, 그러니까 영업 팀장 나가고 나서 한 달이나 됐을까요? 새벽에 책상 위에 사표를 올려놓고 잠적을 해버리셨지 뭡니까. 야심차게 만든 구모델이 완전 실패로 돌아갔으니 그럴 만도 하셨겠죠."

"잠적이라고? 구모델이라면 그 1.5MW?"

"맞습니다. 30억 원이라는 어마어마한 돈이 들어간 프로젝트를 무용지물로 만들었으니 얼마나 죄책감에 시달렸겠습니까? 집에도 연락을 끊으시고 어디론가 훌쩍 떠나셨다지 뭡니까."

"그분 신모델 개발도 직접 하겠다고 계속 고집하셨다 그러던데."

"네. 그랬죠. 나름 미국에서 기계 공학 박사 받고 오신 분인데 지나치다 싶을 정도로 터빈 설계를 너무 쉽게 보셨다고 하더군요. 여하튼 다시 하면 된다고 고집 부리는 통에 처음부터 오 상무님과 크게 부딪쳤었죠."

"허어, 별일도 참 많았구나. 이 풍력 사업이란 게 정말 쉬운 사업은 아닌가 보네."

이희구의 어깨를 토닥거리며 술자리로 돌아가는 길에 내 마음 한편에 무거운 먼지가 쌓이고 있었다. 갑자기 회사를 그만뒀다는 영업 팀장이나 아예 잠적을 해버렸다는 개발 임원의 이야기에, 이 회사가 그리 안정적인 직장이 아닐 수 있겠다는 불안감이었다.

그날 내 환영회는 결코 유쾌하지 않은 한바탕 소요로 대미를 장식했던 것으로 기억한다. 술이 무르익을 대로 무르익어 어느덧 마무리 식사를 주문하려던 시점이었다. 왁자지껄하는 웅성거림을 뚫고 여인의 흐느끼는 소리가 흘러나왔다. 깜짝 놀라 시선이 집중된 자리에서 누군가의 가냘픈 이께가 들썩이고 있었다. 흔들리던 어깨는 사람들의 시선을 의식했는지 잠시 주춤하더니 누가 말릴 틈도 없이 밖으로 뛰쳐나갔다.

"정 팀장님, 정말 너무하셨어요."

신혜원의 나무라는 말투에 난처한 얼굴로 머리를 긁적이던 남자는 정철호였다.

"나 이거 참."

그는 주변의 원망스러운 시선을 의식하면서 볼멘소리를 늘어놓았다.

"그만 좀 째려봐라. 내가 뭐 무슨 성희롱이라도 했나? 남상미 씨 콤플렉스가 너무 심한 거라고."

"팀장님이 비웃고 놀린 건 사실이잖아요?"

신혜원의 독기도 만만치 않았다.

"『이솝 우화』라잖아. 남상미 씨 인생에서 지금까지 가장 감명 깊게 읽은 책이. 초등학교 이후로는 읽은 책이 없냐고 장난삼아 한마디 한 거야. 그게 저렇게 울고불고 할 일이냐고. 에이, 우라질."

『이솝 우화』라고? 취중에 불현듯 오수경의 유서가 머릿속에 펼쳐졌다. 오수경의 목덜미를 물어뜯은 늑대가 어쩌면 이 회식 자리에 앉아 있을지도 모르겠군.

순간 오싹한 기운이 올라와 취기를 가시게 했다.

밖으로 뛰쳐나간 사람은 관리팀에서 주로 전표 처리를 담당하는 주근깨 여직원이었다. 나는 그녀의 이름이 남상미라는 것을 그날 처음 알게 됐다. 그녀는 입사 첫날 내가 인사를 건넸을 때도 쑥스럽게 고개만 숙였을 뿐 자신의 이름을 말하지 않았다. 나중에 차차 알게 됐지만, 그녀는 MS에너지가 설립된 2011년 겨울 즈음에 교복을 입은 채로 첫 출근을 했다. 그녀는 당시 정권에서 반짝 유행처럼 채용을 장려했던 소위 고졸 사원이었다. 어렸을 적 앓았다는 소아마비로 다리를 절룩거리며 면접장에 나타났던 그녀는 수십 대 일의 경쟁률을 뚫고 당당히 입사했다. 회사 설립 초기라서 그녀의 입사 과정을 자세히 기억하는 사람은 드물었지만, 어쨌든 일 처리 하나만큼은 똑 부러진다는 평판이 있었다.

***

술자리가 파한 뒤 긴장을 놓아서인지 뒤늦게 취기가 올라와 이미 정신을 가눌 수 없을 정도로 나는 만신창이가 돼 있었다. 조심해서 들어가라며 하나둘씩 인사를 남기고 사라지는 동료들 틈새로 신혜원을 발견한 것이 화근이었다. 제정신일 때에는 최대한 업무적으로 대하던 그녀였지만, 이성을 던져버린 내 목구멍 속에서 헛된 욕망이 꿈틀대고 있었다. 나는 비틀비틀 그녀를 향해 다가갔다.

"지, 집이 어디죠? 나, 나랑 같이…."

한잔 더 하겠느냐 말할 참이었다. 돌이켜볼수록 눈물 나게 지워버리고 싶은 장면이었다. 혀 꼬부라진 진상의 출현에 그녀는 여전히 상냥한 얼굴로 대답했다.

"팀장님, 다음에요. 저는 부회장님 댁까지 모셔다 드리고 가야 돼서요."

그녀의 눈길이 가리키는 길 건너편에 택시 한 대가 정차해 있었다. 그리고 택시의 뒷좌석 창문 틈 너머로 부회장의 반짝이는 금빛 안경테가 보였다. 내가 뭐라고 대꾸할 틈도 없이 그녀는 가벼운 목례를 남기고 도로를 가로질러 뛰어갔다.

나는 멍하니 그 자리에 서 있었다. 사람들은 모두 사라진 뒤였다. 문득 외로움이 밀려왔다. 어렵게 구한 일터에서의 일주일이 까마득하게 길었다는 생각도 들었다. 바로 그때였다. 등 뒤에서 귀에 익은 목소리가 들려왔다.

"어이, 박 팀장님. 아직 안 가셨네요?"

경상도 사투리가 섞인 억양, 정철호였다. 그는 근처 화장실에라도 다녀온 모양이다. 나는 말없이 큰 키의 그를 올려다봤다.

"좀 전에 보니까 신 대리를 쳐다보는 눈빛이 예사롭지 않던데요? 회사 동료를 대하는 눈빛은 분명 아닌 것 같고, 그게 뭐랄까? 약간 굶주린 수컷의 눈빛이라 할까요?"

쥐구멍에라도 숨고 싶었다. 번쩍 정신이 돌아온 내가 생각해낸 대응은 잡아떼는 것 말고는 없었다.

"무, 무슨 말씀이세요? 농담이 지나칩니다."

그는 허리를 숙여 내 코앞까지 얼굴을 디밀었다. 그리고 말까지 더듬는 내 눈을 빤히 들여다봤다. 마치 다 알고 있다는 듯이.

"아, 그래요? 그렇다면 다행이지만 내 충고 하나 하지요. 조심하는 게 좋을 겁니다. 그 여시 말입니다. 하기사 임원급 아니면 상대도 안 해주겠지만요. 내가 알기로 오수경도 그 여시의 농간에 놀아났다 이 말입니다."

능글맞게 눈을 한 번 찡긋하고 그는 뒤로 손을 흔들며 멀어져갔다.

언제 어떻게 집까지 찾아왔는지 전혀 기억나지 않았다. 문득 정신을 차려보니 아파트 엘리베이터 안이었다. 양쪽 정강이가 뻐근한 것으로 보아 이리저리 밤길을 쏘다니다 온 것이 분명했다. 집에 돌아온 나는 잠들어 있는 아들의 방문부터 열어봤다. 그림을 그리다가 잠들었는지 책상 위에는 몇 장의 A4 용지와 색연필들이 널려 있었다. 나는 조용히 침대로 다가가 이불을 덮어주고 방에서 나왔다. 그리고 쓰러지듯 거실 소파에 누워버렸다.

낯설고, 두렵고, 수치스럽고, 혼돈에 휩싸였던 일주일이었다. 그 일주일의 피로가 밀려와 스르르 내 눈꺼풀을 닫아줬다. 그러나 피곤에 지친 육신과 달리 내 영혼은 치유가 필요했던 모양이다. 얼마 못 가서 눈이 번쩍 떠졌다. 거실 형광등에서 도깨비불 같은 것이 반짝인 것 같았다. 머리는 점점 더 말똥말똥해지고 있었다.

점심시간

"야, 여기다."

판교 테크노밸리 인근 지하 상가였다. 언젠가 부회장과 대구지리탕을 먹은 식당이었다. 식당에 들어서자마자 곱슬머리 사내가 구석자리에서 해맑게 웃으며 손을 흔들었다. 그는 우중충한 아웃 도어 차림으로 주변 정장 차림의 회사원들과 확연히 구별됐다.

"미안하다. 눈치 좀 보다가 나오느라."

"야야, 괜찮아. 네가 계산하면 되지. 법인 카드는 나왔겠지?"

점심시간이 임박해서 불쑥 심찬보가 나를 찾아왔다. 어차피 내가 낼 생각이었지만 그에게는 늘 이런 식으로 내 호의를 차갑게 식혀버리는 재주가 있다.

"근데 웬일이냐? 월요일부터 연락도 없이. 가게는 어떻게 하고?"

"이제 가서 열어야지. 늦잠 자고 나가다가 배고파서 왔다. 오전에는 통 손님도 없고. 그나저나 내 나와바리로 들어왔으면 신고식을 해야 할 거 아냐. 내가 꼭 이렇게 몸소 찾아와야 되겠냐?"

심찬보의 집은 판교 사무실과 가까운 분당이었고, 그가 운영하는 낚시점은 용인 수지에 있었다.

"이제 일주일이잖아. 안 그래도 적응 좀 마치고 곧 전화하려던 참이었어. 네 꼬라지 보아하니 해장이라도 해야겠지?"

퀭한 눈만 봐도 그는 전날 밤 과음한 몰골이었다. 나는 1만 5,000원짜리 대구매운탕을 두 그릇 주문했다.

"어떠냐? 안테나는 좀 세워봤냐?"

찬물을 벌컥벌컥 마시다가 그가 뜬금없이 물었다. 문득 그에게 오수경의 유서를 보냈던 기억이 났다. 오수경의 전처가 다녀간 직후였다. 웬지 그 서류를 혼자만 간직하기에는 부담스러웠던 탓에 나는 스캔을 떠서 그에게 이메일로 보내줬다.

"아아, 그, 그거? 글쎄다."

"무슨 대답이 그렇게 싱거워? 바빠서 그래? 아니면 너 혹시 진짜 자살이라고 생각하는 거야?"

회사에 들어오고 나서 도무지 생각할 겨를이 없었다. 오수경과 갈등 관계에 있었던 몇몇 사람들을 알게 됐지만 그날 심찬보와 그 이야기를 진지하게 나누고 싶은 마음은 아니었다.

"세상이 아무리 험해졌다고는 하지만 살인이라는 거 그렇게 쉬운 일 아니거든?"

"그러냐?"

미적지근한 내 태도에 심찬보의 질문은 거기서 멈추는 듯했다. 그러나 음식이 나오자마자 그가 다시 입을 열었다.

"나는 그 수경이 형이 썼다는 글, 너무 리얼하던데. 너도 알겠지만 형이 보험 사기를 칠 위인은 못 되지. 그 형 아들이 네 아들이랑 거의 나이가 같지, 아마?"

에둘러 얘기하는 그의 의도를 알 것 같았다.

"내가 알아서 할게. 회사가 뭐 그렇게 한가로운 곳인 줄 알아?"

몹시 짜증 섞인 내 말 한마디에 그도 결국 입을 다물었다. 그러나 그가 새로 꺼낸 화두는 내 신경을 더욱 건드렸다.

"그나저나 저번에 그 여자, 미스코리아 뺨치게 생긴 그 여자 말야. 너네 회사에 있더냐? 어느 부서야?"

"우리 팀 직원이더라."

나는 밥알 하나를 뱉어버리듯 퉁명스럽게 대답했다.

"그래? 이야! 이거 매일매일 회사 갈 마음이 저절로 생기겠는걸. 너 혹시라도 딴 맘 품으면 안 된다. 근데 너 표정이 왜 그래? 벌써 홀딱 빠진 눈친데?"

안 그래도 예민해 있던 부분이었다. 나는 심기가 불편해질 대로 불편해져 숟가락을 던지듯 내려놓고 말았다.

"밥값은 계산하고 갈 테니 천천히 들다 가셔."

나는 거칠게 의자를 젖히고 자리에서 일어섰다. 입사 초기부터 엉망진창으로 복잡해진 내 속사정을 그가 알 리는 없었다. 문을 나서다가 내가 좀 심했나 싶어 뒤를 돌아봤다. 다행히도 그는 아무렇지도 않은 얼굴로 대구탕 그릇을 기울이고 있었다.

***

점심시간이 30분이나 남아 있는 사무실은 빈집처럼 고요했다. 나는 탕비실로 가서 냉수 한 컵을 벌컥벌컥 마시고 자리로 돌아와 털썩 주저앉았다. 주말을 과도하게 낮잠으로 보낸 탓인지, 지난밤에도 그리 숙면을 취하지 못했다. 푹신한 등받이에 기대니 저절로 눈이 감겼다. 사무실 어디에선가 흘러나오는 이상한 소리를 들은 것은 내 영혼이 현실과 꿈의 경계선을 거의 넘어가려던 찰나였다.

"아이~. 으~어."

가냘픈 여자의 음성이 흘러와 단번에 내 눈꺼풀을 들어 올렸다. 무슨 소리지? 나는 의자를 돌려 주변을 둘러보면서 귀를 기울였다. 여자의 신음 소리가 다시 간헐적으로 들려왔다. 소리가 흘러나오는 진원지는 아무래도 내 자리에서 그리 멀지 않은 부회장의 방인 것 같았다.

무슨 소리지? 손님이라도 왔나? 문득 지난주 회식이 끝나고 부회장과 함께 택시에 올랐던 신혜원의 모습이 떠올랐다. 가슴이 덜컥 내려앉았다. 머리에 피가 확 몰리는 느낌이었다. 그럴 리가 없다고 마음을 가다듬으면서도 벌써 내 마음 한구석에는 강한 의혹이, 아니 그보다는 강렬한 질투심이 솟구쳤다. 나도 모르게 자리에서 벌떡 일어났다. 그리고 천천히 부회장의 방 앞으로 다가가 방문에 귀를 갖다 댔다.

"아~으. 아이~."

마치 신음 소리 같았다. 그리고 간간이 의미를 알 수 없는 남자의 음성이 뒤섞여 흘러나왔다. 더 들어볼 필요도 없었다. 신성한 회사에서 그것도 백주 대낮에 이게 무슨 짓이란 말인가? 순간 나는 이성을 잃고 말았다. 거칠게 부회장 방의 문고리를 비틀고 문을 열어젖혔다. 그리고 나는 눈앞에 펼쳐진 광경에 또 한 번 입을 다물지 못했다.

"박 팀장, 이게 무슨 무례야? 노크도 없이."

부회장은 집무실 중앙에 위치한 4인용 탁자에 앉아 있었다. 나이에 어울리지 않는 그의 핑크색 넥타이가 먼저 눈에 들어왔다. 안경 너머로 치켜뜬 그의 작은 눈이 갑작스런 난입자를 쏘아봤다. 그의 맞은편에는 신혜원이 토끼처럼 놀란 얼굴로 나를 올려다보고 있었다. 내 시선은 황급히 탁자 위에 놓인 2권의 똑같은 책을 더듬었다. '이얼싼 중국어', 중국어 회화 교본이었다. 아마도 그들은 초급 단계의 중국어 성조와 발음을 연습 중이었다. 나중에 이희구를 통해 알게 된 사실이지만, 그녀는 부회장의 강요로 일주일에 한 번씩 무료 중국어 강습을 하고 있었다.

"죄, 죄송합니다. 저는 도, 도둑이 든 줄 알고."

스스로 생각해도 말도 안 되는 핑계였다. 나는 눈을 질끈 감고 황급히 그 자리를 떠야 했다. 수치심에 고개를 들지 못한 채 나는 그날 오후 내내 모니터 뒤에 숨어 있었다. 무분별한 내 행동의 밑바닥에 허황된 질투심이 깔려 있다는 사실이 나를 더욱 힘들게 했다. 나는 저녁까지 한마디 없이 쥐 죽은 듯이 앉아 있다가 공식 퇴근 시간이 되자마자 무슨 급한 약속이라도 있는 사람처럼 부리나케 사무실을 나섰다.

부서원들

분명히 말해두고 싶다. 애초에 나는 누군가의 죽음을 파헤치는 탐정 흉내를 내려고 그 회사에 들어간 것이 아니었다. 오수경의 전 처로부터 간곡한 부탁이 있었다고는 하나, 나는 내 앞가림도 변변히 하지 못하고 있는 처지였다. 나는 달마다 가족의 호구를 책임지기에도 급급한, 남들처럼 휴대폰 배경 화면의 가족사진을 보며 위안과 부담을 동시에 느끼는, 그저 평범하고 고달픈 가장일 뿐이었다.

더욱이 내가 나선다고 해서 오수경이 누군가에 의해 죽음을 당했다는 사실을 밝혀낼 자신은 더더욱 없었다. 오수경과 의견 충돌이 빈번했던 사람들은 의외로 많았다. 그들 중에서 살의를 품을 정도의 동기를 발견한다는 것은 결코 쉬운 일이 아니었다. 행여 운 좋게도 누군가로부터 숨겨진 범행 동기를 발견한다 한들 경찰의 판단을 바꿀 만한 물증을 찾아내는 일은 또 다른 문제였다.

신혜원에 대해서도 마찬가지였다. 가정을 가진 남자로서 허망한

로맨스를 꿈꾸려 그 회사에 들어간 것은 더더욱 아니었다. 권태기에 들어선 수컷으로서 눈부시게 아름다운 그녀를 볼 때마다 유부남으로 살아왔던 10여 년을 순간순간 망각한 것은 사실이었다. 그렇지만 거기까지였다. 결코 수컷들의 입장에서 인지상정에 속하는 범주를 넘어서지 않았다고 나는 자부할 수 있다.

주말 동안 고심에 고심을 거듭했던 결론이 있었다. 입사 초기부터 꼬일 대로 꼬인 상황에서 벗어나기 위해, 나는 매우 단순하고 유일한 목표를 따르는 단조로운 삶을 살기로 했다. 그 결심을 슬로건으로 표현한다면 '오랫동안 회사에서 살아남기'가 가장 가까울 것 같다. 회사라는 조직에서 오래 살아남기 위한 첫 번째 필요조건은 좋든 싫든 상사들과의 원만한 관계라는 것을 나는 잘 알고 있었다. 첫 단추부터 틀어지고 있는 석영우 상무와 정철호 팀장과의 관계 개선이 급선무로 떠올랐다.

업무 능력 또한 무시할 수 없는 기본 요건이었다. 흔히 기획 팀장이라 하면 시장 환경의 변화와 회사의 히스토리에 정통해 있어야 했다. 그러한 역량들은 상당 부분 근무 경험을 통해 축적되는 경우가 많았다. 내게는 전자 산업과 짧은 헤드헌팅 경험이 전부였고, 중공업이나 에너지 관련 분야에서 일해본 경험이 전무했다. 정신을 차리고 보니 내 앞에 놓인 산더미 같은 과제들이 보이기 시작했다. 그것은 풍력 산업에 대한 이해는 물론 MS에너지가 거쳐온 과정들을 빠른 시간 내에 섭렵하는 일이었다.

식영우는 생각보다 뒤끝은 별로 없었다. 그는 분명 권위적인 사람이지만, 반면에 매우 단순한 성격의 소유자이기도 했다. 그와의 관계 개선을 위한 특효약은 '맞장구' 하나면 충분했다. 통화를 할 때나 회의를 할 때나 '상무님이 말씀하신 바와 같이'라든가, '상무님 의견에 전적으로 동의하면서'라고 말하면, 어느덧 입이 귀에 걸린 그를 쉽게 발견할 수 있었다.

상대적으로 정철호의 경우는 호락호락하지 않았다. 업무 특성상 기획팀은 상당 부분 재무 지수 등의 데이터를 관리팀에 의존해야 했다. 문제는 그가 자료 보안에 매우 원칙적인 태도로 일관하고 있다는 점이었다. 자료를 요청할 때마다 크고 작은 마찰이 일어날 수밖에 없는 구조였다. 나는 어쩔 수 없이 그와의 관계 개선은 보류하되, 더 이상의 악화를 피하는 전략을 취하기로 했다.

***

MS에너지가 겪어온 지난 3년여의 궤적을 파악하는 일은 결코 쉽지 않았다. 나는 매일 밤늦게까지 회사에 남아 이런저런 자료를 숙독하느라 몹시 분주한 나날을 보냈다. 그 과정에서 큰 힘이 돼준 사람들은 다름 아닌 3명의 부서원들이었다.

먼저 자료 확보 측면에서는 일시에 어려움이 해소됐다. 신혜원은 오수경이 사용하던 노트북을 찾아서 가져다줬다. 오수경이 사망한 직후 경찰이 증거물로 가져갔던 그 노트북은 이미 회수해 부회장이 보관하고 있었다고 그녀가 말했다.

노트북에 빼곡히 정리된 디렉토리를 먼저 확인하면서, 나는 그 엄청난 자료의 양에 혀를 내둘렀다. 자료들은 크게 연도별로 폴더가 구분돼 있었고, 그 아래로 '전략 수립', '재무 데이터', '회의 자료', '시장 자료', '영업 업무', '업무 개선', '타 부서 자료' 등등 업무 유형에 따라 반듯하게 분류됐다. 오수경 자신이 직접 작성한 문서들이 상당 부분이었지만 타 부서에서 작성해 공유한 문서들도 일목요연하게 정리돼 있었다.

　나는 최근 자료일수록 유용한 정보가 많다고 판단했다. 그래서 가급적 근래에 작성된 문서를 우선적으로 읽기 위해 최종 수정한 날짜를 기준으로 문서를 정돈해봤다. 그런데 내 머리를 약간 갸우뚱거리게 만드는 구석이 있었다. 가장 최근의 문서가 2014년 1월에 보관된 문서였다. 오수경이 죽은 시점이 3월 초였음을 감안하면 이상한 일이었다. 그러나 2월에는 작성한 문서가 전혀 없었던 것인지, 있었다면 어디 다른 곳에 저장해뒀는지 설명해줄 사람은 이미 세상에서 사라진 이후였다. 작은 의혹은 그리 오래가지 못하고 잠시 내 머리에 머물다 사라졌다. 눈앞에 보이는 방대한 자료에 압도됐기 때문인지 보이지 않는 자료에 신경 쓸 겨를 따위는 내게 없었다.

　활자화한 문서만으로 의미를 파악하는 일에는 어려움이 따르게 마련이다. 특히 사람들 사이에 오간 대화를 기록해둔 회의록의 경우에는 더욱 그러했다. 시장 자료나 보고서와 달리 회의록은 핵심 결론만 간략하게 기록해두는 특성으로, 그 의미가 불명확한 경우가 종종 있었다. 더군다나 과감히 배경이 생략된 부분은 아예 추측도 불가능한 수준이었다.

　세세한 내용을 몰라 전전긍긍하던 내게 큰 도움을 준 사람은 문기수였다. 그는 비상하리만치 기억력이 좋은 사람이었다. 그는 회의에 필요한 자료들을 사전에 취합해 정리하고, 모든 회의에 참석해 경청하고, 회의가 끝난 뒤에는 회의록을 작성하는, 소위 회의 운영 담당자였다. 그는 내가 궁금해하는 부분을 마치 어제의 일처럼 또렷이 기억해냈다. 뿐만 아니라 그는 문서를 매우 간결하고 깔끔하게 작성하는 재주가 있었다. 그가 만든 보고서는 한눈에 그가 작성자였음을 알아볼 수 있을 정도였다. 그의 화술 또한 달변이라 할 수는 없지만 군더더기 없이 간결하고 논리 정연했다.

　반면에 그에게 아쉬운 면 또한 있었다. 그의 말과 글은 팩트 위주였으며 자신의 생각을 별로 담고 있지 않았다. 경제학을 전공했다는 그는 재무 지식이 전무할 정도였고, 가끔 스스로 자신의 업무 범위를 지나치게 좁히려고 하는 업무 태도를 드러내기도 했다.

　나는 그의 이력이 궁금해졌다. 그래서 인사 정보 시스템을 통해 팀원들의 인사 카드를 조회해봤다. 크게 인상적인 이력은 아니었다. 그는 강원도에 소재한 모 대학을 졸업한 것으로 기록돼 있었고, 경력 또한 MS에너지로 오기 전 별로 이름이 알려지지 않은 어느 중견 기업을 수년 정도 다닌 것이 전부였다. 자질은 훌륭한데, 제대로 훈련받지 못했다는 생각이 들었다. 대기업에서의 내 경험을 바탕으로 그의 부족한 부분을 채워줄 수 있겠다는 작은 욕구가 꿈틀거렸다.

***

　기획팀을 이끌기 위해서는 풍력 터빈의 설계, 제조, 운송, 설치, 운전 등 단계마다 어느 정도 기술적인 이해가 필요했다. 기술 용어부터 생소했던 내게는 입사 초기 회의 중에 무슨 소린지 몰라 꿀 먹은 벙어리로 앉아 있어야 하는 상황이 빈번했다. 그렇다고 모르는 용어마다 시시콜콜 사람들에게 물어보기도 뭐한 노릇이었다.

　그런 내 고민을 해결해준 사람은 이희구였다. 서울 변두리에 소재한 대학에서 기계 공학을 전공한 그는 내가 SOS를 칠 때마다 시골 아저씨 같은 웃음으로 다가와 가려운 부분을 긁어줬다. 그는 기초적인 수준의 기술 용어에 대해 내게 쉽게 설명해줬다. 부전공으로 경영학을 수학한 그는 대학을 졸업하고 처음부터 엔지니어로 취업할 생각이 없었다. 그는 이제는 필수가 돼버린 취업 재수 기간을 거쳐 입사했고, 매사에 의욕적이고 적극적인 직원이었다.

　기획팀은 전 부서들을 아우르고 통합하는 곳이었다. 따라서 현업 부서들과의 커뮤니케이션이 빈번할 수밖에 없었다. 나는 선천적으로 대화에 능숙한 성격은 못 됐다. 신출내기인 내가 현업에 아쉬운 소리를 해야 할 때마다, 신혜원의 쾌활한 성격과 사교성이 빛을 발했다. 그녀는 내가 부서 간 업무 협조로 난처해하는 눈치를 보일 때마다 쪼르르 달려와 윤활유 역할을 했다.

　그녀는 상하이에 소재한 대학에서 국제 무역학을 전공한 재원이었다. 사업을 하는 부친을 따라 고등학교부터 중국에서 학교를 다녔다는 그녀는, 누가 봐도 유복한 집안에서 곱게 자란 외동딸이었다. 다만 사교성 이외에 딱히 두각을 나타내는 업무 역량이 보이지 않았다는 점이 그녀의 흠이라면 흠이었다. 솔직히 그녀의 보고서는 어디서부터 지적해야 할지 난감한 수준이었다. 당시 내수 비즈니스에 주력하고 있던 회사 상황에서 그녀의 중국어 실력 또한 아직 빛을 발할 기회가 없었다.

한 가지 다행스러운 변화가 있다면, 그즈음 그녀가 내 꿈속에 출현하는 횟수가 급격히 줄어들었다는 사실이다.

부서 회식

아침부터 추적추적 봄비가 내리던 어느 목요일 오후였다. 나는 3명의 부서원에게 사내 메신저로 쪽지를 보냈다.

'특별한 선약 없으면 오늘 저녁 어떻습니까?'

회사 생활에 정착하게 도와준 감사의 의미였다. 곧이어 줄줄이 답신이 도착했다.

'어머! 저야 감사하죠.'

'시간 괜찮습니다.'

'선약이 있지만 바로 깨겠습니다.^^ 팀장님!'

나는 판교 아브뉴프랑 상가 안에 위치한 스테이크집으로 4명의 자리를 예약해뒀다. 술을 별로 좋아하지 않는 '요즘 애들'을 배려한 장소 선택이었다.

"스테이크에 와인이라. 이런 세련된 회식은 아마 팀장님이 처음일 걸요?"

신혜원이 콧소리를 내면서 메뉴판을 펼쳐 들었다. 그녀는 푸른빛의 원피스 정장을 입고 있었다. 그녀는 항상 매우 절제된 오피스 레이디풍 정장을 즐겨 입었다. 잘은 모르겠지만 그녀의 정장이 도대체 몇 벌인지 가늠하기 어려울 정도였다. 그날따라 어둡게 칠한 입술이 그녀의 흰 얼굴과 대비돼 지나치게 도드라져 보였다.

"좋아하니까 다행이네. 나도 술은 별로라서. 각자 알아서 먹고 싶은 거 주문해봐. 이건 회사가 아니라 내가 사는 거니까."

각자의 스테이크를 고르고 와인 한 병을 추가로 주문했다. 어느 종업원의 취향인지 레스토랑 안에는 줄곧 오래된 팝 음악이 흘렀다. 음식이 나오기까지 잠깐 동안 특별한 화제가 없는 어색한 분위기가 이어졌다. 신혜원은 비가 너무 많이 온다며 투덜거렸고, 스마트폰을 만지작거리며 누군가와의 카톡에 열중하는 이희구는 약간 내 눈살을 찌푸리게 했다. 문기수는 아는 사람이라도 찾는 듯 식당 내부를 두리번거렸다. 그의 콧잔등에 난 상처가 은은한 조명 때문인지 더욱 선명해 보였다.

문득 나는 문기수의 정장에서 비어져 나온 셔츠 소매가 누렇게 얼룩져 있다는 것을 발견했다.

"문 과장은 아직 사귀는 사람 없어? 빨리 장가 좀 가야겠는걸."

그가 무안해할까 봐 농담조로 돌려서 말했다. 그는 양복 소매를 슬쩍 내리면서 대답 없이 겸연쩍은 표정을 지었다.

"문 과장이 올해 몇 살이더라?"

"서른넷입니다."

문기수가 짧게 대답하자 신혜원이 기다렸다는 듯이 파고들었다.

"문 과장님 좋아하는 사람 따로 있어요. 관리팀 남상미 씨 아시죠? 업무 시간에 몇 번이나 힐끗거리며 훔쳐보다가 저한테 딱 걸렸지 뭐예요. 안 그래요? 문 과장님."

"무슨 소리야? 뭐 맘대로 생각해. 상상은 자유니까. 하하."

문기수가 빙그레 웃으며 긍정도 부정도 아닌 애매한 답을 내놓았다. 그는 뭔가 좋은 일이라도 있었는지 흘러나오는 음악에 맞춰 콧노래를 흥얼거리고 있었다.

"어라? 문 과장, 이 노래 아는구나? 이거 아주 오래된 노랜데."

영화 음악을 좋아하는 나로서는 아주 좋은 대화거리였다.

"〈She's like the wind〉 아닌가요?"

내 물음에 문기수가 무덤덤하게 답했다.

"맞아. 옛날 영화 〈더티 댄싱〉에 나왔던. 내가 고등학교 때 비디오로 봤으니까 아마 그보다도 전에 나온 영화일 거야. 문 과장도 그 영화 봤나?"

"아뇨."

자꾸만 내가 말을 거니까 귀찮아졌는지, 그의 대꾸가 짧아졌다. 역시 요즘 애들과 길게 대화를 이어가기란 쉬운 일이 아니었다.

***

회사 동료들 간에 가장 확실한 화젯거리는 그나마 업무였다. 가벼운 한담을 나누면서 어느 정도 허기가 채워질 무렵 이희구가 넌지시 물어왔다.

"팀장님 보시기에 우리 회사 어떤 것 같습니까?"

"어떤 측면에서 묻는 거지? 사업적인 측면? 아니면 그냥 조직 분위기?"

"사업이 잘 안 되면 분위기가 좋을 리 없지 않겠습니까. 둘 다 말입니다. 아실지 모르겠지만 저 이 회사 들어오기가 쉽지 않았거든요. 이력서 내고 하염없이 기다리는 그 생활로 돌아가라면 정말 돌아버릴 겁니다."

"하하하."

젊은이다운 솔직한 질문이 맘에 들었다. 아마 그는 입사한 지 얼마 되지 않은 내게 전문가적인 의견이라기보다는 위안 삼을 무엇인가를 기대했을 것 같다.

"글쎄다. 일단 신재생 에너지 시장이 장기적으로 성장할 거라는 점에는 이견이 없을 것 같고, 우리 회사가 만든 터빈이 경쟁력만 있다면 충분히 해볼 만하다고 생각해. 이희구 씨만 딴마음 품지 않으면 또 이력서 쓸 일은 없을 거 같은데?"

그러나 지나치게 낙관적이고 교과서 같은 내 말은 이희구의 기대를 충족시키지는 못했다. 그가 눈썹을 실룩거리며 다시 물었다.

"그런데 말입니다. 혹시 우리 터빈에 문제가 있다는 얘기는 들어보셨습니까?"

사실 입사 첫날 정철호의 '누더기 같은 제품'이란 표현은 그냥 튀어나온 악다구니쯤으로 이해했다. 하지만 오수경의 노트북에서도 시제품의 빈번했던 에러 발생 보고서들을 읽은 후였다. 점점 심각해지고 있는 회식 분위기를 의식했는지 신혜원이 이희구에게 눈을 흘기며 말했다.

"이희구 씨 오늘 뭐 잘못 먹었어? 왜 그리 심각 모드야? 또 주정을 부릴 거라면…."

그녀가 말하는 도중에 내가 나섰다. 내가 궁금해졌기 때문이다.

"아니야. 원래 회식이란 게 사무실에서 하기 어려운 이야기를 나누는 자리가 돼야지. 근데 이희구 씨, 그런 소문 어디서 들은 거지?"

"소문이라고 하셨습니까? 겨우 국제 인증을 받았다지만 우리 시제품이 지난겨울 내내 몸살을 앓았다는 사실을 모르는 직원은 없을 테고요. 거래선에 말이 들어갈까 쉬쉬하고 있지만 상용 제품으로 출시하는 일은 모험이라고 하는 사람들이 많습니다."

"시제품 얘기는 알고 있었지만, 이번 상용 제품까지…."

나는 말꼬리를 흐렸다. 처음 듣는 얘기였다. 이제 적극적으로 질문하는 사람은 내가 됐다.

"내부적으로 대안이 있을 거 아냐? 문제 원인이 파악됐다면 말야."

서로 눈치를 보던 세 사람 중에서 문기수가 대표로 입을 열었다.

"그게 말이죠. 사실은 시제품에 부품 불량이나 제작 결함이 많았는데, 이번 상용 제품도 그대로 안고 있다는 소문입니다. 정작 당사자인 석 상무님이 워낙 강하게 부인하고 계시니까 사실 여부는 아무도 모르지만요."

"석 상무님 말로는 시제품 운전에서 발생한 에러들은 지난겨울 무리한 설치 때문이라던데? 오수경 상무가 우겨서 그렇게 된 거라고.

생산 과정에 문제가 있다는 얘긴 첨 들어."

내 말에 이희구가 다시 입에 거품을 물었다.

"그건 석 상무 주장일 뿐입니다. 개발 엔지니어들이 뭐라고 수군거리는 줄 아십니까? 작년에 석 상무가 시제품 설치를 마냥 늦추려고 한 것도, 제작 결함이 많다는 걸 감추고 시간을 끌려고 그랬다는 겁니다. 그러면서 오 상무님한테 뒤집어씌우는 꼴이라니."

이희구의 표현이 조금 과격하다고 판단했는지, 신혜원이 더욱 적극적으로 나무랐다.

"희구 씨 그게 무슨 말버릇이야? 어쨌든 지금 문제를 해결할 수 있는 전문가는 석 상무님뿐이잖아? 어찌됐건 그분에게 힘을 실어주는 것 말고 다른 대안이 있어?"

이희구는 답답하다는 듯이 주먹으로 자신의 가슴을 툭툭 쳤다. 와인 몇 잔에 술기운이 올랐는지 그의 감정이 점점 격해지고 있었다.

"신 대리님 방금 전문가라 하셨습니까? 석 상무가 풍력 터빈 제작에 어떤 경험이 있습니까? 그분, SH중공업인지 뭔지에서 펜대 굴리며 선박 부품 구매 업무만 했다고 들었습니다. 맨날 전용 공장이 없네, 사람이 부족하네, 핑계만 대면서 사실상 풍력에 대해서는 문외한이란 말입니다. 자신이 뭘 모르는지도 모르는 사람이라고요."

회식의 분위기가 애초에 예상한 바를 크게 벗어나고 있었다. 이제 수습해야 할 타이밍이었다.

"자아, 그만하자고. 문제가 있다면 이제 우리가 함께 해결해나가면 되잖아. 어디에나 초기에 실수는 있는 거야. 그런 의미에서 다 같이 건배나 한번 할까?"

뜬금없는 건배 제안이 수습책으로는 무리였다. 급기야 이희구는 쌓여 있던 감정의 봇물이 터져버렸는지 난데없이 울먹거리기 시작했다. 이제 보니 술만 마시면 나타나는 그의 버릇이었다.

"오 상무님이 살아 계셨다면 지금처럼 불안하지는 않았을 겁니다. 다 저 때문이라 말입니다. 그때 내가 상무님의 문자를 일찍 확인만 했더라도, 그렇게 돌아가시지는 않았을 테니까요. 다 제 잘못이라 말입니다."

문기수가 부축해 이희구를 택시에 태워 보내면서 첫 부서 회식은 그렇게 끝났다. 나중에 문기수를 통해 자초지종을 들은 바로, 이희구는 오수경이 죽던 날 동행 출장했던 직원이었다. 그날 안산 공장 직원들과의 저녁 자리에서 과음을 했던 그는 오수경과 함께 모텔에 돌아오자마자 자신의 방에 고꾸라졌고, 다음 날 아침이 돼서야 한 잔 더 하겠느냐며 전날 밤 오수경이 보낸 문자를 발견했다는 것이다.

***

내심 2차까지 계획했던 회식이었던지라 예정보다 이른 귀갓길이었다. 가슴에 무거운 짐을 짊어진 채 돌아오는 길이기도 했다. 흔들리는 신분당선 지하철 안에서 내 머릿속에는 이희구의 입에서 튀어나왔던 한 구절이 계속해서 떠나지 않았다.

'오 상무님이 살아 계셨다면…'

화상 회의

쨍그랑.

회의실에 모인 사람들 모두가 소리가 나는 쪽으로 고개를 돌렸다. 구승팔 부회장이 자리에서 일어나 허겁지겁 가방을 들어 흔들어대고 있었다. 그가 버럭 고함을 쳤다.

"야! 조심해야지. 대체 뭐하는 짓이야?"

"죄, 죄송합니다."

그의 앞에는 팔을 부르르 떨며 고개를 푹 숙인 여직원이 서 있었다. 남상미였다. 사태를 파악한 정철호 팀장이 휴지를 뽑아 들고 부리나케 달려가 부회장의 가방을 이리저리 닦았다. 부회장이 애지중지하는 고동색 가방에서 고동색 커피 방울이 뚝뚝 떨어졌다.

"야, 뭐하고 있어? 가서 걸레라도 가져와야 할 거 아냐?"

부회장의 불같은 호통에 남상미는 혼비백산해 회의실 밖으로 뛰어나갔다.

회의실 문틈 사이로 그녀가 절룩거리며 걸레를 찾아 뛰어다니는 모습이 눈에 밟혔다. 잠시 뒤에 입술을 굳게 다문 남상미가 들어와 바닥에 흩어진 유리잔을 줍기 시작했다. 내가 도와줘야겠다고 자리에서 일어서려는 순간 2차 사고가 발생했다.

"아, 아얏."

그녀의 오른손 검지가 금세 빨갛게 물들었다.

"남상미 씨, 지금 회의 시작하는 거 몰라? 쯧쯧. 하여간 분위기를 흐리는 데는 탁월한 재주가 있다니까."

석영우 상무의 핀잔까지 이어지면서 회의실 공기가 더욱 싸늘해졌다.

내가 난처한 분위기를 회피해볼 생각으로 시선을 창밖으로 돌리려던 찰나였다. 나만 본 것일까? 아니면 내가 잘못 본 것일까? 창가에 세워진 반쯤 열린 캐비닛 유리문에 누군가의 얼굴이 비쳤다. 양쪽 볼이 크게 부풀린 얼굴, 창문 쪽으로 고개를 돌리고 웃음을 참는 모습이었다. 회의록 작성을 위해 맨 구석에 앉은 문기수였다. 무슨 짓이지? 이런 상황에서 웃음이라니. 남상미를 좋아한다는 소문은 사실이 아닌 것 같군.

잠시 뒤 그는 헛기침을 하며 다시 회의장으로 고개를 돌렸다. 그리고 굳은 얼굴로 안경코를 매만지고 있었다.

***

"그럼 지금부터 6월 월례 회의를 시작하겠습니다. 오늘 주요 안건은 미리 배포해드린 것처럼 보름 후로 다가온 화성 1호기 출하 관련 최종 점검입니다. 순서는 생산 부문 석영우 상무님부터 말씀해주시겠습니다."

매월 첫째 주 월요일에 개최하는 월례 회의는 회사의 모든 임원과 팀장이 참석해 현안 이슈를 논의하는 자리였다. 처음으로 회의를 주관하게 된 나로서는 당연히 말 한마디에 온 신경을 집중해야 했다. 안산 근무자들은 화상 시스템을 통해 화면 속에서 얼굴을 내밀었다. 화면에 석 상무의 희고 통통한 얼굴이 나타났다.

"네. 석영우입니다. 화성 1호기는 우리 공장 내에서 할 수 있는 성능 테스트는 전부 마친 상태로 현재 출고 대기 중입니다. 테스트 결과는 이따가 개발 쪽에서 말씀해주시면 되겠고, 저는 우리 터빈을 화성까지 운반하고 설치하는 부분에 대해서만 말씀드리겠습니다."

"잠시만요. 성능 테스트 결과도 궁금하니까 먼저 듣고 다음으로 넘어갑시다. 어때요?"

부회장의 갑작스런 제안이 튀어나왔다. 화면 속에서 이종찬 상무가 석 상무의 눈치를 슬쩍 살피는 모습이 보였다. 이 상무가 잠시 우물쭈물하다가 촌스러운 얼굴을 마이크에 가까이 가져갔다.

"여러 가지 조건으로 주요 부품인 증속기와 발전기를 테스트해봤습니다. 그 결과 특별한 문제점은 발견되지 않았습니다."

우물거리듯 말하는 그의 목소리에는 확신이 실려 있지 않았다. 나만 그렇게 느낀 것은 아닌 모양이다. 정 팀장이 거친 입을 열었다.

"그럼 특별하지 않은 문제점은 있었다는 말씀입니까?"

"허허. 정 팀장, 말장난은 삼가세요. 데이터상으로 나타난 특별한 문제는 없었다는 말입니다."

이 상무가 젊잖게 발끈했지만 정 팀장은 한 치도 물러서지 않았다.

"이 상무님, 지난번 시제품의 경우에도 아무 문제없었다고 하셨던 거 기억나십니까? 그 시제품이 사흘이 멀다 하고 에러가 떠서 부품 교체 비용만 얼마가 들어갔는지 모르십니까? 시제품은 연습용이니까 그랬다 칩시다. 이번에는 고객에게 파는 완전 상업용이라 이겁니다. 갑자기 멈춰 서기라도 하면 그만큼 생산 못한 엄청난 전기값까지 물어줘야 하는 상황이라고요. 개발에서 테스트를 제대로 해서 걸러주셔야 되는 거 아닙니까?"

이 상무는 안절부절못하며 또다시 석 상무를 힐끔 쳐다봤다. 그러나 석 상무는 팔짱을 낀 채로 지그시 눈을 감고 있었다.

"또 해묵은 시제품 문제를 거론하는 거라면 개발에서 대답할 내용은 없네요. 설계상 문제는 절대 아니라고 누차 말씀드렸으니까요."

이 상무가 발뺌을 하자, 정 팀장이 다시 파고들었다.

"좋습니다. 설계 문제가 아니라면 제조 과정의 문제겠네요. 뭘 그렇게 돌려서 얘기하십니까. 말이 나와서 말인데 이번 참에 제조 프로세스에 문제가 없는지 근본적으로 논의해야 할 때라고 생각합니다. 제가 비록 관리쟁이지만 MS에서 기계 밥 먹은 지 20년이 돼갑니다. 우리 회사 생산팀처럼 매뉴얼 하나 없이 그런 대형 구조물을 제작하는 경우는 처음 봅니다. 어쨌든 화성 1호기는 우리가 확신 없이 출하했다가는 큰코다친다 이 말입니다."

말하기 좋아하는 석 상무는 손으로 턱을 괴고 여전히 꿀 먹은 벙어리로 앉아 있었다. 원래부터 하얗던 그의 얼굴이 더욱 하얗게 보였다. 수세에 몰린 그의 구원 투수로 나선 사람은 부회장이었다.

"정 팀장, 테스트 결과 문제가 없다지 않아? 그럼 된 거 아냐? 당신이 제조나 개발에 대해 뭘 안다고 그래? 마치 문제가 있기를 바라는 사람처럼 말이야. 안 그래? 모두 내 말 명심하세요. 이번 화성 1호기의 의미를 잘 모르는 사람들이 있는 것 같아서 내 한마디만 하겠습니다. 이건 우리 회사가 생긴 이래 처음으로 매출이 발생하는 건입니다. 내 말 틀려요? 만에 하나 문제가 생겼다는 소리가 회장님께 들어가는 순간 그걸로 끝장입니다. 다들 아시겠어요?"

부회장의 으름장에 회의실은 쥐 죽은 듯이 조용해졌다. 그때 내 눈에는 화면 속 안산 공장에 앉아 있는 사람들이 손을 들어 'X'를 표시하는 모습이 보였다. 종종 발생하는 통신 에러였다. 안산 공장의 통신 환경이 노후해 그쪽에서만 판교 쪽의 영상과 음성이 보이지 않는 현상이었다. 문기수가 급히 연결을 재개하는 데 소요된 5분여의 시간 동안, 얼어붙었던 실내 분위기가 다소 누그러졌다.

"잠시 연결이 고르지 못했습니다. 회의를 속개하겠습니다. 시간 관계상 바로 운송 설치 부분으로 넘어가겠습니다."

내 이마에서 한 방울의 땀이 테이블에 펼쳐놓은 다이어리 위로 똑 떨어졌다. 그 후로 마이크를 잡은 석 상무가 운송 업체는 예산이 부족해 어디를 불렀고, 현장 설치에 필요한 크레인은 수배했지만 언제 도착할지 확실치 않으며, 시운전에 투입할 인력은 다들 경험자가 아니라 불안하지만 누구로 정했고 등등 장황한 설명을 이어갔다. 내 귀에 전부 들어오지는 않았지만 대부분 미덥지 않았고 빠져나갈 구멍을 찾기 바빠 보였다. 그보다 내 귓전에는 부회장이 언급했던 '마지막 기회'라는 말이 떠나지 않고 맴돌았다.

내가 이미 반쯤 침몰하고 있는 배에 올라타고 있을지도 모른다는 생각이 든 것은 이날이 처음이었다. 오랜 사업화의 과정에서 지쳐버린 탓이었을까? 회의석상에 앉아 있던 무기력한 얼굴들 사이로, 나는 치유가 어려운 병마의 그림자를 봤던 것 같다.

공식 폐회를 선언하려 내가 마이크를 만지작거리고 있을 때였다. 작심한 듯 내뱉은 석 상무의 궤변이 폐회사를 대신했다.

"오늘 이 말은 꼭 하고 넘어가야 되겠습니다. 다시는 오해가 없길 바랍니다. 지난번 시제품 작동 불량 문제는 오수경 그놈이 설치를 서두르는 통에 그리된 거라 말입니다. 조립 공정은 완벽했고 이번 제품도 그렇다고 내 자신합니다. 아까 누가 무슨 매뉴얼이라고 했나요? 도대체 그딴 게 왜 필요합니까? 무슨 프라 모델도 아니고. 솔직히 매뉴얼 없다는 거 인정하지만, 만약 그런 방식으로 만들었더라면 작동도 못하는 초대형 레고 장난감 하나 건졌을 겁니다. 그나마 내 오랜 경험으로 만들어 그럭저럭 눈보라 속에서도 곧잘 움직여줬고, 그래서 인증도 받은 거 아닙니까? 안 그렇습니까?"

대꾸할 가치도 없는 억지소리를 뒤로하고 창백한 얼굴들이 하나둘씩 회의장을 빠져나갔다.

회의가 끝나고 자리로 돌아가던 중에 가뜩이나 무거운 내 마음에 묵직한 일거리 하나를 더 얹는 불상사마저 발생했다. 제품 출하를 기념하는 고사를 준비해달라는 석 상무의 부탁 아닌 지시였다. 그는 행사에 참석하는 귀빈용으로 특별히 와인을 준비해야 하며, 회장 아들인 MS중공업 사장이 신맛이 강한 와인을 선호하니 각별히 주의하라며 시시콜콜한 부분까지 잔소리를 늘어놓았다. 덕분에 이날 이후 우리 기획팀 팀원들은 고사상에 쓰일 돼지머리와 제수 용품 주문은 물론 행사 뒤풀이 자리 예약 등으로 바쁜 나날을 보내야 했다.

무더운 여름을 예고하듯 후덥지근한 바람이 불던 6월 중순의 이른 아침, 나는 승용차를 몰고 안산을 향해 달렸다. 모두가 고대하던 제품 출시 기념식이 있는 날이었다. 내가 시화 방조제 너머에서 흘러 나오는 짙은 해무를 헤치며 공장 입구에 도착할 때만 해도, 그 기념 식에서 영원히 잊지 못할 끔찍한 장면을 목격하게 되리라고는 꿈에 도 생각하지 못했다.

기념식

MS에너지는 모회사인 MS중공업에서 수년간 풍력 터빈 사업을 준비하던 팀이 2011년 2월 별도로 독립한 법인이었다. 물론 설립하 고 나서 3년이 흐른 당시에도 여전히 규모가 작은 신생 업체였다. 기 획팀에 나를 포함해 4명, 관리팀 4명이 있었고, 영업팀은 달랑 3명 이 고군분투하고 있었다. 그 밖에 기반 기술과 설계를 맡은 개발팀 이 19명, 터빈 조립은 물론 운송 설치와 A/S까지 맡은 생산팀은 상 당 부분 외주 인력을 사용하고 있어 정직원은 10명이었다. 거기에 부회장, 생산 임원, 개발 임원 3명을 합해 전체 인원은 43명이었다.

'MS에너지㈜ 제1호 풍력 터빈 출하 기념식'이라는 플래카드 아 래는 온통 축제 분위기였다. 2공장 뒷마당에는 안산 근무자들이 50

여 개의 파란 플라스틱 의자들을 배열해놓았다. 들뜬 기분에 자리에 앉아 있는 사람은 한 명도 없었다. 직원들은 이리저리 돌아다니며 서로 인사를 나누며 축하하기 바빴다. 그들의 관심은 온통 플래카드 뒤쪽에 펼쳐져 있는 거대한 가림막 쪽으로 쏠렸다.

이제 장막이 내려지고 2.5MW급 풍력 터빈이 거대한 위용을 드러낼 시각이 임박하고 있었다. 성능과 관련해 다소의 우려는 없지 않으나, 어쨌든 지난 3년간 우여곡절 끝에 탄생한 첫 성과물이었다. 회사 설립 당시의 사업 계획서로 봤을 때, 경영진은 당초 2년 후쯤에 첫 매출 발생을 기대했던 것 같았다. 구모델의 실패로 1년 정도 지연되긴 했지만, 그 늘어난 인고의 세월만큼 임직원들의 기쁨도 비례해 커져 있었다.

잇몸을 드러낸 채 연신 악수를 나누는 무리 사이에서, 나는 끝내 마지막 결실을 보지 못하고 떠난 오수경의 얼굴을 떠올렸다.

***

이날은 MS중공업의 젊은 사장이 축사를 위해 특별히 초청됐다. 젊은 사장은 오너 경영자인 회장의 장남으로 공식 석상에서는 거의 그가 아버지의 역할을 대신했다. 언젠가 면접을 준비하면서 MS그룹의 기사들을 검색했을 때, 나는 회장에 대해 그 흔한 사진이나 인터뷰 기사가 없다는 사실을 발견하고 의아하게 생각했다. 실제로 와서 보니 회장은 외부와의 접촉은 고사하고 내부에서도 거의 신비로운 존재나 다름없었다. 그는 자신의 아들들이나 몇몇 주요 경영진들만을 자신의 방으로 불러 구두로 주요 경영 지침을 지시하는 스타일이었다.

오전 8:50, 행사 시작을 10분 남긴 시각이었다. 그러나 행사장에는 반드시 있어야 할 한 사람이 보이지 않았다. 사회자의 역할을 맡은 사람이었다. 단상 위 임원들을 위해 준비된 자리에 앉아 벌써부터 기다리던 젊은 사장의 인상이 슬슬 구겨지고 있었다. 행사 전반의 지원을 맡은 나로서는 사회자의 얼굴을 찾아 사람들 사이를 분주히 뛰어다녀야 했다.

"팀장님, 도대체 석 상무님 어떻게 된 겁니까?"

나는 생산 팀장에게 다가가 귓속말을 했다. 그는 운동선수처럼 짧게 손질한 스포츠머리를 연신 긁어대며 몹시 초조한 표정을 지었다.

"계속 전화해봤는데 꺼져 있슈. 어제 또 진하게 한잔하신 거 같은디. 안 되겠슈. 내가 일단 행사 시작을…."

그는 이미 결심했는지 성큼성큼 사회자 연단에 올랐다. 원래 행사의 사회는 생색내기 좋아하는 석 상무가 자청하다시피 해 맡은 일이었다.

"그럼 시방 시간이 다 된 관계로다가 행사를 시작하겠습니다."

사람들을 나른하게 만드는 그의 사투리는 행사 진행과 잘 어울리지는 않았다.

삐~익~.

더군다나 마이크의 상태도 좋지 않았다. 초등학교 시절 아침 조회 시간에 교장 선생님 훈화 말씀의 시작과 함께 어김없이 고막을 들쑤셨던, 날카로운 마이크의 비명이 울려 퍼졌다.

"오늘 행사의 순서를 말씀드리겠습니다. 먼저 우리 MS중공업 이필립 사장님 축사에 이어서, MS에너지 대표를 맡고 계신 구승팔 부회장님의 축사가 이어지겠습니다. 그리고 나서 화성 1호기 제막식을 거행허고, 마지막으로 우리 풍력 사업의 번창을 기원하는 염원을 담아 고사를 지낼 예정입니다. 그다음에는 저짝에 준비한 다과를 즐기시면 되겠습니다. 그럼 첫 순서로 이필립 사장님의 축사를 들으시겠습니다. 우리 풍력 사업을 위해 이 자리까정 달려와 주신 사장님을 큰 박수로 맞이해주시기 바랍니다."

준비도 없이 시작한 생산 팀장의 진행을 나는 숨죽이며 지켜봤다. 어눌한 말투지만 그래도 무난하게 행사를 이끌고 있었다. 사장의 축사가 진행되는 동안 그는 사회자 연단에서 내려와 숨을 돌리며 누군가에게 전화를 걸었다. 여전히 행방이 묘연한 석 상무에게 계속 통화를 시도하는 모양이다.

***

젊은 사장의 간결한 축사에 이어, 지루하고 상투적인 문구들로 가득한 부회장의 축사까지 마무리되는 데 거의 40분이나 흘렀다. 파란색 플라스틱 의자에 앉은 사람들의 자세가 조금씩 흐트러지기 시작했다. 마침내 모두가 고대하던 제막식의 시작을 알리는 멘트가 마이크에서 흘러나왔다.

"자아, 드디어 제막식입니다. 우리들의 미래이자 희망입니다. 먼저 임원 분들께서는 앞에 놓인 잔에 축하주를 가득 채워주시기 바랍니다."

단상 구석에서 대기 중이던 사장의 여비서가 쪼르르 달려가 능숙한 솜씨로 여러 개의 와인 잔을 붉게 물들였다. 특별히 주문한 산도가 강한 고급 와인이었다. 임원들이 모두 잔을 들고 자리에서 일어섰다. 비어 있는 석 상무 자리에 덩그러니 주인을 기다리는 술잔이 눈에 띄었다.

"그럼 이제 모두덜 저의 선창에 따라 하나, 둘, 셋을 외쳐주십시오. 하나! 두울! 셋!"

누런빛 대형 가림막이 폭포처럼 흘러내렸다. 임원들은 고개를 젖혀 붉은 액체를 삼키기 시작했다. 직원들은 모두 자리에서 일어나 박수를 치며 탄성을 질러댔다. MS의 로고를 새긴 거대한 철제 구조물이 드디어 위용을 드러냈다. 흰색 페인트로 칠한 거대한 물체는 운송을 위한 목재 받침대 위에 놓여 있었다. 그것은 풍력 터빈 구성품 중에서도 나셀이라고 불리는 본체였다. 블레이드와 타워는 외주 업체에서 곧바로 목적지로 출발시킨 상태였다.

입사한 지 두 달밖에 되지 않은 나에게도 목구멍까지 치솟는 뭉클함이 느껴질 정도였으니, 그 자리에 함께한 다른 직원들의 심경이 어떠했을까는 말하지 않아도 될 것 같다. 이희구는 큰소리로 환호성을 질러댔다. 영업 팀원들도, 설계를 맡았던 개발팀 직원들도, 납기를 지키려 밤낮없이 조립에 매진했던 생산팀 직원들도 감격에 젖은 눈으로 자신들의 작품에서 눈을 떼지 못했다. 심지어 관리팀 남상미의 눈가에서는 촉촉한 물기가 반짝이고 있었다. 아침부터 팔짱을

긴 채 불만 가득한 얼굴로 서 있던 정철호 팀장마저 어느새 사람들 틈에서 환호성을 지르고 있었다.

정 팀장에게서 시선을 거두려는 순간이었다. 약간 구석진 곳에 묵묵히 앉아 있는 신혜원의 모습이 눈에 띄었다. 그런데 조금 이상했다. 환호의 순간에 그녀의 얼굴에 나타난 감정은 뭔가 다른 사람들과는 다른 종류였다. 그날따라 화장기 없이 부스스한 그녀의 얼굴을 가득 덮은 그것은 불안과 초조함에 가까워 보였다.

사람들 사이를 뚫고 누군가의 날카로운 외마디 비명이 터져 나온 것은, 어디가 아픈지 물으려 내가 막 그녀에게 다가가려던 순간이었다.

"아아, 으아악!"

"저게 뭐지? 저기, 저 아래…."

사람들의 손가락이 가리키는 곳은 화성 1호기가 놓인 방향이었다. 누군가가 실수로 와인을 쏟아부은 것 같았다. 대형 터빈을 받치고 있는 목재 받침대에 걸쳐진 누런 장막이 검붉게 물들어가고 있었다. 처음에 수박만 한 크기였던 검붉은 반점은 점점 커지더니 어느덧 받침대 하단으로 길게 흘러내렸다.

누가 먼저라고 할 것도 없었다. 생산 팀장이 나보다 조금 빨리 목재 받침대에 뛰어 올라갔다. 그는 나셀 정면 블레이드가 연결되는 구멍으로 달려가 내부를 들여다봤다. 부품들로 꽉 찬 내부가 잘 보이지 않는지 그는 이리저리 고개를 쑤셔댔다. 이윽고 그가 고개를 빼내고 실성한 사람처럼 자리에 털썩 주저앉았다.

"사, 사람이 있슈."

잠시 후 생산팀 직원 한 명이 사다리를 들고 뛰어 올라왔다. 나셀 내부로 들어가기 위해서는 사다리를 타고 상단까지 올라가야만 했다. 나셀의 천장에는 투명한 재질의 창문이 있었다. 말하자면 자동차의 선루프 같은 것이었다. 나는 호흡을 가다듬고 용기를 내어 먼저 올라간 직원의 뒤를 따라 사다리에 올랐다.

불길한 장면은 계속 이어졌다. 먼저 사다리를 올라간 직원이 토사물을 쏟는 모습이 보였다. 내 심장의 박동이 불규칙해졌다. 나는 불안한 마음을 가까스로 억누르며 나셀 내부를 내려다봤다.

투명 창 아래로 헝클어진 검은 머리가 먼저 눈에 들어왔다. 그 아래로 창백한 얼굴이 눈을 부릅뜬 채 천장을 올려다보고 있었다. 양손이 밧줄에 묶여 대롱대롱 매달려 있는 그는 석영우였다. 나는 부들부들 떨리는 손으로 천장 출입구의 손잡이를 들어 젖히고 나셀 내부로 들어갔다. 태어나서 두 번째로 죽은 사람을 마주하는 순간이었다. 고등학교 시절, 야간 자율 학습을 마치고 돌아온 밤에 지켜봤던 아버지의 임종과는 사뭇 느낌이 달랐다. 오금이 저려왔다. 그는 발가벗겨져 있었다. 구역질이 났다. 하지만 내 눈으로 똑똑히 보고 말았다.

나셀 천장에 동여맨 가느다란 밧줄에 위태롭게 매달린 희고 육중한 덩어리를, 고개가 뒤로 꺾인 채 천장을 향해 입을 벌린 일그러진 얼굴을, 깨어져 벌어진 두개골 아래로 흐르다 말라버린 검붉은 퇴적물의 흔적을.

반쯤 벗겨진 은빛 안경 너머 부릅뜬 눈자위와는 차라리 마주치지 말았어야 했다.

용의자

회사 내에서 발생한 전대미문의 사건이었다. 참혹한 비극으로 끝난 기념식의 다음 날 아침이었다. 전날 새벽녘까지 대책 회의를 하느라 20분쯤 지각해 도착한 판교 사무실에는 삼삼오오 직원들이 모여 수군거리고 있었다. 내 자리로 향하던 도중 핸드백이 매달려 있지 않은 신혜원의 의자가 눈에 띄었다.

"신 대리는 어디 갔나?"

평소와 다름없이 모니터에 얼굴을 파묻고 있는 문기수에게 물었다.

"어제 밤늦게 안산 경찰서 경찰들이 데리고 갔다는데요. 무슨 영문인지는 잘 모르겠습니다만."

"뭐? 신 대리가 왜?"

"저도 아침에 출근해서 그렇게만 들었습니다."

놀랄 틈도 없이 멀리서 정철호의 격앙된 목소리가 들려왔다.

"일합시다, 일. 뭐 재미있는 사건이라도 났답니까?"

잔뜩 인상을 찌푸린 정 팀장의 핀잔에도 불구하고 직원들은 미동도 하지 않았다. 약이 바짝 올랐는지 그가 더 크게 외쳤다.

"지금부터 자리에 앉지 않는 사람들은 모두 근태 기록에 결근으로 처리하겠습니다. 아시겠어요? 요물 하나가 회사를 망쳐도 유분수지 말이야."

그가 뱉은 마지막 말이 가뜩이나 예민해 있던 내 신경을 거슬리게 했다.

"그건 뭔 소리입니까? 너무 심한 거 아닙니까? 신 대리가 범인이라고 결론이 나기라도 했나요?"

정 팀장이 슬리퍼를 끌면서 똑바로 나를 향해 다가왔다.

"결정적인 증거가 있으니까 끌려갔을 거 아닙니까? 내가 경고 안 했습니까? 신 대리 조심하라고."

그의 건방진 말투에 부들부들 떨면서도 아무런 대꾸를 하지 못했던 것은 이유가 있었다. 전날 행사에서 목격했던 그녀의 심상치 않은 표정 때문이다.

어수선한 분위기에서 오전이 지나고 점심도 먹는 둥 마는 둥 했다. 신 대리가 사무실로 돌아온 것은 오후 업무가 시작될 무렵이었다. 출입구 쪽을 향한 문기수의 눈이 갑자기 휘둥그레졌다.

"팀장님. 신 대리가…"

출입문 쪽에는 정말로 신혜원이 서 있었다. 여전히 세련된 베이지색 투피스 정장을 입고 있었지만, 화장기 없이 초췌한 모습의 그녀였다. 그녀는 고개를 숙인 채 말없이 나를 향해 성큼성큼 걸어왔다. 그리고 사람들의 시선을 의식해서인지 애써 입꼬리를 올리며 말했다.

"팀장님. 죄송합니다. 출근이 좀 늦었습니다."

"어떻게 된 거야? 무슨 일 있었어?"

최대한 목소리를 낮춰 그녀에게 물었다.

"별것 아니에요. 그냥 해프닝이었어요."

"해프닝?"

"석 상무님이 행사 전날 저녁에 퇴근했다가 누군가의 전화를 받고 나가셨대요. 그 후로 돌아오지 않으셨고요. 저였거든요. 경찰이 통화 기록만 보고 저를 불러간 거였어요."

"그럼, 정말로 신 대리가 전화를 걸었다는 거야?"

그녀가 힘없이 고개를 끄덕였다.

"네. 하지만 저는 줄곧 서울 집에 있었거든요. 경찰이 제가 그 시간에 다녀간 동네 편의점 CCTV 확인하고, 점원까지 만나고 나서야 풀어주더군요."

고개를 끄덕이던 내게 즉각적인 의문이 하나 떠올랐다. 나는 더욱 조심스러운 목소리로 그녀에게 물었다.

"그럴 일이 있었던 거야? 신 대리가 석 상무님께 전화를 드릴 만한?"

"그냥요. 그냥, 행사 준비 상황에 대해서 보고드릴 일이 있었거든요."

"그, 그랬군. 알겠어. 피곤할 텐데 중요한 일 없으면 들어가 쉬어."

그것이 내가 그녀에게 해줄 수 있는 최선이었다.

***

괜찮다고 하는 그녀를 억지로 내쫓다시피 귀가시킨 뒤, 나는 홀로 회의실에 들어가 앉았다. 뭔가 개운하지 않은 생각을 정리하고 싶어서였다. 그녀가 석 상무에게 행사 준비 상황을 보고했다는 말이 영

석연치 않았다. 보고할 만한 일이 발생했다면 팀장인 나에게 했어야 했다. 더군다나 퇴근 후 집에서 쉬고 있던 늦은 밤에 무슨 급한 일이 일어났다는 걸까? 불현듯 고사상 돼지머리를 주문하지 않은 것이 생각나기라도 했다는 건가? 석 상무는 신 대리의 전화를 받고 그 늦은 시간에 돼지머리라도 사러 나갔다는 말인가? 크고 작은 의혹들이 서로 충돌하다가 힘없이 바닥에 가라앉았다.

그때까지 나는 그녀를 여자가 아닌 부하 직원으로 바라보려고 무던히도 애를 써왔다. 하지만 이제는 더 이상 평범한 부하 직원으로도 보기 어려울 것 같다는 생각이 나를 몹시 서글프게 했다.

수사

안산 경찰서는 아침부터 낯익은 얼굴들로 북적거렸다. 서로 인사를 나누기도 애매한 상황인지라 멀뚱히 입구에서 서성거리고 있을 때, 얼굴이 시커멓고 깡마른 사내가 나를 향해 손짓했다.

사전에 파악한 경찰 정보에 따르면, 석영우가 퇴근 후 집에서 쉬다가 신혜원의 전화를 받은 시각은 밤 9시가 조금 넘어서였다. 물론 10분쯤 뒤에 근처의 공중전화에서 걸려온 전화도 석 상무가 받았다. 경찰은 그 정체불명의 전화에 집중하고 있었다. 여하튼 석 상무는 통화를 마치고 얼마 지나지 않아 샤워를 하고 깨끗한 옷으로 갈아입은 뒤 집을 나섰다. 행사 준비에 차질이 생겨 급히 회사에 가야 하며, 빨리 오지는 못한 것 같으니 먼저 자도 좋다는 말을 아내에게 남겼다고 한다. 회사 입구에 설치된 CCTV를 통해 석 상무의 차량이 회사 정문을 통과한 시각은 밤 10시경. 경찰의 사망 추정 시각 또한 밤 10시에서 11시 사이라는 사실로 미뤄, 그는 회사에 들어간 직후 살해된 것으로 추정됐다. 현장에서 범행 도구는 발견되지 않았고, 금속 재질의 흉기에 맞아 두개골이 함몰될 정도로 큰 충격을 받은 것이 직접 사인이었다. 혈흔이 시작된 곳은 행사장과 20여 미터밖에 떨어져 있지 않은 2공장 뒤쪽 공터였고, 혈흔의 궤적은 누군가 시신의 다리를 들고 바닥에 질질 끌어다 터빈 안으로 옮겼다는 추측을 가능케 했다.

안산 공장은 그즈음 MS중공업의 수주 감소세에 따른 합리화 정책으로 야간 가동을 중단하고 밤 9시까지만 조업을 하고 있어, 공장에는 몇몇 사무직 직원들 외에 모두 퇴근한 상태였다.

신혜원이라는 유력 용의자가 풀려난 이후, 직원들이 당면한 지상 과제는 사건 당일 밤 10시부터 11시까지의 행적을 경찰에게 확인시켜주는 일이었다.

***

"앉으세요. 박상필 씨 맞죠?"

광대뼈가 튀어나온 30대 중반쯤 돼 보이는 형사였다. 눈매가 날카롭기는커녕 흐리멍덩해 보였다.

"지금 보다시피 시간이 없으니까, 바로 본론부터 갑니다. 회사 전

직원이 다 조사 받는 거 알고 계실 겁니다. 아주 미칠 지경이라고요.
아 참, 저는 진광호 경장이라고 합니다."

"네. 고생이 많으십니다."

안산과 판교로 나눠진 MS에너지 직원들은 물론 안산 공장에서
근무하는 MS중공업 직원들까지 300명이 넘는 사람이 조사 대상이
라는 현실은 경찰 입장에서 재앙이나 다름없었다. 그렇지만 우선순
위는 물론 40여 명에 이르는 MS에너지 직원들이었다.

"어디 계셨죠? 뭐하셨죠? 그날 밤 10시에서 11시 사이에."

주관식이지만 길게 답을 쓰면 낮은 점수가 나올 분위기였다.

"8시쯤 집에 들어왔고, 식구들이랑 쭉 집에만 있었지만 밤에 치킨
을 시켜 먹었습니다. 제가 문 열어주고 카드로 결제했으니까 확인이
가능할 겁니다. 핸드폰 문자로 전송된 결제 시간이 밤 10시 20분이
구요. 여기 치킨집 전화번호도 적어왔습니다. 사실 우리 동네 단골
가게인데, 한 달에 최소한 세 번은 시켜 먹는 곳이거든요."

미리 준비해둔 모범 답안에 진 경장의 얼굴이 약간 환해졌다.

"아주 좋습니다. 일단 오늘은 됐고, 나중에 필요하면 또 연락드리
지요."

최단 시간 경찰 조사 기록을 세우지 않았나 싶었다. 악수도 없이
자리에서 일어섰다. 가볍게 목례를 하고 출구 방향으로 나가려고 보
니 근처 자리에서 조사를 받고 있는 누군가가 눈에 띄었다. 머리카
락이 듬성하고 나이가 지긋해 보이는 남자였다. 죄인처럼 고개를 숙
이고 연신 굽실거리는 그에게 시퍼렇게 어린 경찰이 고래고래 고함
을 치고 있었다. 누군지 측은한 생각이 들어 쉽게 눈길을 거두지 못

했나. 힐끗 옆얼굴만 봤을 뿐이지만 턱을 내리고 입술을 꾹 다문 모습이 아는 얼굴은 아니었다.

"누구죠? 우리 회사 사람인가요?"

때마침 내 다음 순서로 조사를 받으러 온 개발팀 직원에게 물었다.

"네. 거 왜, 야간 경비원이잖아요. 나이 잡수신 분에게 젊은 놈이 좀 심하네요. 말이 경비원이지, 야간 조업이 없어진 뒤로는 가끔 순찰이나 도는 분인데. 쥐꼬리보다 작은 월급에. 쯧쯧."

나는 행운을 비는 의미로 직원의 어깨를 한 번 툭 치고 서둘러 경찰서를 빠져나왔다. 내가 지금 여기 와서 뭣하고 있는 거지? 이 작은 회사에서 한 해에 벌써 두 사람이 죽어 나가다니.

경찰서 입구에 서서, 나는 대낮에 꿈을 꾸는 얼굴로 하늘을 올려다봤다.

그녀의 비밀

경찰 수사가 진행되는 동안 신혜원에 대한 온갖 악의적 소문들이 직원들의 입에 회자됐다. 그것은 어쩌면 그녀에 대한 시기심과 욕망이 뒤섞여 사람들의 마음속에 억류돼 있다가, 갑자기 어떤 계기를 만나 화산처럼 분출되는 현상과 같았다.

소문 중의 하나는 예전에 정철호가 내 환영회 말미에 내뱉었던 악담과 유사한 내용이었다. 그녀가 부회장과 그렇고 그런 사이라는 추문이었다. 중국어 이외에 별로 잘하는 것도 없는 그녀가 입사한 것부터 부회장의 비호가 있어서 가능했고, 그녀가 부회장과 종종 함께 퇴근하는 모습이 수상쩍었다는 뒷담화가 이어졌다. 심지어 둘이 모텔에 출입하는 것을 목격한 사람이 있다는 소문도 있었으나, 어디까지나 확실한 물증이나 증인의 실체가 없는, 소위 '카더라' 통신이었다.

소문은 쉽게 진정될 기미가 없이 눈덩이처럼 커져만 갔다. 그녀가 부회장은 말할 것도 없고, 죽은 석영우 상무나 심지어 오수경 상무와도 몸을 섞었을 거라는 얘기가 사원들 사이에서도 퍼지고 있었다.

그러나 수많은 추문 중에서도 압권은 그녀가 과거에 술집 종업원으로 일하는 것을 봤다는 목격담이었다. 정확히 말하자면 그녀를 술집에서 봤다는 목격담을 들었다는 직원이 있었다. 영업팀 소속 직원 하나가 그즈음 취해서 횡설수설하며 지껄였던 얘기가 소문의 진원지였다. 그가 예전에 퇴사한 전임 영업 팀장으로부터 직접 들었다는 것인데, 신 대리가 입사한 첫날부터 전임 영업 팀장이 왠지 그녀가 강남에서 값이 좀 나간다는 룸살롱에서 몇 번 합석했던 종업원 같다고 말했다는 것이다.

약간 더 구체적이긴 했지만, 이 소문에 대해 나는 어느 주정뱅이의 허풍일 거라 생각했다. 질펀하게 술을 마신 다음 날 아침, 전날 밤 동석했던 여인네의 얼굴 생김새 따위를 기억해내는 사람은 드물다. 알코올로 씻어낸 뇌에는 술집에 갔다는 기억조차 휘발되고 사라졌을 경우가 다반사이게 마련이다. 직장인들에게 술 마신 다음 날 일과야 빤하지 않은가? 출근길에 양복 주머니 안에 접혀 있는 거액의 전표를 발견하면서 놀라고, 전날 동행했던 동료들과 전화로 대책을 논의하느라 분주한 오전을 보내게 되며, 해장국으로 속을 달랜 오후가 돼서야 전날 밤 야릇했던 기억을 쥐어짜 보기 시작한다. 하지만 별 소득은 없다. 얼굴 모습은 고사하고 손끝에 아련히 느껴지는 뭉클한 느낌이라도 건지게 된다면 그나마 다행이다.

좁디좁은 회사 안에서 추악한 소문들이 그녀의 귀에 들어가지 않기란 더 어려웠을 것이다. 그렇지만 매일 아침 그녀는 조금의 흔들림 없이 평소처럼 밝게 웃으며 사무실에 나타났다. 나는 시간이 유일한 해결책이 돼주리라 생각했다. 그러나 운명은 그녀를 내버려두지 않았다. 어느 날이었다. 그녀를 더 이상 견딜 수 없게 만든 한 통의 전화가 걸려왔다. 수화기 너머에서 들려온 나른한 목소리의 주인은 인사 팀장이었다.

"임문규입니다. 거기 분위기는 좀 어떤가요?"

"뭐 그럭저럭 수습은 되고 있습니다. 화성 1호기는 아시다시피 지자체하고 협의해서 납기를 늦췄고…."

"그런 거 말고요. 부회장님이 아직 전달 안 하셨나 보네요. 그 양반 참. 신혜원 대리 건."

워낙 잘라서 짧게 말하는 통에 더욱 영문을 알 수가 없었다.

"우리 신 대리요?"

"다음 주에 징계위원회 열리거든요. 팀장님도 참석하셔야 되는데."

"그러니까 무슨 일로요?"

"허위 경력으로 들어왔어요. 전부 가짜였다고요. 학교도, 경력도."

인사팀으로 익명의 투서가 날아들어 모두 확인을 마쳤다고 그가 설명해줬다. 나는 그녀의 얼굴을 사무실에서 볼 수 있는 시간이 그리 길지 않음을 직감했다.

***

오랜만에 회의실에서 그녀와 단둘이 마주 앉았다. 징계위원회에 앞서 그녀에게서 공식적으로 몇 가지 사실을 확인해야 했다. 뭔가 착오가 있었기를, 단순한 오해였기를 바랐다. 그러나 그녀는 이미 모든 것을 체념한 얼굴이었다. 직장 경력, 학력 모두가 거짓이었다고 그녀는 순순히 대답했다. 아니, 어쩌면 그녀는 무거운 짐을 벗어던진 사람처럼 당당하기까지 했다. 갑자기 부아가 치밀었다. 남들이 뭐라고 하든 그녀에 대해 가져왔던 믿음이 산산조각 나는 순간이었다.

그래서 그랬을까? 그녀에게 나는 끝내 잔인한 질문을 던지고 말았다. 오래전 뜬금없이 뇌리를 스치고 사라졌던 그 의혹이 왜 그 순간 튀어나왔는지는 나도 솔직히 잘 모르겠다.

"신 대리, 난 사람들이 말하는 남자에 얽힌 소문은 전혀 믿지 않아. 오해는 없길 바라. 다만 한 가지 알고 싶은 게 있어. 오수경 상무가 죽던 날, 혹시 어디에 있었지? 모텔 방에 여자 장갑이 떨어져 있었다는 얘기를 들었어. 혹시 신 대리가 그 방에 함께 있었던 건 아니었겠지?"

그녀의 이마가 일순간 고통스럽게 일그러졌다. 원망을 담은 눈으로 나를 올려다보던 그녀는 어느새 세상에서 가장 슬픈 표정으로 고개를 푹 숙였다. 맑은 물방울이 테이블 위로 떨어졌다. 미안하다고 말하려는 순간, 갑자기 그녀가 회의실에서 뛰쳐나갔다. 난처한 표정으로 우물쭈물하면서도 나는 그녀를 따라 나서지 않았다. 다만 한참 동안 그녀가 앉아 있던 자리를 물끄러미 바라봤다. 그곳에는 긍정인지 부정인지 알 수 없는 그녀의 눈물 자국이 남아 있었다. 그녀가 회사에 남긴 마지막 흔적이었다.

***

초여름 더위가 기승을 부리던 다음 날 아침이었다. 이른 아침인데도 지하철 안에서 반바지 차림의 젊은이들을 여럿 볼 수 있었다. 출근하자마자 자리에 가방을 내려놓다가 책상 위에 누런 서류 봉투가 놓여 있는 것을 발견했다. 봉투 위에는 펜으로 '팀장님께'라는 예쁜 글씨가 쓰여 있었다.

컴퓨터로 작성해서 A4 용지로 출력해놓은 그녀의 편지였다. 읽기도 전에 적지 않은 분량을 보고 먼저 놀랐다. 그리도 하고 싶은 말이 많았던 것일까? 편지를 펼쳐 들고 얼마 지나지 않아 조금씩 손끝이 떨려왔다. 전혀 상상하지 못한 내용이었다. 마지막 페이지를 넘길 무렵, 내 심장은 극도의 흥분으로 거세게 요동치고 있었다.

나는 그녀의 편지에 '사직서'라는 이름을 붙여 여기에 남겨놓기로 한다. 서두에서 내게만 털어놓는 사직서라고 그녀가 밝혔듯이, 일반적인 사직서의 형태와는 한참 거리가 멀었다. 그렇지만 그 내용이 전반적으로 회사를 그만두겠다는 의사와 사유를 밝히고 있기에 편의상 그렇게 이름 붙이기로 했다.

신혜원의 사직서

무슨 말부터 꺼내야 할지 정말 모르겠어요.

그냥 자취도 없이 도망치려 하다가 그래도 형식은 갖추고 싶다는 생각이 문득 들었습니다. 이곳은 제 인생 처음이자 마지막으로 회사원으로 지낸 곳이었으니까요. 한 번도 양식을 본 적이 없어 엉망이겠지만 그래도 이 글이 사직서를 대신할 수 있으면 좋겠어요. 오직 팀장님께만 털어놓는 사직서이겠지만 말이에요.

새벽에 나와 짐을 정리하다가 책상 아래 가지런히 놓인 실내화를 발견했답니다. 2012년 10월. 제가 처음 들어왔던 날, 지하 매점에서 샀던 실내화였어요. 낡고 보잘것없는 그것을 휴지통에 던지고 나니까 조금은 망설여지더군요. 늘 살얼음판 위를 걷는 사람처럼 불안했던 저를 지탱해줬던 고마운 실내화였으니까요. 결국 저는 그것을 다시 꺼내어 가방에 챙겨 넣었답니다.

회사에 들어온 이후로 매일 밤 똑같은 악몽을 꿨어요. 회사 동료들이 아침 조회처럼 둥그렇게 서서 손가락질하는 가운데 제가 주저앉아 울고 있는 그런 꿈을요. 얼마 전 점심을 먹다가 사람들이 곁눈질로 저를 가리키면서 수군거리는 소리를 들었어요. 저는 깨달았죠. 드디어 올 것이 오고 말았다는 것을, 악몽이 현실로 나타나고 말았다는 것을요.

아마 팀장님은 모르실 거예요. 아니 팀장님 같은 분들께는 어쩌면 우습게 들릴 수도 있겠네요. 남들처럼 아침에 일어나, 단정한 옷으로 갈아입고, 같은 모습의 사람들과 부대끼며 지하철을 타고, 멋진 고층 빌딩에 모여 앉아 회의를 하는, 소위 회사원의 일상들. 그런 일상이 제게는 얼마나 간절한 꿈이었는지 들으신다면 말에요. 제겐 이룰 수 없는 꿈이었고 허락되지 않았던 삶이었어요. 그저 드라마나 영화 속에서만 볼 수 있는 먼 나라의 이야기로만 생각했을 뿐. 사람마다 살아가는 세상의 영역이 다르다는 현실을, 저는 오래전부터 받아들이고 체념한 채로 살아왔으니까요. 적어도, 적어도 제가 그 악마를 만나기 전까지는 말입니다.

이미 알고 계시겠지만, 저는 중국에서 대학을 나오지도 않았고, 화장품 회사에서 근무한 경력도 사실이 아니었습니다. 중국에서 사업을 하시는 아버지를 따라와 고등학교를 상하이에서 다닌 게 전부였어요. 아무런 걱정 없이 평온한 삶을 살던 제 가족에게 불행의 그림자가 드리워진 것은 제가 고등학교 졸업반 때였어요. 슬픈 과거사를 여기에 세세히 밝히고 싶진 않아요. 그냥 결론만 말씀드리자면, 저희 모녀는 길거리에 나앉는 신세가 돼버렸죠.

그래요. 회사 동료들이 저에 대해 수군거렸던 소문들, 저도 들었고 잘 알고 있었어요. 대부분 사실이 아니었지만, 그중 하나만큼은 부인할 수 없었습니다. 제가 술집 여자로 살았다는 소문 말이에요.

집이 몰락하면서 돈이 절실했어요. 두려움이나 거부감은 사치였죠. 돈은 어렵지 않게 벌 수 있었어요. 어느덧 저는 큰 액수의 계약금을 받고 스카우트 제의를 받을 만큼 그 바닥에서 유명해져 있더군요. 고단한 하루를 보내고 제 품에 기댄 지친 영혼들을 보듬어주는 삶, 제 인생도 그럭저럭 의미가 있을 거라 위로하며 잠들었어요. 심지어 때때로 저는 정말 행복하다고 믿었던 거 같아요. 하지만 그런 믿음은 오래가지 못했죠. 전쟁터니 지옥이니 매일 밤 손님들이 욕해대는 그 지긋지긋하다는 회사라는 곳이, 서서히 제게는 동경의 대상이 돼가고 있었던 거예요.

그날도 만취가 돼 집에 돌아와 잠을 청하던 새벽이었지요. 운명의 장난이 이미 시작됐는지, 이상하게도 잠이 오지 않더군요. 한참을 뒤척이다가 수면제를 찾으려 일어선 제게 말도 안 되는 생각이 떠올랐어요. 내 나이 스물여덟, 까짓것 한번 시도해보는 거야! 아마 술이 깨지 않아서 그랬을지도 몰라요. 하지만 어느새 저는 책상 앞에 앉아 태어나서 처음 이력서를 쓰고 있더군요. 고졸 학력에 직장 경력이 백지상태인 스물여덟의 초라한 이력서를, 죽을 각오로 어떤 일이든 해낼 수 있다는 취중 각오를 담은 그 유치한 이력서를요. 심지어 내친김에 인터넷 구직 사이트에 그것을 올려놓고 잠이 들고 말았지요.

대낮에 정신을 차리고 일어나 정말이지 눈물 나게 웃고 말았답니다. 내 주제에 회사라니. 술집 여자 주제에 이력서를 써서 그걸 인터넷에 올리다니! 저는 맨 정신에 눈뜨고 볼 수 없는 이력서를 부리나케 삭제해버렸어요.

팀장님, 그날 밤 제가 어디에 있었는지 물으셨죠? 오수경 상무님이 돌아가신 그날 밤 말예요. 팀장님의 질문에 저는 답하지 않았어요. 이제 그 이야기를 하려고 해요.

이력서 해프닝이 있었던 그날로부터 일주일 정도 지났던 것으로 기억해요. 또다시 의미 없는 일상이 반복되고 있던 어느 날이었어요. 발신자 번호가 없는 한 통의 전화가 걸려왔죠. 수화기 너머로 들려온 음성을 듣는 순간 저는 깜짝 놀라고 말았습니다. 그것은 마치 제 기도에 응답해주시는 하나님의 음성과 같았으니까요.

회사에 들어가게 해주겠노라. 학력과 경력 또한 걱정하지 말지어다. 모든 것을 내가 다 만들어주겠노라. 전화를 끊고 나서, 저의 간절한 기도가 하늘에 닿은 것이 틀림없다며 눈물을 흘렸어요. 그렇게 저는 중국의 대학을 나와, 현지 화장품 회사에서 근무하고, 한국으로 돌아와 일할 곳을 찾는 멋진 커리어 우먼으로 탈바꿈했던 거예요. 들어갈 회사도 물론 그분이 정해주신 대로였고요.

간혹 저도 믿어버릴 만큼 제 과거를 완벽하게 창조해주신 그분, 목소리로만 접했지만 저를 새롭게 태어나게 해주신 그분께 늘 감사하며 살아왔어요. 오 상무님이 돌아가셨다는, 심장을 찢어발기는 그 슬픈 소식을 듣게 된 순간까지는요. 저는 뒤늦게야 깨닫게 됐어요. 저를 구원해주신 분은 하나님이 아니라는 것을. 저는 악마와 계약을 맺었다는 사실을 말이에요. 한참을 울부짖었어요. 차라리 제 영혼을 가져가지 그랬냐고, 저의 천박한 영혼을 당장이라도 던져주겠다고. 왜 꼭 그분이어야 했느냐고. 하지만 그것이 끝이 아니었어요. 제 영혼을 바친 대가로 악마는 제가 소중하게 여기는 사람들의 피를 끊임없이 요구하기 시작했어요.

미안해요. 팀장님께 늘 꾸중을 들었던 보고서처럼 또 두서없는 글이 돼가고 있네요. 알아요. 아직 팀장님의 질문에 답을 하지 못했어요. 지난 3월 5일, 제게는 잊을 수 없는 바로 그날이었어요. 퇴근 후 귀가해 있던 저녁 시간, 발신자 번호가 없는 전화가 걸려온 거예요. 서류를 하나 배달해달라는 부탁이었어요. 전에도 그는 잊을 만하면 전화를 걸어와 저에게 간단한 심부름을 시키곤 했죠. 그런데 이번에는 좀 달랐어요. 서류를 배달해야 할 대상이 제가 아는 사람이었던 거죠. 그분의 입에서 오수경이라는 이름이 튀어나왔어요. 어떻게 오 상무님을 알까? 의문이 들었지만 저는 묻지 못하고 곧바로 집을 나섰어요. 그의 부탁을 거절하는 일은 꿈에도 생각할 수 없었으니까요.

우리 집 현관에 내려가 우편함을 뒤져보니 그의 말대로 뭔가 손에 잡히는 것이 있더군요. 검은 비닐로 포장된 얇은 서류 뭉치, 그것을 오 상무님이 묵고 있는 숙소의 문손잡이에 걸어놓고 오라는 부탁이었어요. 누가 전달했는지도 모르게 비밀리에 전달해야 한다고 그가 말했어요. 저는 서류를 코트 안주머니에 넣고 택시를 이용해 안산으로 달려갔지요. 상무님이 묵고 있는 방은 알아볼 필요도 없었죠. 회사와 계약해 출장자들이 할인 혜택을 받는 지정 모텔이었고, 예약을 했던 사람은 다름 아닌 저였습니다.

8층 808호, 창문이 비교적 큰 그 방은 제가 상무님 숙소 예약을 할 때 꼭 특별히 부탁하는 방이었어요. 저는 계단을 통해 올라가 방문 앞에 다가갔어요. 그리고 가져온 서류를 문고리에 걸려고 꺼내든 순간이었죠. 방문 틈으로 누군가의 울음소리가 새어 나오고 있었어요. 저는 직감적으로 그 울음소리의 주인이 상무님이란 것을 알아챘고요.

웬일인지 808호의 방문은 잠겨 있지 않았어요. 지시받은 대로 계단으로 올라가느라 몹시 숨이 찼던 기억이 나요. 저는 잠시 제가 온 목적을 잊어버리고 슬며시 방문을 열어봤죠. 테이블 앞에 머리를 감싸 쥐고 앉아 있는 상무님의 옆얼굴이 보였어요. 그의 굽은 어깨가 하염없이 위아래로 흔들리고 있었죠. 저는 자신도 모르게 방문을 열고 상무님께 다가갔어요. 갑작스런 인기척에 상무님은 울음을 멈췄고 다행히도 저를 내치지는 않으셨어요. 저는 아무 말 없이 그를 안아줬고, 그는 제 품 안에서 다시 목 놓아 울기 시작했죠. 설명할 수 없는 슬픈 행복감이 밀려왔어요. 수많은 지친 영혼을 품었던 가슴이었지만, 제 인생에 그때처럼 행복했던 순간은 없었을 거예요. 그렇게 세상의 모든 것이 정지해버리기를 바라면서, 저는 얼마나 시간이 흘렀는지도 모른 채 그곳에 서 있었어요.

어느덧 울음을 멈춘 상무님이 저에게 그만 돌아가라 하시더군요. 세차게 고개를 흔들었지만 상무님의 눈빛에서 저는 거역할 수 없는 무언가를 읽었나 봐요. 묵묵히 떨어지지 않는 발걸음을 이끌고 방을 나서야만 했지요. 하지만 모텔 복도로 나와 다섯 걸음이나 걸었을까요? 제 귀에 악마의 속삭임이 들려왔어요. 그제야 애초에 제가 그곳에 갔던 이유가 생각난 거였죠. 저는 코트 안주머니에 고이 뒀던 서류 뭉치를 꺼냈어요. 검은 비닐이 약간 찢어져 있길래 깜짝 놀라 살펴보니, 이상하게도 신문 뭉치처럼 보이더군요. 어쨌든 저는 그걸 808호 문고리에 매달아놓고, 다시 계단을 내려왔어요.

그날 어떻게 해서 악마와 했던 약속은 잊지 않았던 걸까요? 집에 돌아와 커피 한 잔을 마시고 나서야 어딘가에 장갑 한쪽을 잃었다는 것을 발견할 정도로 정신이 없던 제가 말이에요. 정말로 악마가 저의 정신을 지배하고 조종한 것은 아니었을까요?

처음 회사에 오셨을 때부터 슬픈 눈빛으로 제 마음을 흔들리게 했던 오 상무님, 저와 나이 차가 많았지만 저는 전혀 상관하지 않았답니다. 끝내 한 번도 제게 마음을 활짝 열어준 적은 없었지만, 그분은 처음으로 가슴을 뛰게 했던 진정한 사랑이었으니까요. 다음 날 아침 사무실로 전해진 소식은 제 심장을 도려내고 말았어요. 하지만 악마는 슬픔에 잠겨 있을 여유도 허락하지 않았죠. 모든 이가 오 상무님의 장례식장에서 애도하고 있을 때, 저는 사무실에 들어가 상무님의 노트북에서 최근 한 달 내에 작성된 모든 파일을 삭제해야 했어요. 상무님 이외에 그 노트북의 패스워드를 알고 있는 사람은 저뿐이었으니까요. 저는 이미 오 상무님을 죽인 공범이 돼버렸다는 생각에 자포자기하는 심정이었고, 그가 무서워서 시키는 대로 따를 수밖에 없었어요. 오 상무님의 장례식장에서 제가 팀장님께 다가갔던 일 기억하시죠? 저는 너무나 무서웠어요. 그래서 누군가에게 하소연하고 싶었던 거예요. 내가 저지른 일이 아니라고, 그렇게 될 줄은 정말이지 몰랐었다고.

차라리 그때 그만뒀어야 했어요. 맹세할 수 있어요. 정말로 그것이 끝인 줄로 알았거든요. 저의 미련한 욕심이 또 다른 죽음을 불러

올 줄은 전혀 몰랐답니다. 경찰에는 말할 수 없었어요. 누군가가 저로 하여금 석 상무님께 급히 공장으로 나오시라 전화를 걸게 했다고 말했다면 경찰이 믿었을까요? 한 번도 얼굴을 본 적도 없는 그 누군가가 제게서 소중한 사람들을 하나씩 앗아가는 악마라고 말했다면 그들이 들어주기나 했을까요? 기념식 행사가 임박할 때까지 석 상무님이 나타나지 않았을 때 저는 이미 두려움에 떨고 있었답니다.

그날 저는 다시 한 번 확신할 수 있었어요. 악마의 존재를 말이에요. 악마가 아니라면 어느 누가 그런 잔혹한 살인을 저지를 수 있을까요?

제 헛된 꿈으로 인해 사랑하고 존경했던 분들을 잃고 말았어요. 저도 알고 있어요. 이제 죗값을 치러야 할 시간이 왔다는 것을요. 어떻게 치러야 할까요? 저도 압니다. 제 부끄러운 과거를 발가벗긴 채 이렇게 도망치듯 회사를 나가는 걸로 충분하지 않다는 것을.

그래서 저는 스스로 형벌을 정하기로 했답니다. 저는 이제 예전의 지옥으로 돌아가려 합니다. 그리고 영원히 꿈꾸지 않는 삶을 살기로 결심했어요. 그것만이 제가 지은 죄를 용서받을 수 있는 최고의 형벌이자, 혹시 또 찾아올지 모를 악마의 협박을 뿌리칠 수 있는 유일한 길이니까요.

이야기가 길어졌네요. 하지만 팀장님께 마지막으로 전해드려야 할 이야기가 아직 하나 남아 있어요. 망설이다가 이 말씀을 꼭 드려야겠다고 생각했답니다. 팀장님께서도 오 상무님과 가까운 분이셨으니, 혹시 제가 말하는 악마의 정체를 궁금해하실 거라 생각해요.

제 말을 오해하지는 말아주세요. 그냥 흘려들으셔도 좋아요. 그냥 저만의 억측이나 느낌일 수도 있으니까요. 그는, 그러니까 그 악마는 저와 그리 멀지 않은 곳에서 함께 숨 쉬고 있었던 것 같아요. 우리 사무실 안에서 함께 숨 쉬고 있는 게 분명하다고요. 악마는 제가 오 상무님을 마음 깊이 연모하고 있다는 사실을, 제가 그분의 숙소 예약을 맡고 있다는 것을, 제가 그분의 컴퓨터 비밀번호도 알고 있다는 사실도 알고 있었어요.

회사 내부자가 아니라면 어떻게 알았을까요? 아니면 그 악마가 정말 하나님처럼 전지전능한 능력을 지녀서 사람의 마음을 꿰뚫어보는 능력이라도 있었던 걸까요? 그뿐만이 아니에요. 업무 중에 간혹 내 뒷덜미에 악마의 숨결이 느껴져 소스라치게 놀란 경험이 있다면 팀장님은 믿으실까요? 사무실 구석 어디선가 저를 노려보고 있는 서늘한 시선이 느껴졌다면요. 그뿐만이 아니에요. 전화기를 통해 흘러나왔던 그 음산한 목소리를 회의 중에 어렴풋이 들은 것 같다면 말이에요.

짧은 기간 동안 많이 배려해주신 팀장님께 늘 고마웠어요. 모든 사실을 털어놓고 나니 마음이 한결 가벼워진 것 같아요. 다 털어놓고 나니까 팀장님께서 오히려 부담스러우실 수도 있겠다는 생각도 드네요. 혹시 그런 부분이 있다면 그냥 웃어넘기시거나, 가벼이 잊으시길 바랄게요.

제 인생의 미지막 팀장님을 가끔 떠올릴 것 같네요.

늘 건강하시고 조심하세요.

신혜원 대리 올림

P.S. 제 사원 카드와 이번 달 요구르트 값은 이희구 씨 자리에 두고 갑니다.

3장
토끼와 베짱이

제우스의 명령을 받고 프로메테우스는 사람과 짐승들을 만들어냈습니다. 짐승들이 훨씬 많은 것을 보고 제우스는 짐승의 일부를 다시 부수고 사람으로 만들라고 프로메테우스에게 명령했습니다. 그러나 당초 인간으로 만들어놓지 않았던 부류는 인간 형상을 하고 있기는 하지만 여전히 짐승의 마음을 지니고 있었다 합니다.

—『이솝 우화』

낚시점

때 이른 무더위가 이어져 하루 종일 끈적거렸던 7월의 어느 저녁, 나는 그의 낚시점을 찾았다.

"무슨 이런 무시무시한 회사가 다 있냐? 대한민국에 있는 회사 맞아?"

석영우의 죽음에 대한 나의 간략한 설명에 이어, 신혜원의 긴 사직서를 읽고 난 심찬보의 첫마디였다.

밖에서 술이나 한잔하자는 나의 제안에도 불구하고, 그는 바쁘다면서 일단 나를 자신의 허름한 일터로 불러들였다. 하지만 우리가 대화하는 동안 그의 가게에는 손님의 발길이 전혀 닿지 않았다. 내가 가게에 들어갔을 때, 그는 중고품으로 보이는 전동 릴에 노란색 낚싯줄을 감는 시늉을 하고 있었다.

그즈음 나는 확고한 원칙 하나를 세워놓았다. 회사 동료들 사이에서는 절대로 오수경이나 석영우의 죽음에 대해 캐묻지 않는다는 철칙이었다. 행여 오수경의 '늑대'나 신혜원의 '악마' 면전에서 허튼

소리를 지껄였다가, 나까지 화를 입을 수 있다는 두려움 때문이다.

"형사질 할 때 산전수전 다 겪은 놈이 웬 호들갑이냐?"

"아니다. 난 그런 끔찍한 현장은 웬만하면 피해 다녔거든. 충격이 장난 아니었을 거야. 살해 현장을 직접 목격한다는 건 영화에서 보는 것과는 질적으로 다르지. 거 봐라. 인마. 그 여자 내가 처음 봤을 때부터 뭐라고 했냐?"

심찬보가 어깨를 으쓱거리며 핀잔을 늘어놓았다. 나는 그냥 겸연쩍은 웃음을 짓는 것으로 그의 거드름에 맞장구를 쳐줬다. 그가 다시 물었다.

"그런데 이걸 나한테 가져온 이유는 뭐지? 경찰에 제출해야 되는 거 아냐?"

그의 말대로 나는 조금의 주저도 없이 경찰을 찾아갔었다. 오수경의 죽음과 석영우 사건이 발생한 안산 경찰서였다. 진광호 경장이라 불리는 거무튀튀한 얼굴색의 형사가 처음부터 콧방귀를 뀐 것은 아니었다. 처음에 그들은 신혜원의 연락처도 수소문해보고, 거주지도 탐문해보면서 새로운 돌파구를 찾은 듯 호들갑을 떨었다. 하지만 그녀가 이미 알 수 없는 곳으로 이사해버렸고, 핸드폰도 해지된 상태라는 사실을 확인하고 나서는 적극적으로 찾아 나서지 않았다.

전국적인 수배 조치를 취하지 않은 경찰의 결론은 명료했다. 결국 신혜원이 말하는 핵심은 범인이 판교 사무실 근무자일 가능성이 높다는 추측뿐이며, 그래서 그녀를 찾아 재조사를 한다 해도 살인 용의자를 특정할 가능성은 별로 없고, 더군다나 어차피 판교 근무자들은 중점 수사 대상으로 조사가 면밀하게 진행 중이며, 한편으로 그녀가 특수 직종에 몸담았던 사실과 위조 학력으로 입사한 전례로 미뤄 사직서에 담긴 내용의 진위 또한 몹시 의심스러울 뿐 아니라, 마지막으로 오수경의 사건은 충분한 조사를 통해 이미 자살로 종결된 사건이라 재수사가 어렵다는 것이 요지였다.

"너도 경찰 있을 때 그랬냐? 뭔가 확실한 증거를 손에 쥐어주지 않으면 꿈쩍도 않을 놈들이더군. 어쨌든 우리 회사 내부에 살인자가 있다는 건 이제 의심의 여지가 없어. 그것도 연쇄 살인이지."

나는 동의를 기대하는 눈빛으로 그를 올려다봤다. 하지만 그는 무심한 표정으로 내가 건넨 서류를 허공에 흔들며 물었다.

"이 여자, 신혜원이라고 했냐? 정말 연락 안 되는 거야? 무지 삼삼하던데. 좀 아깝다. 그치?"

기대를 걸었던 발걸음에 슬슬 후회가 밀려오기 시작했다.

"이거 재미 삼아보라고 준 거 아니다. 더구나 이건 오수경 선배가 자살이 아니라 타살이라는 결정적 증언이라고."

말하고 보니 예전에 그가 나를 찾아왔던 점심시간 때와는 완전히 둘의 배역이 바뀌어 있었다. 내 볼멘소리에도 불구하고 그는 엉뚱한 얘기를 계속했다.

"요즘 서해안에 대물 광어가 바글바글하다던데. 여름 휴가철 되기 전에 나랑 낚시 한번 안 갈래? 여기까지 왔는데 저녁은 먹고 갈 거지? 네가 산다면 나야 물론이지만."

내 인내심이 한계에 다다르고 말았다.

"됐다, 됐어. 널 믿고 찾아온 내가 잘못이지. 밥은 집에 가서 먹을란다."

자리에서 막 일어나려는 나를 멀뚱히 쳐다볼 뿐, 심찬보는 별로 놀라지 않는 눈치였다.

"짜아식. 너 요즘 좀 급해진 것 같다? 가려거든 가시든가. 전에 내가 찾아갔을 때는 엄청 문전박대하더니만."

그의 뒤끝이 좀 길다는 사실을 내가 잠깐 잊고 있었다.

"아, 그거 때문에 그런 거냐? 그땐 내가 미안했다. 사실 조직 적응 시기였잖아. 인품이 되는 네가 이해해줘야지. 알았다. 오늘 저녁 사마."

심찬보의 입가에 비로소 옅은 미소가 번졌다. 밴댕이 속이지만 그리 복잡한 속은 아니었다.

"앉아봐라. 안 그래도 지금 생각을 정리하고 있으니까. 그전에 네 의견부터 말해볼까? 앞으로 뭘 어떻게 할 계획인지."

"뭘 하긴? 이렇게 된 이상 반드시 범인을 밝혀내야지. 어차피 다른 회사 갈 데도 없는 신세고. 오수경 선배 형수님의 부탁도 부탁이지만, 회사에 살인범이 있다는 걸 알면서 맘 편히 다닐 수도 없는 노릇이니까. 무엇보다도 의심이 가는 인간들이 있어."

"누군데?"

"정철호라는 괴팍한 인간, 그리고 구승팔이라는 영감탱이. 그 두 사람에게서 악취가 난다 말이지."

여기까지 말하고 잠깐 심찬보의 눈치를 살폈다. 의외로 그는 내가 두 사람을 의심하는 이유 따위는 궁금해하지 않았다.

"일단 거기까지는 오케이. 하지만 그보다 먼저 확실히 해둘 전제들이 있지. 살인자가 틀림없이 회사 안에 있다는 근거. 그것부터 명확히 해놓아야 하지 않을까?"

역시 전직 형사다운 신중한 태도였다. 그러나 이미 나도 충분히 짚어본 사안들이었다.

"오수경 선배는 자신을 위협하는 사람을 알고 있었어. 명확히 밝히진 않았지만, 문맥상 회사 동료로 해석하는 것이 합리적이지. 그리고 신혜원의 입사를 도와주고 범행을 돕도록 지시한 사람, 그녀가 말했듯이 회사 내부 상황에 대해 세세하게 알던 것으로 보아 내부자일 가능성이 높아. 그 정도면 충분하지 않을까?"

심찬보는 나를 향해 싱긋 웃으면서 고개를 가로저었다.

"아니, 그것 말고. 그건 당연한 얘기잖아. 나는 좀 더 거슬러 올라가보자는 거였어. 두 사람의 글이 꾸며낸 얘기가 아니라는 전제부터."

듣고 보니 고개가 끄덕여졌다. 그러고 보니 나는 두 사람의 글이 허위로 꾸며졌을 가능성을 완전히 배제하고 있었다. 생각을 정리할 시간이 좀 필요했다.

"물론 오수경 선배가 보험금을 타기 위해 자살을 계획하고 타살로 생각하도록 꾸몄을 가능성도 없지는 않겠군. 신혜원의 경우도 석 상무를 불러낸 이유를 감추기 위해 악마니 어쩌니 지어낸 얘기일 수도 있겠어. 하지만 오수경이 유서를 남긴 것은 나와 진탕 술을 마시고 돌아간 직후였어. 작심하고 거짓을 꾸미는 작업은 대개 맨 정신에서 행해지게 마련이지. 신혜원 또한 오수경이 묵던 모텔에 들어갔던 일은 경찰도 모르고 있던 사실이야. 자신에게 불리할 수 있는 내용까지 밝힌 걸 보면 그녀 또한 분명 내게 진실을 전달하려 했을 것 같아."

그대로 맞장구를 쳐줄 심찬보는 아니었다. 그는 작은 훈수 한마디를 보탰다.

"제법이군. 하나 더 있어. 수경이 형 유서의 마지막 부분. 타살로 위장하고 싶었다면 오히려 아들에게 뭔가 남기고 싶네 어쩌네 사족을 달지 않았겠지. 그건 정말로 취중 진담이었다는 반증일 수 있어. 생명의 위협을 느끼면서 불시의 죽음을 예감했고, 그에 대비해서 아들을 위해 보험에 가입했다. 이렇게 보는 게 더 자연스럽겠지."

나도 질세라 응수했다.

"생각해보면 두 사람 모두 진실일 필요도 없지. 하나만 진실이라도 범인이 회사 내부인이라는 전제는 성립되는 거니까. 곱의 법칙이라고 하던가? 두 사람 모두 동시에 거짓일 가능성은 매우 낮지 않겠어?"

"그래. 좋아. 이제 너네 회사 안에 범인이 있다는 전제는 90% 이상 성립된 걸로 하자고. 그럼 이제 아까 네가 하던 얘기를 진전시켜 볼까? 의심 간다는 사람들 말이야. 왜 그 두 사람이지?"

대화는 한참을 돌아 본론으로 들어가고 있었다. 질문을 던진 심찬보의 얼굴에서 슬슬 특유의 집요함이 나타나고 있었다.

"오수경과 신혜원이 남긴 문서에서 나름의 교집합을 구해본 결과야. 물론 내가 그 두 사람을 회사에서 매일 대하고 있으니까 육감이랄까 뭐 그런 것도 작용했다고 봐도 좋아."

나는 심찬보와의 차별성을 강조하며 말했다.

"교집합이라. 그거 한번 들어볼까?"

"오수경 선배와 가깝게 지내다가 크게 틀어진 대표적인 사람들은 지금까지 내가 파악하기로는 정철호, 석영우, 부회장 모두 3명이었어. 여기서 석영우는 이미 죽었으니까 제외해야겠지. 이번에는 신혜원의 입사 과정에서 가장 입방아에 올랐던 사람들이야. 면접관들 중에서 미모 말고는 별거 없지 않느냐 의견이 분분했다고 들었어. 그때 입에 거품을 물고 그녀를 적극적으로 합격시킨 사람이 바로 부회장이었대. 부회장은 기존에 비서 역할을 하던 여직원을 밀어내고 그녀를 비서로 앉히기까지 했지."

"그럼 정철호는?"

"기획팀에 충원이, 그것도 여사원이 필요하다고 맨 처음 발의한 인물이지. 게다가 인사 팀장이 보내준 지원자들 중에서 신혜원이 적임이라고 부회장께 추천한 사람도 그놈이었다더군."

"흠. 그렇다 이거지?"

심찬보가 미간을 찌푸렸다. 오른손 중지로 의자 손잡이를 두들기는 것으로 보아, 그의 머릿속에서 복잡한 계산이 진행되고 있음이 분명했다. 그러나 한참 동안 생각에 잠겼던 그가 마침내 내뱉은 말은 다소 엉뚱했다.

"배고픈데 밥이나 먹으러 가자. 근처에 흑돼지 오겹살 잘하는 데 있거든."

"뭐야? 뚱딴지같이."

내 머리에서 풍선 바람 빠지는 듯한 소리가 새어 나왔다.

"알잖아? 난 배고프면 아무 생각 없는 거. 밥부터 먹자고."

니는 의자에 아무렇게나 걸쳐놓은 양복 상의를 둘러메고 터벅터벅 그의 뒤를 따라 나섰다. 해가 길어져 밖은 이제야 어둠이 내리고 있었다. 파란 추리닝을 입은 그를 따라 식당 입구에 들어설 때까지 나는 계속해서 툴툴거렸다. 그가 말한 식당은 낚시점에서 걸어서 30분이나 걸리는 위치에 있었다.

"아아, 이제 좀 정신이 드네. 아까 어디까지 얘기했더라?"

나는 대꾸하지 않고 술잔을 들어 그의 앞으로 내밀었다. 불판 근처에 놓여 있던 소주잔은 미지근하게 데워져 있었다. 심찬보는 단숨에 소주를 입속에 털어 넣고, 내 앞으로 상체를 숙이며 물었다.

"그래서 아까 네가 얘기한 두 사람 말인데. 그 인간들 뒤를 어떻게 캐낼 생각이냐? 코딱지만 한 회사 안에서 표 안 나게 할 수 있겠어?"

"그건…."

거기까진 생각해보지 않았다. 막상 생각해보니 막막하기도 했다. 직원들에게 캐물을 수도 없고, 회사 문서를 뒤져봐야 거기에 뭔가 남아 있을 리도 없고. 심찬보가 다시 물었다.

"너 그 회사 들어간 지 얼마나 됐지? 두 사람 말고 다른 인물일 가능성은 전혀 없다고 확신할 수 있겠냐?"

"…"

"거 봐라. 선불리 덤볐다가는 네가 다칠 거다. 범인은 충분한 시간을 두고 치밀한 준비를 했어. 범행에 가담시킬 도우미를 훨씬 전부터 선발해놓을 정도로 용의주도한 놈이지. 쉽게 접근해선 안 될 것 같다. 어쩌면 진짜 악마일지도 모른다고."

옳은 말이었다. 하지만 그래서 어쩌라는 건지 대안이 보이지 않았다. 발끈하면서 내가 되물었다.

"그, 그럼 어떻게 해야 한다는 거냐? 상대가 악마라도 되니까 푸닥거리라도 해야 된다는 거야?"

"악마의 의도가 뭔지 파악하는 게 우선이라 이거야. 오수경과 석영우를 왜 죽였는지. 이건 연쇄 살인이라고. 복수든 치정이든 돈이든 공통적으로 흐르는 목적이 있지 않겠냐? 하기야 요즘에는 그냥 재미로 사람 죽이는 놈들이 판치는 세상이지만. 어쨌든 그 동기를 먼저 알아내는 게 먼저야. 그러고 나면 자연스럽게 용의자들을 다시 정리할 수 있겠지."

그럴듯한 말이었다. 하지만 곧바로 새로운 의문이 떠올랐다.

"근데 살인 동기를 어디 가서 어떻게 찾지?"

"그건 네가 알아서 할 일이지."

심찬보가 단숨에 술잔을 비웠다. 나도 그를 따라 술잔을 털어 넣고 다시 술을 채우며 투덜거렸다.

"무슨 말인지는 알겠다만, 너도 별수 없네 뭐. 하긴 그래서 경찰에서 잘렸겠지만."

"또 그 소릴. 어쨌든 기다리는 것도 전략이야. 아까도 말했지만 어차피 지금 딱히 할 수 있는 일도 없잖아? 그럼 기다리는 수밖에."

"자꾸 뭘 기다리라는 거지?"

심찬보의 눈동자가 다시 또렷해지고 있었다.

"새로운 사건! 물론 범인의 동기가 아직 끝나지 않았다면. 표본이 많아지면 살인 동기는 더욱 선명해질 테니까."

어찌 보면 악담이었다. 그의 말에 취기가 싹 가시는 것 같았다.

"뭐야? 오싹하게시리. 살인 사건이 또 나기를 바라기라도 하라는 거냐?"

"내 말이 그렇게 들렸냐? 하하. 말하고 나니까 좀 그렇긴 하다. 이 왕이면 살인 사건이 앞으로가 아니고, 과거에 이미 벌어졌다면 더 좋겠네. 하하하."

"그러게. 차라리 그렇다면 좀 낫겠어."

소리 내어 웃으며 우리는 잔을 부딪쳤다. 나는 단번에 소주를 털어 넣고 곧바로 안주를 집으려 젓가락을 더듬다가 갑자기 움직임을 멈췄다. 짙은 안개 속에서 누군가가 내 이름을 부르고 있는 것 같은 기분이 들었다. 나는 미간을 찌푸리며 고기 한 점을 집어 들었다. 대충 쌈장에 찍어 입에 넣은 고기를 우걱우걱하는데 생각이 날 듯 말 듯 뭔가가 계속 신경을 건드렸다. 그러다 오겹살에 붙어 있던 오돌뼈를 꽉 깨물어 으스러뜨린 순간, 안개 속에 숨어 있던 사람이 불쑥 내 앞으로 나타났다.

과거에 일어난 사건이라고? 혹시 예전에 회사에 근무했다는, 그 잠적해버렸다는 개발 담당 임원! 문득 과거에 사라졌다는 사람과 작금에 벌어진 일련의 사건들 사이에 어떤 불가분의 연결 고리가 그려지는 듯했다. 사라지는 것과 사라지게 하는 것, 크기를 알 수 없는 그 간극에서 나는 아찔한 현기증을 느꼈다.

목덜미가 시릴 정도로 온몸을 타고 소름이 올라왔다. 근처에 기막힌 곳이 있는데 2차 어떠냐고 채근하는 심찬보의 목소리도 들리지 않았다. 나는 그저 불판 위에서 까맣게 오그라드는 고기 조각을 멍하니 바라봤다.

퇴사자들

장마 전선이 물러나고 매미 소리가 기승을 부리는 계절이었다. 하계휴가로 듬성듬성 빈자리가 발생하던 그해 8월 하순까지도 석 상무의 사건은 미궁에 빠져 있었다 나는 사건 당시 행사를 주관했던 간부라는 명분으로 이따금씩 안산 경찰서를 들락거려야 했다.

사건 이후 두 달이 다 돼가도록 새롭게 확인된 사실은 거의 없었다. 사건 초기에 가장 많이 곤욕을 치른 사람들은 물론 MS에너지 직원들이었으나, MS중공업 직원들도 최소한 한 번씩은 사건 전날 밤부터 아침까지의 행적에 대해 조사를 받아야 했다. 판교 사무실 근무자는 물론 석 상무와 특히 사이가 좋지 않았던 직원들에 대한 조사는 보다 면밀하게 진행됐다. 몇 명의 직원들이 더욱 빈번하게 경찰서를 들락거렸고, 그중에는 정철호도 끼어 있었다. 하지만 그들 중에서 특별한 혐의점이 발견된 사람은 나오지 않았다.

경찰의 비극은 범인이 꼭 회사 내부인이라 단정할 수 없다는 현실이었다. 많은 공장이 그러하듯 안산 공장 또한 CCTV로 빈틈없이 사각이 메워진, 완벽한 보안 시스템이 갖춰진 곳은 아니었다. 정문과 후문 출입구 이외에도 작업자들은 누구나 알고 있는 소위 '개구멍'이 두세 군데 있었다. 실제로 그 구멍으로 유기견들이 들락거리는 모습을 직접 목격한 가엾은 경찰로서는 외부인의 침입에 대해서도 가능성을 열어둬야 했다.

사건 초기에 큰 충격을 몰고 왔던 석 상무 사건은, 그렇게 서서히 사람들의 뇌리에서 희미해지고 있었다. 범인이 누구일 것 같다는 다양한 억측들과 그 무성했던 유언비어들 또한 시간이 지나면서 서서히 소멸의 단계에 들어섰다.

***

풍력 사업은 내부적으로 크고 작은 변화를 겪었다. 석 상무 사건 당일 출하 예정이었던 화성 1호기는 예정보다 한 달을 넘겨 목적지로 출발할 수 있었다. 불미스런 사건 현장이 돼버린 제품을 고객사가 그냥 가져갈 리 없었다. 당연히 세척과 재점검, 거기다가 기본 제공 소모품의 수량을 올려달라는 요구가 나왔다. 위기는 기회가 됐다. 정철호를 포함한 많은 직원이 그 참에 정밀한 성능 테스트를 실시하자고 제안했다. 성능 테스트는 약간의 돈을 들여 외부 전문가에게 의뢰했고, 덤으로 그전까지 미비했던 터빈 조립 매뉴얼까지 구비할 수 있게 됐다.

테스트 결과 여러 크고 작은 문제들이 드러났다. 대부분 외부 조달된 부품이나 제조 과정상의 문제점들이었다. 그중에서도 증속기를 구성하는 톱니바퀴 일부에서 발견된 열처리 부족 문제는 꽤 심각했다. 예전에 시제품의 증속기가 자주 문제를 일으켰던 원인이 밝혀진 순간이었다.

신속하게 문제점들을 해소하고 부품을 교체하느라 개발과 생산 인력들은 밤낮없는 한 달을 보내야 했다. 그렇게 해서 우여곡절 끝에 현장에 설치된 비운의 화성 1호기는 비교적 양호한 시운전 결과 치를 보여줬고, 당시 고객사와 상업 운전 개시 일을 협의 중에 있었다.

안팎의 우려들을 불식시키고 만족스러운 초기 운전 실적을 보인 화성 1호기는 당시 회사 직원들에게 유일한 위안거리로 떠올랐다. 그것은 새로운 희망의 불씨였다. MS에너지의 풍력 사업은 수년에 걸친 인고의 터널을 지나 이제 본격적인 영업 활동을 시작할 변곡점에 다다랐다. 다만 영업 인력이 절대적으로 부족했다. 영업 팀장은 부랴부랴 인력 충원 요청 공문을 인사팀에 보냈다. 당분간은 기획팀도 영업 업무를 적극 지원하라는 부회장의 지시도 내려졌다.

늘어난 업무량에 매몰돼 살인마의 그림자를 까맣게 잊고 지낸 것은 아니었다. 나는 전임 개발 상무의 행적에 안테나를 세우고 있었다. 하지만 노력에 비해 성과는 몇 가지 과거의 팩트를 확인한 수준이었다. 그는 구모델에 심각한 결함이 발견된 이후 아무도 없는 주말에 출근해, '사업을 망친 모든 책임을 안고 가겠다'는 짤막한 글만 남기고 사라졌다. 부하 직원들이 몇 번 집으로 전화해 확인한 바로는, 수일이 지나도록 그가 귀가하지 않아 가족들이 실종 신고를 냈다는 것까지였다.

문제는 전임 개발 상무에 대해 공공연하게 캐묻고 다닐 수 없는 상황이었다. 내 가설대로 그의 잠적이 만일 살인자의 의도였다면,

회사 내에서 공공연한 뒷조사는 자살 행위나 다름없었다. 심찬보와 오겹살 식당에서 헤어진 이후로 내 의지와는 무관하게 그의 조언대로 마냥 기다리는 나날들이 이어지고 있었다. 그러던 어느 날 나의 딜레마를 풀어줄 그럴듯한 구실은 뜻밖에도 부회장으로부터 날아들어왔다.

***

점심시간이 끝나고 막 오후 일과를 시작하려던 참이었다. 나는 컴퓨터의 화면 보호기에 패스워드를 입력하고 있었다.

"박 팀장! 내 방으로 좀 오세요."

그는 평소와 같이 자신의 방문을 열고 큰소리로 나를 불렀다. 그즈음에는 하루에 열 번 이상 그가 불러대는 통에, 나는 별로 서두르지도 않으며 천천히 그의 집무실에 들어섰다.

"요즘 직원들 좀 어떻습니까? 동태 파악 좀 하고 있나요?"

그의 책상 앞에 놓인 4인용 테이블에 앉자마자 뚱딴지같은 질문이 날아왔다.

"네? 아, 뭐, 그저. 다들 바쁘게 잘 지내는 것 같습니다만."

대충 얼버무리고 넘어갈 생각이었다. 직원들 동태를 살피라는 지시는 한 번도 들은 적이 없었다. 뿐만 아니라 그런 일이라면 인사팀이나 관리팀의 소관 업무라고 알고 있었다.

"기획 팀장이 이럴 때 똑바로 해야지요. 안 그래요? 요즘 회사가 그나마 바쁘게 돌아간다고 방심해선 안 됩니다. 직원들 모두가 그

큰일을 겪었는데. 그래서 말인데 마침 이제 휴가철도 끝나가고 하니까 전체 단합 행사를 한번 기획해보세요. 이를테면 어두운 과거를 훌훌 털어버리고 모두 똘똘 뭉쳐 희망찬 미래를 향해 나아가자, 뭐 이런 슬로건으로 말입니다."

당시 나는 부회장이라는 사람을 어느 정도 파악하고 있었다. 그의 뚱딴지같은 지시가 이 타이밍에 회장에게 뭔가 보여주고 싶다는 계산에서 비롯됐음은 불을 보듯 뻔했다.

"저, 말씀 중에 죄송합니다만 그런 일이라면 관리팀에서 담당하는 것이…"

본전도 찾기 어려운 시도였다. 부회장은 옳든 그르든 자신의 의견에 반하는 경우를 용납하지 않았다. 반말은 그가 약간이라도 흥분할 때마다 튀어나오는 현상이었다.

"무슨 소리야? 행사 기획은 기획 아닌가? 당연히 기획팀에서 해야지."

아차! 하는 순간 내게도 묘안이 하나 떠올랐다. 갑자기 180도 태도를 바꾸려니 조금은 낯이 간지러웠다.

"죄송합니다. 제 생각이 좀 짧았습니다. 생각해보니 참 좋은 말씀이십니다. 그런데 그 좋은 취지를 좀 더 확대해보면 어떨까 합니다. 우리가 여기까지 오는 데 동고동락했던 퇴직자들까지 아우르는 행사가 된다면, 부회장님이 말씀하신 의미가 좀 더 부각되지 않을까 합니다만."

부회장이 두꺼비처럼 툭 튀어나온 눈을 깜박거리며 내 제안을 곱씹어보는 것 같았다.

"그거 나쁘지 않은데? 아주 그럴듯합니다. 그죠? 근데 그렇게까지 준비할 여력이 있겠어요?"

"숟가락 몇 개 얹는 것뿐입니다. 제가 직접 챙겨서 차질 없이 준비하겠습니다."

다소 뜬금없지만 그렇게 해서 나는 가을 단합 행사를 기획하는 일을 맡게 됐다. 인사팀에서 퇴직자들의 주소와 연락처를 공식적으로 보내온 것은 그로부터 이틀이 지난 뒤였다.

회사 설립 이래 퇴직자들은 모두 13명, 이미 들어서 알고 있던 전임 개발 상무와 영업 팀장을 제외하고도 11명이나 더 있었다. 마강토 상무의 이름은 리스트상에서 맨 꼭대기에 있었다. 핸드폰 번호로 전화를 걸어보니 결번으로 나왔다. 내 예상이 맞을지도 모른다는 불안감이 일었다. 나는 다시 집 전화번호로 통화를 시도해봤다. 긴 신호음의 끝에 나이 든 여자의 음성이 튀어나왔다.

"여보세요?"

"안녕하세요? 거기 마강토 상무님 댁이죠?"

상무라는 호칭 때문인지, 여인의 목소리에서 짙은 경계심이 묻어나왔다.

"어디서 전화하셨죠?"

"여기 상무님이 전에 다니시던 MS에너지입니다. 상무님 혹시 댁에 계신가요?"

내 온몸의 피가 오른쪽 귀로 쏠리는 것 같았다. 3초 정도 뜸을 들이다가 흘러나온 냉랭한 여인의 음성에서 나는 의외의 답을 들을 수 있었다.

"네. 계십니다만, 무슨 일이시죠?"

뭐라고? 집에 있다고? 멀쩡히 살아 있다고? 그럴 리가. 마치 마 상무가 죽었기를 바라는 마음을 들킨 사람처럼 나는 말까지 더듬었다.

"이, 이번에 회, 회사에서 퇴사하신 분들을 초청하는 행사가 있어서요. 괜찮으시면 좀 바꿔주시겠습니까?"

"아뇨. 저희 남편은 참석 안 하실 거예요. 그럼, 이만 끊겠습니다."

더 물을 것도 없었지만, 내가 뭐라 대꾸도 하기 전에 전화는 툭 끊겨버렸다. 굳이 대상 범위까지 확대하면서 행사 준비를 맡은 목적이 시작부터 날아가 버리는 순간이었다. 맥이 풀려버려 더 이상 전화할 마음이 싹 사라졌다. 나는 휴대폰을 꺼내 명단에 있는 나머지 12명의 전화번호를 하나씩 입력했다. 메시지 창에 행사 개요와 참석 여부를 묻는 짧은 글을 작성하고 나서, 전송 버튼을 꾸욱 눌렀다.

오고 싶으면 오든가, 싫으면 관두라는 의미였다.

의심의 추

"박 팀장! 내 자리로 좀 와주세요."

부회장의 방문 쪽에서 들려오는 호출이 날이 갈수록 늘어만 갔다. 그의 비서 역할을 하던 신혜원이 그만둔 영향도 있었다. 온갖 자질구레한 일만 생기면 밥 먹듯이 나를 불러대는 통에, 마음 편히 잠깐의 외출도 하기 어려운 지경이었다.

간신히 표정 관리를 하고 들어간 부회장의 방에는 정철호 팀장이 먼저 와서 뭔가 속닥거리고 있었다. 정 팀장의 얼굴이 벌겋게 상기돼 있는 것으로 보아 그들 사이에 오간 대화가 심상치 않았음을 짐작할 수 있었다.

"빨리 와서 여기 앉아요. 이거 좀 함께 봅시다."

한 장짜리 엑셀 양식의 표는 1안, 2안, 3안이라는 문구와 함께 빽빽하게 숫자로 채워져 있었다. 문서의 상단에는 '고성 풍력 입찰가 검토안'이라고 쓰여 있었다. 당시 영업팀에서 공을 들이고 있었던 총 20MW급 풍력 단지였다.

"다음 주에 참여하는 입찰 건이군요. 강원도 고성 프로젝트."

"맞아요. 박 팀장 의견을 좀 들어보려고 불렀습니다."

부회장이 내게 의견을 묻다니, 뭔가 꿍꿍이가 있겠다는 생각이 앞섰다. 꼼꼼히 자료를 읽어 내려가던 내 눈이 점점 커지고 있었다.

"제가 잘못 본 건가요? 세 가지 모두 원가 이하로 입찰에 참여하겠다는 안이네요."

부회장은 벽 쪽으로 고개를 돌리고 있는 정 팀장의 눈치를 한 번 살피는 듯하더니, 입가에 야릇한 미소를 머금고 내게 말했다.

"아니, 제대로 봤어요. 지금은 마진을 챙기는 것보다 시장에서 우리의 존재를 확실히 알리는 일이 우선이라고 봅니다. 박 팀장은 간부니까 회장님께서 우리 매출이 올해 얼마일지 노심초사하고 계신다는 것쯤 알고는 있겠죠? 그죠?"

부회장이 나를 부른 이유를 알 것 같았다. 약삭빠른 노인네는 오직 회장의 의중을 읽어내는 것이 유일한 지상 과제였다. 그는 추후

문제가 될 만한 의사 결정에는 가능한 한 많은 사람을 끌어들여 책임을 분산하는 일에 탁월한 재주를 가지고 있었다. 내가 약간 머뭇거리다가 답했다.

"글쎄요. 쉽게 동의하기 어려운 부분이 있는 것 같습니다만."

예상했던 대로 부회장의 입가에 머물던 미소가 싹 사라졌다. 그의 말투도 본색을 드러내기 시작했다.

"어떤 점에서?"

"이렇게 해서 우리가 낙찰된다고 쳐보겠습니다. 우리 때문에 한번 파격적으로 내려간 가격이 앞으로 시장 가격으로 굳어질 가능성이 높습니다. 부메랑이 돼 다음에도 또 다음에도 우린 결국 이 가격 이상으로 입찰하지 못할 거란 말입니다. 적자 상태로 외형만 키우는 게 회장님께서 원하시는 바는 아닐 것 같습니다만."

부회장의 얼굴은 달아오를 대로 달아올라 폭발 직전이었다.

"그러니까 원가 절감 해야지. 우리가 앞장서서 이렇게 타이트하게 조여줘야, 개발이나 생산 쪽에서 바짝 정신을 차리는 법이라고."

"이럴 거라면 제 의견은 왜 물어보신 겁니까? 어쨌든 원가 이하로 시장 질서를 어지럽히면서까지 입찰 참여는 반대한다는 것이 제 입장입니다. 내부적으로도 직원들 사기만 꺾일 게 불을 보듯 뻔합니다."

평소 웬만한 일에 순종적인 모습만 보이던 내 변화에 부회장의 충격 또한 적지 않았던 모양이다. 나중에 다시 얘기해보자는 부회장의 작전상 후퇴 선언으로, 나는 그 자리를 빠져나올 수 있었다.

그닐 내가 부회장에게 대들었던 이유를 나로서도 설명하기는 어렵다. 아마도 나는 당시 부활의 길을 걷기 시작한 풍력 사업을 내 운명과 동일시하기 시작했던 것 같다. 비록 규모는 작은 회사였지만, 내 가슴 한구석에는 내가 하는 일에 대한 의미와 자긍심이 서서히 자리 잡고 있었다. 오수경이 가졌던 꿈이 이런 것이었을까? 나는 사업의 성공을 방해하는 그 어떤 것과도 맞설 태세였다.

**

"박 팀장님. 다시 봐야겠는데요? 내가 하고 싶은 얘기를 혼자 다 하시고. 언제 술이나 한잔합시다."

부회장 방을 나서면서 정 팀장이 내게 건넨 말이었다. 최소한의 업무적인 대화 이외에는 거리를 뒀던 그였다. 첫인상부터 좋지 않았고, 내 마음속에는 살인 사건의 유력한 용의자들 중 한 명이기도 했다. 그러나 천천히 알게 된 그에 대한 주변의 평가는 처음의 내 판단과는 많이 달랐다. 늘 싸움닭처럼 거칠고 호전적인 태도로 상사들과의 마찰이 적지 않았지만, 부하 직원들로부터는 전폭적인 신임과 존경을 받는 간부였다. 내가 개인적으로 그와 조금 가까워지게 된 것은 아마도 공동의 적을 함께 대면하고 나온 그날부터였던 것 같다.

"내친김에 오늘은 어떻습니까?"

그날 처음으로 의기투합한 우리는 약간은 어색한 술자리를 가졌다. 그리고 그 이후로도 우리는 야근을 하다가 간혹 눈이 맞을 때면 함께 사무실을 빠져나가 근처의 선술집에 들르곤 했다. 어느 날 나는 그의 좋은 기분을 틈타 넌지시 오수경과 다툰 이유를 물어본 적이 있었다.

"저, 외람된 질문인데요. 죽은 오 상무하고는 고교 동창이라 들었는데."

"갑자기 그 친구 얘기는 왜요? 친했죠. 그래서 다투기도 했고."

"무슨 일 때문에요?"

뭔가 말할까 망설이던 그가 갑자기 정색을 하며 제정신으로 돌아왔다.

"아닙니다. 술맛 떨어지니까 그만합시다. 지극히 개인적인 일입니다."

의문은 여전히 해소되지 않았다. 어떤 날은 그에게 신혜원에 대해서도 물은 적이 있었다.

"신 대리는 왜 그렇게 미워하신 겁니까?"

"미웠으니까요."

"그러니까 왜요? 팀장님이 신 대리 뽑을 때 추천까지 하셨다고 들었는데."

"남상미 씨 때문이에요. 부회장 비서로 일하면서 마음고생이 이만저만 아니었으니까요. 그래서 내가 적당히 핑계를 만들어 기획팀 여사원 충원을 기안한 겁니다."

"아아, 그랬군요."

내가 그에게 품고 있던 의혹의 고리 하나가 풀리는 순간이었다.

"부회장이 원하는 스펙은 내가 잘 알고 있었으니까요. 인사팀에서 넘어온 지원자들 보니 신 대리가 적임이었죠. 그래서…."

무슨 말인지 알 것 같아, 흐려진 그의 말꼬리를 내가 대신 이어줬다.

"결국 남상미 씨를 부회장의 마수에서 구해내기 위해 대타로 신 대리를 뽑았다 이겁니까?"

"그렇게 표현하시니까 저도 잘한 일은 아니었네요. 어쨌든 막상 뽑고 나니까 좋은 집안에서 자란 이유 하나만으로 부회장의 총애를 듬뿍 받는 신 대리가 제 눈에 좋게 보이진 못했습니다. 그냥 그 정도만 하시죠."

내친김에 더 물어보기로 했다.

"남상미 씨는 어떻습니까? 솔직히 사무실에서 보면 늘 표정이 뭐랄까 침울하다고나 할까요?"

"그럴 겁니다. 모르셨을 텐데, 남상미 씨 고아 출신입니다. 6살 때 버려져서 고등학교 때까지 고아원에서 자랐다네요."

"어허. 그래요? 갓난애도 아니고 어떻게 6살이나 된 애를 버릴 수 있을까요? 세상에 그런 부모가. 더구나 다리도 불편한 딸을."

놀란 표정을 짓는 내 얼굴 앞으로 그가 잔을 갖다 대며 대꾸했다.

"그러게 말입니다. 내가 사정을 아니까 좀 챙겨주는 편이긴 한데, 그렇다고 솔직히 성격상 살갑게 뭐 그러지는 못해요. 어쩔 땐 나를 아버지처럼 생각하는 건 아닌가 살짝 부담스러울 때도 있습니다. 미안하게시리."

우리는 그날 평소보다 두 배 이상의 술을 마셨다. 사회적 약자가 어쩌고저쩌고 떠들면서 얘기는 더욱 깊어져갔다.

그랬다. 애초에 부회장과 정철호에게 동시에 품었던 의심의 추는 그렇게 부회장 쪽으로 급격히 기울었다. 오로지 회장 눈치만 보고 사는 부회장에게, 오롯이 사업의 성공만을 향해 우직하게 걸어간 오수경은 때때로 눈엣가시였을 것이다. 그들의 마찰은 시간문제였고, 부회장은 결국 회장이 자신보다 더 신임하게 된 오수경을 제거해야 했을 것이다. 그런데 석영우는 왜 죽었을까? 그들 사이에는 어떤 갈등이 있었을까? 죽은 석영우를 매달아놓은 것은 어떤 의미였을까? 늙은이 혼자서 석 상무의 육중한 시체를 옮기고 매다는 일이 가능한 것일까? 혹시 공범이 있었던 것은 아닐까? 여전히 풀어야 할 의문들은 꼬리에 꼬리를 물고 내 머리를 떠나지 않았다.

균열

화성 1호기로부터 불안한 소식이 날아든 것은, 내가 부회장과 한 판 벌인 날로부터 일주일가량 지난 뒤였다. 고성 풍력 단지의 입찰을 하루 앞둔 그날, 회사의 팀장 이상 간부들은 전부 회의실에 집결해 있었다. 갑론을박 설전이 벌어졌다. 그리고 고성 풍력의 입찰가는 결국 1%라는 최소한의 마진을 확보하는 수준으로 의견이 모아졌다. 부회장도 더 이상 뒤집지 못하는 협의의 결과였다.

회의 말미에 모두가 가볍게 한담을 나누고 있을 때였다. 화면 속에서 이종찬 상무의 거무튀튀한 얼굴이 뭔가 할 말이 남았는지 우물쭈물하고 있었다. 그는 석 상무 사건 이후 후임자를 구할 때까지

한시적으로 생산 부문까지 맡고 있었다.

"여기 다들 모이신 김에 한 말씀 올려야 할 것 같습니다. 별로 좋은 소식이 아니라서 말씀드리기 좀 뭐합니다만."

사람들의 귀가 심드렁하게 그에게 모여들고 있었다. 헛기침을 한번 하고 나서 그가 말을 이었다.

"화성 1호기에 결함이 있는 것 같습니다."

90% 이상의 가동률을 넘어서며 안정권에 들어섰다는 보고서를 회장에게 올린 지 불과 사흘도 지나지 않은 시점이었다. 이건 또 무슨 뚱딴지같은 소리지? 맨 먼저 말뜻을 알아차린 내가 다그치듯 물었다.

"상무님, 결함이라뇨? 자초지종을 말씀해보세요."

"사실은 어제 화성 1호기에 알람이 떴다는 연락을 받고 일단 원인부터 살피고 있었습니다. 블레이드 팁 부분에 작은 균열이 발견됐고 일단 보수는 마친 상태입니다. 문제는 정밀 진단을 해야 할지 여부인데요."

처음에는 대수롭지 않게 생각했던 회의실 내부에 순간적으로 침묵의 바이러스가 번졌다. 기술적인 지식이 부족한 나는 무슨 의미인지 다른 사람들의 반응을 살필 수밖에 없었다. 화면 안에서 생산 팀장의 얼굴에 나타난 어두운 그림자로 보아, 그도 뭔가 알고 있는 것이 틀림없었다. 성격 급한 정 팀장이 가만있을 리 없었다.

"정밀 진단이라고요? 얼마나 심각한 상황입니까?"

"그게 육안으로 제가 보니까, 그 균열이라는 게 외부의 충격으로 생긴 것은 아닌 거 같습디다. 왠지 재질의 문제일 것 같다는 생각이 들어요. 제 전공이 아무래도 그쪽이다 보니."

애매모호한 이 상무의 대답에 정철호의 경상도 억양이 더욱 두드
러졌다.

"상무님, 정밀 진단이 꼭 필요하다는 말씀이십니까? 아니면 약간
우려 상황이니 조금 지켜보자는 겁니까?"

이 상무가 기어 들어가는 목소리로 대답했다.

"진단이 필요한 것 같습니다."

숨을 죽이고 두 사람의 대화를 듣고 있던 사람들이 술렁이기 시작
했다. 정 팀장이 고통스럽다는 듯이 얼굴을 찡그리며 다시 물었다.

"그렇다면 터빈을 세우고 블레이드를 떼어내야 된다는 거 아닙니
까? 얼마나 세워야 되는 겁니까?"

화면 속에서 이 상무의 옆에 앉은 생산 팀장이 대신 나섰다.

"터빈은 세우지 않아도 될 거 같은디유."

사람들의 얼굴에 그나마 다행이라는 안도감이 번지는 것을 확인
하고 그가 계속 말을 이었다.

"블레이드 공급하는 협력 업체에서 8대 분량 제작을 거의 마쳤으
니께유. 말하자믄 우리가 고성 풍력에 대비해서 선발주를 했던 거
쥬. 블레이드가 워낙 장납기 부품이니께. 그중에 하나를 골라서 정
밀 진단이야 하믄 돼유. 화성 1호기랑 똑같은 재료와 공정으로 제작
한 거니까유. 그란디 문제는 그 결과 값을 얻는 데까지 최소한 3, 4
개월 걸린다는 거예유."

그때 내 머릿속에는 새로운 걱정거리가 하나 떠올랐다.

"잠깐만요. 우리가 만일 고성 풍력 프로젝트에 낙찰된다면 납기

가 언제입니까?"

"납기가 촉박한 프로젝트입니다. 연내로 설치와 시운전까지 마쳐야 하니까요."

영업 팀장이 대답했다. 내 우려가 구체화되고 있었다. 나는 머리를 절레절레 흔들며 탄식하듯 말했다.

"큰일입니다. 정밀 진단 결과가 안 좋게 나온다면, 돈이야 들겠지만 화성 1호기야 개선된 블레이드로 교체해주면 되겠죠. 하지만 문제는 한꺼번에 8대를 공급하는 고성 풍력입니다. 그 프로젝트를 우리가 따낸다면 영향은 그리 간단하지 않아요. 최악의 시나리오로는 우리가 대형 프로젝트 준공 일정을 깡그리 말아먹게 될 수도 있어요. 고객사의 막대한 기회 손실까지 우리 부담으로 떠안게 될 수 있다는 거죠. 그뿐만이 아닙니다. 사업 시작부터 중대한 결함이 드러난다면 시장에서 우리 회사 평판은 영원히 추락해버리고 말 겁니다."

정 팀장은 옆에서 내 말뜻을 이해하고 있었다. 그 또한 우울한 목소리로 거들었다.

"저도 박 팀장님과 같은 생각입니다. 고성 풍력 부담까지 지고 가는 것은 너무 위험합니다. 여차하면 회사 문을 닫을 수도 있으니까요. 수주 기회는 고성 풍력 말고도 앞으로 또 있을 겁니다. 블레이드 이슈부터 완전무결하게 해소하는 게 급선무입니다. 생산 팀장님, 지금 우리 블레이드 협력 업체가 어디입니까?"

사람들이 시선이 전부 생산 팀장에게로 쏠리는 순간, 회의실 안에 난데없는 외마디 고성이 울려 퍼졌다.

"닥쳐!"

어쩐지 조용하다 싶었다. 양쪽 회의실을 오가는 말들을 줄곧 뚱 썹은 표정으로 듣고만 있던 부회장이 드디어 폭발했다.

"이 사람들이 정말 듣자 하니까. 뭐 고성 풍력 낙찰되면 더 골치라 고? 그럼 내일 입찰 참여하지 말자는 거야? 최악의 상황을 바라기라 도 하는 건가? 말해봐. 박 팀장!"

찬물을 끼얹은 회의실 내부에는 부회장의 거친 숨소리만 가득했 다. 나는 아래턱을 실룩거리며 삼발이처럼 생긴 화상 회의용 마이크 를 내 앞으로 가까이 가져왔다.

"고성 풍력이 운송 설치비를 제외하고도 200억 원에 육박하는 대 규모 수주 기회라는 것 저도 압니다. 저라고 이런 기회를 왜 놓치고 싶겠습니까? 하지만 우리 사업 이번 고성 풍력만 하자고 만든 회사 는 아니잖습니까? 이건 우리 회사의 명운이 달린 사안이니까 신중 하자는 의견일 뿐입니다."

부회장은 이제 실성한 사람처럼 내게 퍼붓기 시작했다.

"당신 지금 회사의 명운이라 했나? 이래도 문 닫고, 저래도 문 닫 는 거야. 그 조그만 균열 하나 때문에 올해 장사하지 말자고? 아마 그러면 회장님이 나서서 문을 닫아버릴걸? 회장님이 더 이상 우리 를 기다려줄 거라 믿는 거야? 모두 쓸데없는 소리 집어치워. 당신들 이 사업을 알아? 탁상머리 앞에 앉아서 쓸데없는 기우나 들먹거리 는 게 사업인 줄 알아? 내 한마디만 하겠어. 영업 팀장은 내일 차질 없이 입찰 집어넣어. 이 상무는 정밀 진단인가 뭔가 그거 바로 의뢰 하시고. 그리고 박 팀장은…."

부회장의 사나운 눈매가 내게로 향하자, 나는 반사적으로 눈을 내리깔고 말았다.

"박 팀장은 오늘 결정된 입찰 예정가를 곧바로 회장님께 보고드리도록. 자네 생각대로 정해진 거니까 자네가 보고해. 아직 회장님이 어떤 분인지 뵙지 못해서 감이 없는 거 같군. 안 그런가? 이번에 단단히 한번 느끼고 오면 다신 그딴 한가한 소린 못하겠지."

***

회의실에서 나오자마자 회장에게 보고할 자료들을 챙기느라 정신이 혼미할 지경이었다. 말로만 듣던 회장을 처음 대면한다는 긴장감에 나는 내 뒤로 누가 다가왔는지조차 눈치채지 못하고 있었다. 인기척이 느껴져 휙 돌아보니, 천장의 형광등 불빛이 닿아 듬성듬성한 그의 머리가 반짝거렸다. 부회장이었다. 어느새 그는 분위기를 누그러뜨리고 예전의 모습으로 변신해 있었다.

"박 팀장, 노파심에서 말하는 건데, 회장님 뵈면 오늘 화성 1호기 블레이드 건은 언급하지 마시게. 설마 현황 파악도 덜 된 일을 나불거릴 생각은 아니겠지?"

하루에 열두 번씩 접하던 평소 그의 목소리가 아니었다. 지금까지 들어본 적 없는 섬뜩한 목소리였다. 마치 악마를 흉내 내는 것 같은 그의 목소리에 등골이 오싹했다. 나는 그를 정면으로 쳐다보지 못하고 고개만 끄덕였다.

사무실을 나서면서 나는 생각했다. 이제 부회장의 말대로 기우이기를 바라는 수밖에 없었다. 균열은 우리의 희망인 화성 1호기가 아니라, 어쩔 수 없이 벌어진 나와 부회장 사이에서만 존재하기를 바랐다. 안산으로 달리는 차 안에서 어쩌면 내가 지나치게 예민했을지 모른다는 후회도 들기 시작했다. 최악에 대비하는 것이 기획 팀장의 일이기도 했지만, 힘겹게 희망의 불씨를 키워가던 조직에 찬물을 끼얹은 것은 아닌지 하는 후회였다.

하지만 나는 알지 못했다. 그날 처음 수면 위로 드러난 블레이드의 작은 균열이, 내가 안산 공장으로 달려가던 그 순간에도 소리 없이 진행되고 있었다는 사실을 말이다.

회장실

한바탕 소나기라도 쏟아지려는지 음울한 먹구름이 빠르게 몰려오고 있었다. 안산 공장 사무동은 정문을 지나 단지 뒤편 오른쪽 구석에 위치한 5층 건물이었다. 1층은 대강당이었고, 2층에서 4층은 사무 공간, 그리고 5층은 통째로 회장의 집무실로 꾸며져 있었다. 1층 회전문 근처에 위치한 엘리베이터는 단 1기뿐이었다. 소문으로 익히 들었던지라, 나는 엘리베이터가 4층까지만 운행된다는 사실을 알고 있었다.

사무동 후문 쪽에도 엘리베이터가 하나 더 있었다. 원래는 화물용이던 것을 회장 전용 엘리베이터로 개조한 것으로, 회장 이외에는 절대로 사용해서는 안 되는 출입 금지 구역이었다. 회장 엘리베이터는 지하 2층에서 논스톱으로 곧장 5층까지만 운영되는 시스템이었고, 지하 2층에는 역시 회장만 사용하는 소형 주차장이 있었다.

회장은 마치 철의 장막 뒤에 숨은 은둔자와 같은 존재였다. 언젠가 인사 팀장에게 들었지만, 회장의 지하 전용 주차장은 회장 차량에 부착된 원격 제어 장치를 통해서만 자동으로 여닫히게 돼 있었고, 노령임에도 불구하고 회장은 한 번도 운전사를 둔 적이 없다고 했다.

회장의 엘리베이터나 주차장이 특급 호텔처럼 치장돼 있다는 소문도 있었다. 하지만 그 내부를 직접 봤다는 사람은 아무도 없었다.

나는 일반 엘리베이터로 4층까지 올라간 뒤 다시 계단을 이용해 5층으로 올라갔다.

"에너지에서 오신 박 팀장님 맞죠?"

5층에 이르러 비상문을 열어젖히자 기다렸다는 듯이 중년의 여자가 말을 걸어왔다. 그녀의 책상은 엘리베이터에서 몇 발자국 떨어지지 않은 곳에 있었다.

"네. 제가…."

파마하지 않은 머리를 뒤로 빗어 마치 승무원 같은 인상을 풍기는 그녀는 회장의 비서였다. 그녀는 엉거주춤 허리 숙인 나를 무표정하게 바라보다가 뾰족한 턱을 내밀어 어딘가를 가리켰다.

"저기로 들어가시면 됩니다. 노크는 절대 하지 마시고요."

아무런 팻말이 없는 문 앞에서 나는 잠깐 망설였다. 노크를 하지 말라고? 조심스레 문을 열고 내부를 들여다보고 나서야 그 이유를 알 수 있었다. 어두침침한 방 안에는 조용한 클래식 음악이 흐르고 있었다. 그리고 멀리 오른쪽 구석에 의자를 젖히고 앉아 지그시 눈을 감고 있는 노인이 눈에 들어왔다. 나는 안으로 들어가 소리 나지 않게 문을 닫았다. 언제까지 기다려야 하는지 어리둥절했지만 그냥 문가에 서서 기다리기로 했다. 어색한 상황 속에서 내 시야는 점점 어두운 실내에 익숙해졌다. 테니스를 쳐도 될 정도로 넓은 집무실이었다.

'Cogito, ergo sum'.

회장 뒤편으로 오래전 교과서에서 본 듯한 문구가 적힌 액자가 걸려 있었다. 휑한 내부에는 이렇다 할 가구가 별로 눈에 띄지 않았다. 회장이 앉아 있는 테이블 바로 앞에 대략 10명이 앉을 수 있는 긴 회의용 탁자가 전부라고 해도 과언이 아니었다. 특이한 것은 그 회의용 탁자에 양쪽으로 달랑 2개의 의자만이 놓인 배치였다. 독대 아니면 안 한다는 건가? 별별 생각을 다 하면서 나는 회의용 탁자 위를 빽빽하게 채운 각종 보고서 더미를 물끄러미 바라봤다.

***

회장이 눈을 뜬 것은 지루한 음악이 끝나기까지 10여 분이 지난 뒤였다. 나는 내심 그의 외모에 약간 놀랐다. 사장을 맡고 있는 아들의 호리호리한 체구나 뚜렷한 이목구비와는 전혀 딴판이었기 때문이다. 매우 왜소한 몸집의 노인이 천천히 고개를 들어 나를 바라봤다. 쭈글쭈글하고 좁은 이마 아래로 움푹 팬 눈두덩이, 툭 불거진

광대뼈와 지나치게 얇아 보이는 입술, 깡마른 체구와는 대조적으로 불룩 솟아오른 배. 그가 은둔자나 다름없는 생활을 한다는 이유가 혹시 그의 생김새 때문이 아닌지 하는 생각이 들 정도였다.

"자네로군. 부회장한테서 연락은 받았네. 이름이 뭐라고 했더라?"

그의 음성은 빈약한 생김새와 다르게 의외로 굵은 울림이 있었다. 말투는 너무 느리지도 너무 빠르지도 않았다. 어찌 보면 말하기 좋아하는 달변가의 느낌이 없지 않았다.

"처음 인사 올립니다. MS에너지 기획팀 박상필 팀장입니다."

"그래. 무슨 용건이랬더라?"

"내일 예정된 고성 풍력 입찰 관련 당사 예정가를 보고드리러 왔습니다. 여기…"

나는 준비한 보고서를 그의 앞에 올려놓고 한발 뒤로 물러났다. 그는 아직도 내게 앉으라는 말을 하지 않고 있었다. 나는 또 기다려야 했다. 머릿속으로는 오면서 줄곧 예상한 질문의 답들을 되뇌면서 말이다. 한참 동안이나 이마를 찌푸려가며 자료를 들여다보던 그가 마침내 입을 열었다.

"풍력은 아직도 원가 절감이 멀었군. 이건 대충은 알겠고…"

보고서를 그냥 덮는 모습으로 보아, 다행스럽게도 그가 입찰가에 대해 별로 질문할 기색은 보이지 않았다. 나는 그의 입에서 그만 가보라는 말이 나오기를 진땀을 흘리면서 기다리고 있었다. 그렇지만 책상 위에 보고서를 던지듯 내려놓고도 그의 의뭉스러운 시선은 계속해서 어정쩡하게 서 있는 나를 향했다.

176

"온 김에 하나만 묻지. 그래 자네는 우리 풍력 사업을 어떻게 보고 있나? 성공하려면 맨 먼저 뭘 해야 하지? 기획 팀장이라면 사업을 앞장서서 이끌어야 할 자리니까 묻는 걸세."

의외의 포괄적인 질문에 오금이 저려올 정도로 당황스러웠다. 정신을 바짝 세우고 그 위기를 모면하려 안간힘을 썼다. 세계 시장 성장 전망은 여전히 밝다는 둥, 하지만 국내 시장에서도 경쟁이 치열해지고 있다는 둥, 중국에서 저가 부품을 조달해 원가 경쟁력을 확보하는 것도 방법이라는 둥 주저리주저리 준비되지 않은 말들을 길게 늘어놓았던 것 같다.

"여기 온 지 벌써 넉 달이 넘은 친구가 다 아는 말만 늘어놓는구만. 전에 있던 오수경이 정도는 못 되는 것 같은데."

"…"

자존심을 무척이나 상하게 하는 말이었다. 말없이 이를 악물고 있던 내 표정을 그가 읽어낸 모양이다.

"좀 더 배우라는 뜻이니 서운해하지는 말게나. 그나저나 자네 말하는 거 들어보니까 달변은 못되는 것 같네. 기획하는 사람은 커뮤니케이션에도 능숙할 필요가 있는데 말이지."

"네. 노력하겠습니다."

목덜미에서 진땀이 흘렀다. 빨리 그 상황을 벗어나는 것 말고는 아무런 생각이 나지 않았다. 나름 점잔을 빼던 회장의 목소리가 갑자기 변한 것은 바로 그때였다.

"노력한다고? 내가 가장 안 좋아하는 말인데. 특히나 풍력은 지난 4년 동안 그 말만 되풀이하고 있어. 그동안 풍력에서 꺼내간 내 돈이 전부 얼마인지 알고는 있는가?"

헬륨 가스라도 마신 것처럼 중성적이면서 가늘어진 톤이었다. 우물쭈물하는 내게로 그의 한층 집요해진 눈빛이 내리꽂혔다. 입속에 물기가 싹 사라졌다. 미처 거기까지는 파악을 해놓지 못했다. 하지만 최고 경영자가 기본적인 재무 지수를 물어오면 정확하지 않더라도 무조건 대답을 내놓아야 한다는 것을 나는 경험으로 알고 있었다. 가까스로 정신을 차린 내 머리가 복잡하게 돌아가기 시작했다. 현재 인원수, 평균 인건비, 구모델과 신모델의 개발비 등등이 입력되고 기간이 곱해졌다.

"300억 원 정도로 알고 있습니다."

눈을 질끈 감았다. 아주 엉뚱하지 않은 숫자이기만을 바랐다.

"숫자감은 약간 있는 것 같군. 지난달 기준으로 정확하게는 305억 원이지. 물론 독립 법인으로 내보낸 이후에 들어간 돈만 그렇다는 걸세. 그전에도 제품 개발한답시고 적잖은 돈이 들어갔지. 가서 늘 염두에 두고 있게. 자네들이 가져간 내 돈 300억 원을 언제쯤 회수할 수 있는지는 내 조만간 또 물을 테니까."

그것이 회장과의 첫 대면이었다. 사무동을 나서니 시원한 소나기가 퍼붓고 있었다. 판교로 복귀하면서 나는 비교적 무난하게 그와의 첫인사를 마쳤다는 생각에 안도의 한숨을 내쉬었다. 많은 대화를 나눈 것은 아니었지만 그가 어떤 사람인지 가늠할 수 있는 좋은 기회였다. 30% 안팎의 지분을 가진 주주가 회사 돈을 '내 돈' 운운하는 것으로 보아, 그 또한 이 땅의 수많은 오너 경영자와 별다를 바

없는 부류였다. 한 가지 그의 특징을 꼽는다면 묘하게도 위압감을 주는 눈빛이었다. 내 대답에 귀를 기울이다가 가끔씩 깜박거리던 그의 눈에서, 나는 어릴 적 장터 좌판에 앉아 연신 계산기를 두드리던 장사꾼 할아버지의 그것을 떠올렸다. 이유를 모르게 어린 나를 흘겨보던, 끝을 가늠하기 어려운 의심을 담은 눈빛이었다.

사람들에게 들어서 알게 된 사실이지만, 회장은 강원도 산골의 가난한 화전민의 자식으로 태어났다. 그는 어렸을 적부터 남의 종살이를 하며 이곳저곳 떠돌며 자랐다. 마흔이 넘어 고물상 사업에 손을 대면서 큰돈을 만지게 되면서 지금의 성공을 이뤄낸 그는, 말하자면 산전수전 다 겪은 입지전적인 인물이었다. 의심과 경계심은 그가 살아온 치열한 삶의 과정에서 자연스럽게 형성된 그의 일부였다. 그가 믿는 사람은 오직 그 자신뿐이었던 것이다.

***

판교 사무실로 돌아와 숨을 돌리고 나서야 깨달은 사실이 있었다. 회장은 나를 처음 봤지만, 이름을 물었을 뿐이지 내가 기획 팀장을 맡고 있다는 것은 물론 입사한 지 4개월이 지났다는 사실까지 정확하게 알고 있었다.

문득 그의 앞에 놓여 있던 긴 테이블이 생각났다. 그리고 그 위를 빼곡하게 채우고 있던 수많은 서류 더미가 떠올랐다. 어느덧 내 상상의 화면 속에는 밀실에 숨어 회사 구석구석의 정보를 파악하고 있는 노인의 모습이 그려졌다. 갑자기 서늘한 기운이 등골을 타고 올라가 내 목덜미를 움켜쥐었다.

식물인간

다음 날, 그날은 9월의 두 번째 금요일이었다. 점심시간이 가까워져 모두 식권을 꺼내 들던 그 시각, 난데없이 사무실에 환호성이 울려 퍼졌다. 회사가 고성 풍력 터빈 공급 최종 낙찰자로 선정되는 순간이었다. 여기저기 전화로 인사를 하는 부회장의 들뜬 목소리가 오후 내내 사무실을 시끄럽게 했다.

저녁에는 대규모 전체 회식이 벌어졌다. 그러나 마냥 좋아할 수만은 없는 경사였다. 정철호는 얼굴에 썩 기쁜 기색을 드러내지는 않았다. 그러나 나는 기뻐하는 쪽을 선택했다. 부회장이 나를 회장과 대면시킨 일은 그가 의도한 효과가 있었다. 이래 죽으나 저래 죽으나 마찬가지였다. 마지막 기회였다. 어차피 정밀 진단의 결과가 아무 탈 없이 나오기를 기도하는 것 말고 내가 할 수 있는 일은 별로 없었다.

한편으로 블레이드 정밀 진단은 직원들의 사기 저하를 우려해 팀장들 선에서 은밀하게 진행되고 있었다. 시험 성적을 기다리는 학생처럼 답답했지만, 한 가지 위안거리는 화성 1호기에서 같은 종류의 알람이 더 이상 발생하지 않고 있다는 사실이었다. 어느 날엔가 나는 진단 과정을 총괄하고 있는 이종찬 상무에게 물은 적이 있었다.

"그 균열이라는 거, 예전에 시제품에서는 없었나요? 생각해보니 좀 이상해서 말입니다."

"없었어요. 지난번 화성 1호기 제작부터 블레이드 공급 업체를 변경했거든요."

"왜요?"

"…."

이 상무는 대답은 않고 미묘한 웃음을 지어 보였다. 나는 그의 웃음을 복잡한, 공학적 설명으로 피하고 싶다는 의미로 해석하고 가벼이 넘겼다.

고성 프로젝트에 낙찰되고 며칠이 흐른 뒤였다.

"그러니까 행사에 참석하는 퇴직자가 고작 한 명이라는 겁니까? 맞아요?"

부회장이 내게 물었다. 그의 손에는 'MS에너지 단합 대회 기획안' 이라는 제목의 문서가 쥐어져 있었다.

"전부 연락을 취했는데 의외로 참석을 희망한다는 회신이 적었습니다. 차라리 원안대로 현재 임직원들만 대상으로 하는 것도 방법인 거 같습니다."

사실 내가 한 일이라고는 단체 문자를 한 번 날린 일이 전부였다. 회신을 해온 퇴직자가 1명 있기는 했다. 그는 신입으로 들어왔다가 진학을 위해 퇴사했다는 엔지니어였다. 부회장이 곤혹스럽다는 듯이 이마를 찌푸렸다. 아마도 회장에게 벌써 어쩌고저쩌고 한껏 떠벌린 모양이다.

"마강도 상무한테 연락을 하기는 한 겁니까? 이 친구는 최소한 와야 할 텐데요."

"네. 직접 연락은 아니지만, 사모님하고 연락이 됐습니다. 못 오신다고."

부회장이 입을 삐죽거리며 눈을 치켜떴다.

"직접 통화해서 다시 요청해보세요. 일을 좀 똑 부러지게 할 수 없어요?"

"네. 알겠습니다. 그리고 전에 영업 팀장으로 있었다는 그 배창희라는 사람은 아직 답변이 없는데 그 사람도 더 연락해봐야 할까요?"

"아 글쎄, 배창희고 뭐고는 내 알 바 아니고, 마 상무는 꼭 참석시키라 이겁니다. 그만 나가보세요."

당시 부회장은 내게 노골적으로 불만을 드러내고 있었다. 작은 일에도 눈알을 부라리기 일쑤였고, 조금의 실수만 보여도 사람들 앞에서 공개적으로 모욕을 주는 일이 예사였다. 그는 나에게 있어 이미 늑대이자 악마가 돼 있었다.

부회장의 방을 나오자마자 정철호를 찾았다. 기획안은 그럭저럭 혼자 꾸밀 수 있었지만 행사장 사전 답사와 물품 주문 같은 실행 업무까지 내가 도맡을 수는 없는 노릇이었다. 때마침 문기수와 이희구가 고성 풍력 프로젝트 TFT 업무에 투입돼 있어, 눈앞이 캄캄한 상황이었다. 정 팀장에게 아무나 한 명 인력을 지원할 수 있는지 부탁하려던 참에 문기수가 쪼르르 내게 달려왔다.

"팀장님. 그런 일이라면 당연히 저를 시키셔야죠. 이래 봬도 팀 내 선임 아니겠습니까? 고성 프로젝트는 잘 돌아가고 있으니 걱정 마시고요."

무슨 좋은 일이라도 있는지 생뚱맞게 밝은 그의 목소리에 나는 어금니를 보이며 그의 솔선수범을 반겼다.

***

"내비게이션상으로는 바로 이 집인 거 같은데."

서울 양재동의 주택가 모퉁이에 차를 세우며 내가 중얼거리듯 말했다.

"검은 대문. 저기 같은데요."

문기수가 자신감 없는 꾸부정한 손가락으로 어딘가를 가리키며 말했다. 단합 행사가 이틀 앞으로 다가오자 나는 더 이상 기다릴 수 없었다. 하루에도 서너 번씩 마강토의 집에 전화를 걸어봤지만 매번 허탕이었다. 전화를 받는 일도 드물었지만 받더라도 그의 아내가 전화를 받았다. 그녀는 퉁명스럽게 불참 의사를 전하면서도 남편은 끝내 연결해주지 않았다. 부회장의 잔소리가 빤한 상황에서 직접 마강토의 집을 찾아가 보자는 의견을 낸 사람은 문기수였다. 그는 인사기록 카드에 적힌 주소를 들고 앞장섰다.

문패는 없었지만 문기수가 가리킨 집은 마강토의 주소가 분명했다. 여러 번 초인종을 눌러봤지만, 안에서는 전혀 인기척이 없었다.

"주소 정확하게 적어온 거야? 이사라도 간 거 아냐?"

내가 투덜거리자, 문기수가 말없이 겸연쩍은 웃음을 지어 보였다.

"어디 확인해볼 데라도 없을까?"

내 말이 끝나기도 전에 문기수의 손가락이 골목 안 어딘가를 또 가리켰다. 고개를 돌려보니 30미터쯤 떨어진 곳에 '탑 부동산'이라는 간판이 눈에 들어왔다.

부동산 사무실의 문을 열어젖히자 문 위쪽에서 작은 종소리가 났다.

"저, 말씀 좀 물으려고 왔습니다만."

"어디요?"

'뭔데요'가 아니라 '어디요' 하는 것을 보니, 동네 지리를 물으러 오는 사람이 빈번한 것 같았다. 입술이 몹시 두꺼운 중년 남자가 까만 가죽 소파에 앉아 있었다.

"저기 골목 끝에 까만 대문 집 말입니다. 근래에 저기 주인 혹시 이사라도 가셨는가 해서요."

"예?"

남자의 음침한 시선이 나와 문기수의 아래위를 훑었다. '누구냐 넌?'이라고 묻는 경계의 눈초리였다.

"아, 저희는 거기 사시는 마강토라는 분의 예전 직장 부하들입니다. 아무리 연락을 해도 안 돼서요."

"예에?"

남자의 말꼬리가 아까보다 더 길어졌다. 그가 황당한 표정을 지으며 우리에게 물었다.

"회사 분들이라면서 감감무소식인가 보죠?"

"무슨 일이라도 있었나요?"

"그 집 바깥양반 회사 그만두고 가출했다는 소식 못 들었습니까?"

"알고 있습니다. 근데 지금은 집에 돌아와 계신다고 하던데요."

"허 참. 와 계시기는 하죠. 그 양반 가출하고 나서 보름 만에 전라도 어디 부랑자들 묵는 데서 발견됐다는 건 모르셨군요? 반은 죽은 사람이 돼 나타났으니 원. 그 아줌마 병원 들락거리느라 고생이 이만저만 아니라 하던데. 남편이 숨만 쉬고 있지 식물인간이 돼 나타났으니까요. 그나저나 뭐하는 회사인데 사람이 저 지경이 되도록 모르다가 이제야 나타나 찾는 거요?"

***

죄지은 사람의 얼굴이 돼 우리는 허겁지겁 그곳을 나와야 했다. 처음에 부동산 주인의 말을 들었을 때만 해도, 나는 그저 실패한 직장인에게 찾아온 슬픈 개인사 정도로만 인식하고 있었다. 하지만 돌아오는 차 안에서 잠시 잊고 있던 강한 의혹이 소용돌이치며 나를 휘감기 시작했다.

반은 죽은 사람! 식물인간! 죽은 사람이나 다름없다는 소리였다. 내 생각이 틀리지 않았다. 늑대의 행각은 오수경이 죽기 이전부터 진행됐던 게 틀림없었다. 나는 그날 수서역 근처에서 문기수가 지른 외마디 고함이 아니었다면 앞서 가던 화물차의 뒤를 크게 들이받을 뻔했다.

단합 대회

눈부시게 푸르른 10월의 첫 주였다. 그 화창했던 가을날의 냄새를 나는 잊을 수가 없다. 이른 아침 대중교통을 이용해 판교 사무실로 향했다. 머리는 천근만근 무거웠지만 복장은 가벼운 아웃 도어 차림이었다. 판교역에 도착해 택시를 잡아타고 사무실 앞에서 내렸다. 건물 입구에는 나와 비슷한 옷차림의 동료들이 밝게 웃으며 서로 인사를 나누고 있었다. 간식거리와 음료수 박스는 문기수와 이희구가 벌써 길가에 대기하고 있는 버스에 실어놓은 뒤였다.

단합 대회를 떠나기에는 최적의 날씨였다. 나는 버스에 올라 스마트폰으로 바람의 상태를 확인해봤다. 목적지의 풍속은 초속 7~8미터로 바람개비가 돌아가기에는 매우 양호한 풍황(風況)이었다.

버스가 움직이면서 내 머리는 다시 작동하기 시작했다. 마강토를 왜 식물인간으로 만들어버렸을까? 부회장이 그랬다면 왜 나에게 그를 찾아보도록 지시했을까? 사람들에게 널리 알리려는 의도였을까? 그렇다면 반대로 함구 명령을 내린 건 또 뭘까? 무수한 질문이 일정한 방향 없이 내 머릿속을 유영했다.

마 상무의 집을 방문하고 돌아온 그날 나는 부회장에게 확인한 바를 있는 그대로 보고했다. 딱히 숨겨야 할 이유도 없었지만 무엇보다도 그의 반응을 보고 싶어서였다. 부회장의 두꺼비 같은 눈이 그렇게 커질 수 있다는 사실을 처음 알았다. 그의 연기는 흠잡을 데

없었다. 하지만 그는 직원들의 사기 저하를 운운하며 그날 일을 절대 함구하도록 지시했다. 도무지 앞뒤가 맞지 않았다.

***

버스는 1시간 정도를 달려 경기도 화성에 위치한 어느 등산로 입구에 이르렀다. 입구에는 '봉화산'이라는 팻말이 세워져 있었다. 안산 공장에서 출발한 버스가 먼저 도착했는지 무질서하게 웅성거리는 또 한 무리의 사람이 보였다.

단합 대회 장소는 회사의 역사적인 첫 제품이 설치된 화성 1호기 인근으로 정해졌다. 전 임직원이 자사의 제품이 실제로 가동되는 모습을 보면서 희망찬 미래를 다짐하자는 취지였다. 힘차게 돌아가는 우리의 희망과 마주한다면 직원들의 마음속에 남아 있을지 모를 어두운 기억들이 훌훌 사라질 거라는 다수의 의견이 반영됐다. 문제는 일반적인 단합 대회의 특성상 견학만으로 하루를 때울 수는 없다는 점이었다. 머리를 쥐어짠 결과, 오전에는 인근 등산로에 오르는 체육 행사로 채우고, 점심 식사 후에 2시간가량 단지를 견학하는 것으로 프로그램을 구성했다.

쉬엄쉬엄 등산로를 오르고 내려 점심 식사 장소로 다시 모인 시각은 오전 11시경, 식사를 하기에는 아직 이른 감이 없지 않았다. 우리 일행은 어쩔 수 없이 12시쯤 차려질 점심을 기다리면서 간단히 맥주로 목을 축이기로 했다. 이미 몇몇 주당들의 얼굴이 발갛게 물들 정도로 몇 순배 돌고 있을 무렵, 나는 식당 입구에 어른거리는 낯선 이의 그림자를 발견했다. 창백한 얼굴의 비쩍 마른 사내 하나가 식당 입구 난간을 한 손으로 짚은 채 우리를 향해 느끼한 웃음을 짓고 있었다.

"백주 대낮에 일은 안 하고 웬 술잔치랍니까?"

갑작스레 들려온 느끼한 목소리에 내 옆에 앉아 있던 정철호의 눈이 휘둥그레졌다.

"아니, 이게 누구야? 배 팀장 아닌가?"

배 팀장? 혹시 배창희? 전임 영업 팀장이라는 그 사람은 내가 보낸 초대 문자에 일언반구 회신이 없었다. 그는 허수아비처럼 비실거리며 내 쪽으로 다가와 나와 정철호의 사이의 빈틈을 스스럼없이 벌리고 자리를 차지했다. 남루한 그의 점퍼에서 시큼한 막걸리 냄새가 났다.

"오라고 초대해놓고선, 좀 늦었다고 그렇게 먼저 가면 쓰나. 판교에서 여기까지 시외버스 타고 오느라 뺑이만 쳤네. 씨발."

거친 말투에 사람들의 시선이 쏠렸다. 그가 머쓱한지 좌우로 두리번거리며 아는 얼굴들을 탐색하기 시작했다.

"아이구, 부회장님. 그간 잘 지내셨어요?"

멀리 구석에 앉은 부회장은 이쪽을 그냥 쓱 한 번 쳐다보고 고개를 돌려버렸다. 그러나 불청객은 아랑곳하지 않고 내 앞에 놓인 맥주잔을 덥석 쥐어 정철호 앞으로 내밀었다.

"덥네, 더워. 어여 한잔 땡겨봐."

마치 며칠간 휴가를 다녀온 사람처럼 그의 행동은 스스럼없었다. 덥수룩한 수염과 옷차림으로 보아 영락없는 실업자 행색이었다. 바로 옆에 앉은 나를 마치 투명 인간 취급하는 그가 슬슬 불편해졌다.

"처음 뵙겠습니다. 저는 기획팀 박상필 팀장입니다."

나를 향한 그의 입김에서 고약한 술 냄새가 풍겨왔다. 어디선가 전작이 있었던 게 분명했다.

"아, 나한테 초청 문자 보내신 분이구만. 고생이 참 많으십니다. 감사하게도 이렇게 불러주셔서 실업자 대표로 왔수다. 내 얘기 들어는 봤죠? 허구한 날 술이나 처먹다가 잘린 한량 새끼가 하나 있다고. 그나저나 형씨는 어디 댕기다가 여기로 굴러 들어온 거요?"

분명 내게 시비를 거는 말투였다. 나는 그럴 때 어떻게 대처해야 하는지 알고 있었다.

"말씀 중에 죄송합니다만, 제가 행사 준비로 지금 급하게 연락할 곳이 있어서요."

나는 황급히 자리를 떠서 일단 식당 밖으로 피신했다. 밖에서 보니 배창희는 내가 자리를 뜨자마자 새로이 시비 걸 대상을 찾아 부회장 옆으로 자리를 옮기고 있었다. 불편한 심기가 그대로 얼굴에 나타나는 부회장의 모습에 한편으로 웃음이 나오기도 했다. 점심 식사가 차려진 이후에야 나는 슬그머니 식당으로 돌아왔다. 배창희는 이미 인사불성으로 취했는지 식당 구석에 널브러져 있었다. 나는 정 팀장에게 다가가 그를 가리키며 말했다.

"웬만하면 저 친구 좀 다독거려서 집에 돌려보내 주시면 안 될까요?"

***

화성 1호기가 설치된 곳은 지방 자치 단체에서 국산 풍력 터빈 시범 사업을 위해 조성한 소규모 발전 단지였다. 국산 기술을 표방하는 세 회사의 제품이 한 대씩 돌아가고 있었다. 단지 내로 입장하는 임직원들의 얼굴에 시집보낸 딸을 처음 만나러 가는 친정아버지처럼 묘한 설렘이 묻어났다. 오후 2시경, 우리는 고객사 직원의 안내에 따라 도보로 화성 1호기 앞에 집결했다.

휘잉! 휘잉! 휘익!

초대형 블레이드가 돌아가는 소리에 사람들은 움찔거리면서도 감탄사를 연발했다. 올려다 보이는 타워만 해도 100미터로 이는 30층 정도의 고층 빌딩에 해당하는 높이였다.

"이야! 멀리서 보는 것하고는 느낌이 완전 다른데요."

이희구는 입을 벌린 채로 호들갑을 떨었다. 나는 옆에 서 있는 남상미에게 물었다.

"남상미 씨도 처음이지? 직접 보니까 어때?"

"꿈만 같죠. 어릴 적 동화책에서 봤던 풍차보다 더 멋져요."

남상미는 가냘픈 어깨를 한껏 뒤로 젖히고 정말로 꿈을 꾸는 얼굴로 서 있었다. 옅은 주근깨가 다닥다닥한 볼 위로 그녀의 눈이 초승달처럼 웃고 있었다. 나는 벌판에 설치된 마이크로 다가섰다.

"오늘 행사의 하이라이트입니다. 곧이어 터빈에 올라갈 수 있는 네 분을 선발하겠습니다. 안전 문제와 시간 관계상 모든 분께 기회를 드리지 못하는 점 양해 바랍니다. 먼저 부회장님은 상징적인 의미로 무조건 올라가시겠습니다. 나머지는 팀장님들 중에서 1명, 간부급에서 1명, 사원 대리급에서 1명. 이렇게 총 4명이 저 꼭대기에 올라가 기념 촬영을 하시는 겁니다. 자, 그럼 이제부터 대상 그룹별로 제비뽑기를 시작하겠습니다."

100미터 높이라 하지만 나셀 근처까지는 엘리베이터가 있어 일반인이 올라가는 것은 그리 어려운 일이 아니었다. 남상미는 내 눈짓에 따라 사전에 준비한 번호표를 사람들에게 나눠줬다. 그때 사람들 사이에서 한바탕 소요가 일었다.

"뭐야? 씨발! 나는 무조건 올라가야지. 회사 잘린 사람 대표는 안 뽑나? 이럴 거면 나는 왜 불렀어? 이 씨부럴 놈들아!"

사람들 틈에서 시뻘겋게 충혈된 눈을 부릅뜬 사내가 나를 향해 삿대질을 했다. 배창희가 아직 우리 일행 무리에 끼어 있을 줄은 몰랐다. 정 팀장이 고개를 절레절레 저으며 그에게 뛰어갔다. 키가 크고 건장한 체구의 정 팀장이 나무젓가락 같은 사내를 바닥에 질질 닿도록 끌고 가는 것은 일도 아니었다. 고래고래 소리를 지르는 나무젓가락의 절규가 차츰 멀어질 때쯤 우리의 관심사는 다시 언제 그랬냐는 듯이 제비뽑기로 돌아왔다.

"이것으로 영광의 자리에 오르실 네 분이 모두 확정됐습니다. 시간이 약간 지연되고 있는 관계로 직급별 대표로 선택되신 네 분은 지금 바로 엘리베이터로 이동하시겠습니다."

부회장, 영업 팀장, 기획팀 문기수 과장, 생산팀 사원. 이렇게 4명이 앞으로 걸어 나왔다. 고객사 운영 담당자는 출입문을 활짝 열고 그들에게 들어와도 좋다는 손짓을 보냈다.

휘이잉! 덜컹!

난데없는 돌풍이 일어나 흙먼지가 회오리바람처럼 일어섰다. 나는 눈에 먼지가 들어가 잠깐 동안 눈을 뜨지 못했다. 다시 눈을 떴을 때 잔뜩 몸을 웅크린 4명이 다시 출입구 쪽으로 들어서는 모습이 보였다. 4명 중에서 마지막으로 걸어가던 부회장이 뒤를 돌아보며 우리 쪽을 향해 손을 흔들었다. 사람들이 손을 들어 그에게 화답하려는 순간이었다. 갑자기 하늘에서 벼락같은 굉음이 울려 퍼졌다.

쾅! 콰과광!

반사적으로 나는 블레이드를 올려다봤다. 이상한 모습이 목격됐다. 좀 전까지만 해도 일정한 리듬을 타고 돌아가던 블레이드의 회전 속도가 몹시 느려져 있었다.

휘이익! 휘이익! 끼이이익!

블레이드는 신음 소리를 내며 점점 더 느리게 돌아가더니 이내 동작을 멈췄다.

"터빈이 이상합니다. 일단 여기서 피하는 게 좋을 것 같습니다."

운영 담당자가 황급히 소리쳤다. 우리는 모두 겁에 질려 혼비백산해 달아나기 시작했다. 어디로 뛰어야 할지도 몰랐다. 그저 우리가 만든 터빈으로부터 최대한 멀리 벗어나기 위해 전속력으로 도망칠 뿐이었다. 갑작스런 폭풍우를 만난 양 떼처럼 모두 갈팡질팡 뛰다가 간혹 돌부리에 걸려 넘어지는 가엾은 직원도 있었다.

끼리릭! 끼리릭!

한참을 달리자 숨이 턱까지 차올랐다. 더 이상 달리는 것은 무리였다. 나는 뒤를 돌아봤다. 멈췄던 블레이드가 다시 돌아가는 소리가 들렸다. 그런데 아까와는 정반대 방향이었다.

휘웅! 휘웅! 휘잉!

점점 속도를 내며 블레이드의 회전이 더욱 빨라지고 있었다. 어느덧 내 주변으로 사람들이 하나둘씩 모여들었다. 그들은 도무지 믿을 수 없다는 얼굴로 눈앞에서 미친 듯이 춤을 추는 바람개비를 그저 멍하니 바라봤다.

투두둑! 쩌어억!

사람들 틈에서 울음이 터지기 시작한 것은 블레이드 중 하나가 중간 부분부터 기역 자로 꺾인 바로 그 순간이었다. 그것은 눈앞에서 자식의 팔다리가 부러지는 모습을 목격하는 아비의 아픔이었다. 그리고 그것이 마지막이었다. 처참하게 부러진 팔다리를 축 늘어뜨리며 터빈은 더 이상 움직이지 않았다.

사망 선고였다. 표면에 나타났던 작은 균열은 보이지 않는 내부에서 깊이 진행됐던 것이다. 이제는 마음을 졸이며 정밀 진단 결과를 기다리는 수고도 필요 없게 됐다. 이미 죽은 자식의 병명을 확인하는 것은 아무 소용없는 일이었다.

***

나는 눈물이 별로 없는 편이다. 하지만 그날 뿌옇게 먼지 묻은 내 안경 뒤로 뜨거운 눈물이 하염없이 흘러내렸다. 주변을 보니 나뿐만이 아니었다. 굵은 눈물은 정철호의 눈에서 흘러나와, 이희구의 볼을 타고, 문기수의 크게 벌린 입 속으로 흘러 들어가고 있었다. 무서워서인지 슬퍼서인지 남상미는 입을 틀어막고 연신 어깨를 들썩이며 흐느꼈다.

그날 흙먼지 날리는 언덕 위에서 우리는 무서운 꿈을 함께 꿨다. 우리의 바람개비가, 우리의 미래가 산산조각으로 부서지는 무서운 꿈을 말이다. 수년간 실패를 반복하면서도 국산 풍력 터빈을 만들어내겠다는 집념으로 지새웠던 수많은 밤이, 조만간 임시 공장을 떠나 제대로 된 신규 전용 공장으로 들어갈 수 있다던 작은 소망이, 소수 정예로 국내 시장 50%를 차지하겠다던 허풍 섞인 다짐들이, 이제는 월별 재무 실적 보고 양식에 매출을 기입하게 됐다고 기뻐하던 순진한 웃음들이, 그리고 그저 안정적인 생계를 이어가고 싶다는 나의 소박한 바람도, 그렇게 허망하게 흙먼지를 따라 바람에 날아가 버렸다.

***

공포와 절망을 담은 사람들의 흐느낌이 점차 잦아들었다. 그제야 다친 사람은 없는지, 정신이 번쩍 들었다. 나는 황급히 주변을 둘러봤다. 괴기스러운 고철로 변해버린 바람개비를 향해 누군가 목청껏 소리를 질러대기 시작한 것은 바로 그때였다.

"부숴라 부숴! 어디 타워까지 한번 쓰러뜨려보라고. 이 개새끼! 거기 숨어 있지 말고 나와. 이 비겁한 놈아! 내 인생 이렇게 만들어놓으니까 좋으냐? 어디까지 따라오나 한번 해보자. 이 씨발 놈아!"

소리 나는 곳을 보니, 초점 잃은 눈으로 미친 사람처럼 악다구니를 토해내는 나무젓가락이 하나 서 있었다. 악다구니를 쏟아붓고 나니 속이 후련해졌는지 그는 이제 거친 숨을 몰아쉬며 킬킬거리기 시작했다. 하필이면 우리의 꿈이 송두리째 무너지던 날 찾아왔던 불청객, 그는 바로 전임 영업 팀장 배창희였다.

술 취한 자가 아무렇게나 쏟아낸 저주의 말을 곱씹는 사람은 아무도 없었다. 사실 희망을 잃고 절망의 구렁텅이로 내던져진 사람들에게는 그럴 여유마저 없었다. 나 또한 마찬가지였다. 비겁한 놈이니, 따라오라느니, 처음에는 그저 실업을 비관한 자의 두서없는 넋두리 정도로 여겼을 뿐이었다.

그로부터 며칠이 지나 배창희로부터 한 통의 이메일이 날아들었다. 정철호를 통해 임직원 전체에게 전달된 형태였다. 단합 행사에서 보인 추태를 사과하는 취지로 시작된 그 이메일을 나는 별 감흥 없이 읽어 내려갔다. 처음 부분은 마치 다른 학교로 전근을 떠나는 어릴 적 초등학교 선생님의 인사말처럼 상투적이기까지 했다. 그러나 그가 토해냈던 악다구니의 의미를 설명하는 부분에 이르자, 나는 벌어진 입을 다물지 못하고 말았다.

배창희의 사과문

수신: [메일 그룹] MS에너지 임직원

발신: '정철호'

제목: (Fwd) 진심으로 사죄 올립니다.

2014. 10. 06. 09:21

안녕하십니까? 배창희의 메일을 재전송드리는 건입니다.

정철호 배.

----- Original Message -----

수신: '정철호'

발신: chbae74@hanmail.net

제목: 진심으로 사죄 올립니다.

2014. 10. 06. 04:37

(정 팀장님, 아래 메일을 전 임직원께 전달해주시면 고맙겠습니다.)

MS에너지 임직원 여러분.

먼저 수일이 지나고 나서야 이렇게 불쑥 이메일로 사죄의 글을 드리는 점, 너그러이 용서해주시기 바랍니다. 마땅히 찾아뵙고 그날 함께 계셨던 모든 분께 직접 사죄를 올려야 하겠지만, 사정상 이렇게 편지 하나로 제 심경을 남기게 됐습니다. 사실 그날 이후로 저 또한 드문드문 떠오르는 충격적인 기억의 파편으로 적잖이 괴로운 나날들이었습니다. 그 참혹한 광경 앞에서 옛 동료 여러분이 흘렸던 피눈물이 떠올라 잠을 이룰 수 없었고, 제 망나니 같은 언행으로 더욱 상처받았을 여러분께 감히 사과해야겠다는 엄두도 내지 못했습니다. 하지만 후회를 남겨서는 안 되겠다는 생각으로 오늘에서야 용기를 내게 됐습니다.

저는 꿈에 그리던 풍력 터빈의 완성을 보지 못하고 작년에 중도 하차했습니다. 행사 당일 많은 이의 피땀이 서린 웅장한 결과물 앞에서 저는 어쩌면 이중적인 감회를 품고 있었나 봅니다. 하나는 남은 분들이 나 대신 꿈을 완성해주신 것에 대한 고마움과 감격이었고 다른 하나는 그 과정에 내가 함께하지 못한 것에 대한 소외감과 시기심이었습니다. 그리고 술이라는 놈은 나로 하여금 감췄어야 할 치졸한 감정만을 밖으로 떠밀어낸 모양입니다.

아마 여러분은 모르고 계셨을 것 같습니다. 작년 초 정들었던 회사를 나온 이후로 저는 본의 아니게 오랜 칩거 생활을 해왔습니다. 동료가 몹시 그리운 적도 많았습니다. 어쩌면 오랜만에 그리운 동료들을 만날 수 있다는 생각에 저는 그날 아침부터 들떠 있었나 봅니다. 이미 엎질러진 물이겠지만 그날 술은 마시지 말았어야 했습니다. 저도 믿기 어려운 그 충격적인 일로 가뜩이나 큰 좌절에 빠져 있을 옛 동료들에게 다시 한 번 말씀드립니다. 부디 저의 무례한 모습을 용서해달라고요. 그리고 다시 한 번 힘내서 반드시 일어나시길 멀리서나마 진심으로 기원하겠습니다.

여기서부터는 저의 짧은 변명을 늘어놓을까 합니다. 혹여 저의 취중 망언 중에 누군가에게 욕설을 퍼부었던 부분에 대해 오해가 있을 것 같아서입니다. 결론부터 말씀드리자면, 제가 내뱉었던 욕설은 결코 여러분 중 특정 누구를 향한 것이 아니었습니다. 믿기 어려우실 수도 있고 중요하지 않다고 여기실 수도 있습니다. 제 마지막 변명을 그냥 무시하셔도 좋습니다.

저는 여러분이 알고 있는 것과 달리 자진해서 퇴사한 것이 아니었습니다. 그날 제 울분은 나를 회사로부터 그리고 가족을 돌봐야 하는 가장의 자리로부터 영원히 몰아낸 어떤 미치광이를 향한 것이었습니다.

여러분과 함께 있는 동안 저는 헌신적으로 일에만 매달리는 그런 동료는 아니었습니다. 인정합니다. 술과 사람을 좋아하는 천성으로 저는 여러분은 물론 고객과의 관계 형성에 치중했습니다. 영업 팀장으로서 저는 그러한 관계가 쌓여 앞으로의 영업 활동에 분명 도움이 될 거로 생각했습니다. 그러던 어느 날 저는 불쑥 사표를 내고 도망치듯 정든 회사를 떠났습니다. 인사도 제대로 없이 짐만 싸서 나간 놈이라고, 어디서 스카우트 제의라도 받은 것이 틀림없다고, 저를 욕하고 비웃었을지도 모르겠습니다.

아무에게도 꺼내지 못했던 이야기입니다. 저의 치부까지 드러내야 하는 이야기이기에 망설이고 또 망설였습니다. 제가 이제야 이 용기를 낼 수 있었던 것은 내일이면, 아니 바로 오늘 저는 가족과 함께 먼 나라로 떠나기 때문입니다. 다시는 돌아오지 않을 것 같습니다. 반평생을 살았던 나라마저 떠나야 하는 신세가 되고 보니, 그간 제가 받은 고통을 여러분께 하소연하고 싶어졌는지도 모르겠습니다.

작년 초 1.5MW 시제품이 말썽을 부리기 얼마 전쯤으로 기억합니다. 그렇습니다. 지금은 여러분의 기억에서 구모델로 존재한다는 바로 그 기종입니다. 영업 팀장으로서 재직 당시에도 누누이 강조했지만, 우리나라 산간의 풍황 조건에서는 1.5MW가 최적이라는 생각에 지금도 변함이 없습니다. 물론 개발팀에서 설계만 제대로 했더라면 말이죠. 아무튼 그날 입찰 공고된 풍력 단지 프로젝트가 2MW 이상급으로 입찰을 제한한다는 비보에 대낮부터 술을 마시고 있었습니다. 취기가 서서히 올라오고 있을 때쯤 제게 한 통의 전화가 걸려왔습니다.

　낮게 깔린 남자의 음성이었습니다. 그리고 그 음산한 목소리는 제게 회사를 떠나 영원히 아무 일도 하지 말고 살 것을 명령했습니다. 만일 따르지 않는다면 제 추악한 모습이 담긴 사진 한 장을 제 딸에게 보내겠다는 협박과 함께였습니다. 어떤 미친놈의 수작이냐며 저는 코웃음을 쳤습니다. 그리고 잠시 후 제 휴대폰으로 사진이 하나 전송됐습니다. 눈을 뜨고 볼 수 없는 사진이었습니다. 여러분께도 차마 자세히 설명 드릴 용기가 나지 않는 그런 사진. 그냥 탐욕의 꼭대기에 서 있는 한 난봉꾼의 부끄러운 모습이었다고만 이해해주시면 고맙겠습니다. 나는 외국 출장 중에 밤마다 온갖 추잡한 짓을 일삼다가도, 돌아오는 공항에서는 딸에게 가져다줄 초콜릿을 정성스럽게 고르던 그런 아빠였습니다. 그렇지만 이 망나니 같은 아빠에게도 갓 중학생 교복을 입은 딸은 세상 전부와 다름없습니다.

　왜 내게 이러는지 이유를 물을 수도 없었습니다. 저는 그자의 명령에 따를 수밖에 없었습니다. 저는 아주 최소한의 절차를 밟고 정말 하루 만에 회사로부터 도망쳐야 했습니다.

처음에는 겁부터 덜컥 나서 자초지종 따지지 않고 하라는 대로
했습니다. 하지만 시간이 지나면서 '그가 누굴까?' 하는 의혹과 '설
마 그가 계속해서 감시하지는 않겠지' 하는 안일한 생각이 고개를
들기 시작했습니다.

아무리 생각해봐도 그가 누군지는 도무지 알 수 없었습니다. 내
게 왜 이런 형벌을 내리는지도 이해할 수 없었습니다. 서너 달을 집
에서 빈둥거리고 나니 더는 아내에게 이유를 설명하기 어려워졌습
니다. 저는 슬슬 인터넷에 이력서를 올리기도 하고 지인들을 통해
직장을 수소문하기 시작했습니다. 그리고 얼마 후 믿지 못할 일이
일어났습니다. 제 딸 앞으로 편지 한 장이 날아들었습니다. 내 얼굴
을 모두 도려낸 상태였지만 편지에는 내가 그토록 두려워하던 사진
이 들어 있었습니다. 그놈의 엄중한 경고장이었습니다. 의심의 눈초
리를 보내는 아내는 견딜 수 있었습니다. 하지만 충격으로 울먹이던
사춘기 제 어린 여식의 모습은 영원히 잊지 못할 것 같습니다.

그 후로 저는 모든 것을 포기하고 살았습니다. 그저 그 미친놈의
형벌을 달게 받기로 다짐했습니다. 직장 생활을 할 때는 몰랐는데
월급쟁이가 1년을 쉬니 집 안이 거지꼴로 변하는 것은 시간문제더
군요. 금년 봄부터는 아내의 친정이 있는 시골로 내려와 살았습니
다. 남의 일처럼 비웃던 처가살이를 시작한 지도 벌써 반년이란 세
월이 흘렀습니다. 자살을 시도한 적도 있었습니다. 만취해 수로에 처

박혀 있던 저를 마을 사람이 발견하지 않았더라면 저는 이미 죽은 목숨이 됐을지도 모릅니다.

제 나이 이제 마흔입니다. 더는 이렇게 살 수는 없었습니다. 자살에 실패하고 나서 얻은 것이 있다면 새로운 인생을 시작할 작은 용기였습니다. 저는 그놈의 발길이 닿을 수 없는 아주 먼 곳으로 떠나 새로운 삶을 시작하기로 결심했습니다. 그 미치광이가 어디까지 따라올지는 솔직히 잘 모르겠지만 말입니다.

제가 지나치게 감상에 젖었나 봅니다. 간단하게 사과를 올린다는 것이 너무 길어졌습니다. 여러분이 출근해 이 편지를 읽으실 때쯤이면 저는 아마 비행기에 몸을 싣고 있을 것입니다. 마지막으로 다시 한 번 MS 에너지 가족 여러분께 사죄를 드리며, 모든 이의 행운을 기원합니다.

배창희 드림

4장
파리 사냥

어느 날 배고픈 파리 한 마리가 날아다니다 꿀단지를 봤습니다. 파리는 향기 나는 꿀단지를 보고 정신없이 날아다녔습니다. 처음에는 꿀단지 언저리로 다니면서 먹었습니다. 그러다가 나중에는 자기도 모르는 사이에 꿀단지 속으로 들어가게 됐습니다. 얼마 후 파리는 날개에 온통 꿀이 묻어서 다시는 날 수 없게 됐습니다.

—『이솝 우화』

낚싯배

"야! 가르쳐준 대로 좀 해봐라. 바닥 찍고 살짝 띄우라고. 그렇게 한없이 줄을 풀어주면 안 된다니까."

뱃머리에 서 있던 심찬보가 쉴 새 없이 잔소리를 늘어놓았다. 나는 슬슬 화가 치밀어 낚싯대를 바닷물 속에 던져버리고 싶었다.

"내가 언제 낚시한다고 했냐? 네가 억지로 데리고 왔잖아?"

"이왕 하는 거 제대로 배워야지. 벌써 점심시간이 다 됐는데 한 마리도 못 잡았잖아. 나도 너랑 엉킨 채비 풀고 신경 쓰느라 아직 개시도 못했다고."

삑! 삐익!

포인트 이동을 위해 줄을 감아올리라는 신호가 울렸다. 나는 릴을 감아 낚싯대를 거치대 안에 꽂아놓고 아이스박스 위에 털썩 주저앉았다. 구명조끼 호주머니에서 담배를 꺼내 불을 붙였더니, 심찬보가 내려다보며 물었다.

"너, 요즘 힘들긴 힘든가 보다. 담배는 언제부터 다시 피우는 거냐?"

나는 예전에 헤드헌터를 시작하면서 담배를 끊었었다. 참고 또 참으며 손대지 않던 담배를 그즈음 다시 피우게 됐다.

"글쎄다. 한 일주일쯤 됐나?"

"야. 작작 좀 해라. 설마 회사 문을 닫기까지야 하겠어?"

천진난만한 위로였다. 현실은 생각보다 냉혹하게 전개되고 있었다. 화성 1호기 사고 기사는 이미 대문짝만 하게 주요 일간지를 장식했다. 블레이드 교체와 발전 손실 보상 등으로 회사에 10억이 넘는 규모의 손해 배상이 예상된다는 사실은 나도 신문 기사를 통해 알게 됐다. 납기를 지킬 수 없겠다고 자진 신고해 계약 해지 통보를 받은 고성 풍력 프로젝트는 차라리 불행 중 다행이었다.

"그거야 회사의 주인이신 회장님이 알아서 하시겠지."

심드렁한 내 말투에 심찬보는 혀를 끌끌 찼다. 하지만 사실이었다. 화성 1호기가 부서진 직후, 회장실에 불려 갔다 돌아온 부회장의 얼굴은 몹시 굳어져 있었다. 드디어 올 것이 왔다는 절망의 얼굴이었다. 그 후로 안산에 다녀올 때마다 그는 회장에게서 무슨 말을 들었는지 일절 말해주지 않았다. 추측컨대 그 또한 회장의 집요한 눈빛을 피해 고개를 숙이느라 목이 뻐근했으리라. 그리고 기괴한 톤으로 쏟아지는 질책에 적잖이 시달렸으리라.

그야말로 막막한 불확실성의 시대가 이어지고 있었다.

"이젠 유체 이탈 화법까지? 그런 정도로 약해빠진 박상필이었단 말인가? 내가 예전에 알던 박상필은…"

삐이!

지루한 그의 설교가 시작되려던 순간, 때마침 낚시 시작을 알리는 신호음이 울려 퍼졌다. 앉아서 휴식을 취하던 낚시꾼들이 모두 로봇처럼 자리에서 벌떡 일어났다. 나는 일어나지 않고 아이스박스를 뒤져 초코파이 하나를 꺼내 들었다. 애초부터 낚시를 즐길 마음은 아니었다.

***

서상에서의 점심 식사는 기대 이하였다. 좁은 선실에 20명의 남자들이 구겨 앉아야 하니, 발 냄새와 김치 냄새가 뒤섞여 역겨운 냄새가 진동했다. 나는 반 그릇도 비우지 않고 선실 밖으로 나오고 말았다. 가을 햇살은 따가웠고, 바람은 오전보다 거세졌다. 가끔씩 작은 너울이 배를 두둥실 흔들었다.

내가 이틀 전 보내준 배창희의 이메일에 대해 심찬보가 입을 연 것은, 배에서 일하는 사무장이 건네준 커피 한 잔을 받아들고 나서였다.

"난 배창희 그 친구 아주 맘에 들더라. 마치 이웃집 남자처럼 친근한 느낌이랄까. 적당히 속물이고, 적당히 솔직하면서, 또 필요할 땐 은근히 자신을 변호할 줄도 아는 것 같고. 근데 그 사진 정말 뭐였을까? 정말 궁금하단 말이야. 탐욕의 꼭대기라는 표현은 정말 압권이었어."

"누가 인간 배창희에 대한 평가를 해달랬어? 전에 네가 얘기했잖아. 표본이 더 있으면 살인 동기를 발견할 수 있을 거라고. 생각 안 나냐?"

"글쎄. 강제 퇴사, 식물인간, 자살 위장 살인, 살인 후 전시. 범행이 점점 진화하고 있다는 것 말고는 아직 모르겠는데. 너는?"

그러면 그렇지 하고 속으로 생각하며, 나는 뜸들이지 않고 혼잣말처럼 뱉었다.

"형벌!"

"형벌이라고?"

그가 일회용 종이컵을 구겨서 바다에 던지며 재차 물었다.

"도대체 무슨 죄를 지었길래? 혹시 신혜원과의 연관성을 말하는 거야?"

나는 윗입술을 살짝 삐죽이며 고개를 가로저었다.

"그럴 줄 알았다. 사실 나도 처음엔 그 가능성을 먼저 떠올렸지. 치정보다 강렬한 살인 동기는 없으니까. 그녀가 좋아했던 놈이건, 그녀를 탐했던 놈이건, 그녀를 스토커처럼 따라다니던 녀석의 소행이라 추측할 수 있겠지. 하지만 가만히 생각해보면 그렇지 않아. 그녀는 범인이 범행에 활용하려고 회사에 들여놓았어. 도구가 목적이 될 수는 없지."

내 말에 심찬보가 머리를 긁적였다.

"형사 출신인 나보다 낫군. 그럼 네 생각은 뭐라는 거야?"

"피해자들은 공통적으로 회사에 위기를 가져온 사람들이잖아. 마강토는 개발 임원으로서 구모델 터빈 설계를 망치고 계속 자체 개발을 고집했고, 석영우는 공들여 설계까지 마친 2.5MW 신모델을 엉터리로 제작했고."

바닷바람에 심찬보의 덥수룩한 곱슬머리가 온통 헝클어졌다. 그가 손으로 머리를 빗어 올리며 다시 물었다.

"그럼 배창희의 죄목은?"

"편지 중간에 나와 있잖아. 그 친구는 시대에 뒤떨어진 1.5MW 소형 터빈 개발을 맨 처음 주장했던 사람이었어. 원래 제품 개발 콘셉트는 시장을 아는 마케팅 부서에서 출발하는 거니까."

"…."

심찬보의 묵묵부답에 나는 고개를 갸우뚱거리며 되물었다.

"뭘 골똘히 생각해? 혹시 다른 의견이라도?"

"아니. 아무것도 아냐. 그럼 이제 오수경이 남았군. 수경이 형은 잘못한 게 없잖아."

"오수경 선배. 나도 그 부분에서 헷갈렸던 게 사실이야. 그 선배는 공로패 10개를 줘도 부족했다고 하니까. 발상의 전환이 필요했지. 바로 아웃라이어(outlier)!"

심찬보가 말없이 웃기만 했다.

"모르는구먼. 통계학에서 말하는 이상치. 추세와 패턴에서 벗어나는 예외가 있다면 일단 제외시켜버리는 것도 방법이거든. 오수경에게는 완전히 다른 살인 동기가 있었다고 보면 어떨까?"

심찬보의 눈썹이 살짝 위로 올라갔다.

"좋아. 일단 제쳐놓고 보자고. 그럼 이제 누가 용의자일지 얘기할 차례군. 결국 용의자를 좁히기 위해 범행 동기를 추론해본 거니까. 나부터 해볼까?"

심찬보는 이제 자신의 차례라는 듯이 고개를 좌우로 한 번씩 꺾고 나서 또박또박 말을 이었다.

"시장성 없는 1.5MW가 아닌 2.5MW 기종을, 무리한 자체 개발을 고집하지 않고 해외 업체와 공동 개발하고, 제조 단계에서의 결함을 제거하고 나서, 안전하게 제품 출시를 원하는 사람 아니겠어?"

대단한 추론이 아니라는 것을 스스로도 아는지 그가 내 눈치를 살폈다.

"뭐야. 그럼 사업이 잘되길 바라는 사람들 모두가 되잖아?"

"그런가? 어쨌든 애사심이 지나치게 강한 사람이거나, 회사가 망하면 정말 큰일 나는 사람이겠지. 혹시 너네 회장님 아닐까?"

문득 나를 응시하던 늙고 추한 노인네의 의뭉스러운 눈빛이 느껴졌다. 그 노인네가? 하지만 곧바로 나는 미간을 찌푸리며 자리에서 일어났다.

"어떤 오너가 회사 망친다고 직원들을 죽이겠냐? 그냥 해고하면 그만이지. 낚시나 하자. 살인할 정도로 애사심이 투철하다면 사이코겠지. 게다가 나보다 직장이 절박한 사람이 어디 또 있으라고."

물살이 아까보다 더 거세졌다. 배 밑창으로 빨려 들어간 낚싯줄은 바닥을 알 수 없을 정도로 끝없이 풀려 나갔다. 나는 뒷사람과 줄이 엉킬 것 같아 채비를 회수하려 릴을 감아올리기 시작했다. 그런데 조금 이상했다. 내 낚싯대가 활처럼 휘어져 전혀 줄이 감기지 않았다.

"또 지구를 낚은 모양이군."

심찬보가 투덜거리며 핀잔을 쳤다. 나는 줄을 손에 감고 채비를 끊을 참이었다. 그런데 뭔가 들먹이며 요동치는 느낌이 전해졌다. 나는 다시 릴을 잡고 있는 힘을 다해 감아올리기 시작했다. 뭔가 묵직한 것이 줄을 따라 올라오고 있었다.

"이게 뭐지? 여기 뜰채 좀."

뱃전에 퍼덕이는 거대한 생명체는 80센티가 넘는 대물 광어였다.

"뭐야! 굉장하구먼. 이거 나도 못 잡아본 8짜 광어잖아?"

광어와 씨름하느라 온몸에 힘이 빠진 나는 담배를 꺼내 물고 한참을 쉬었다.

**

"살인 사건 말인데, 당장은 좀 잊고 지내는 게 어때? 지금은 너네 회사가 안정되는 것이 급선무 같은데."

돌아오는 길에 심찬보가 넌지시 건넨 충고였다. 틀린 말은 아니었다. 나는 실직을 목전에 둔 위기의 가장 신세였으니까 말이다.

"안정이라. 정말 그럴 수 있을까? 한 고비 넘기면 또 다른 벽에 부딪히고. 어쩌면 처음부터 불치병에 걸린 환자가 수술대에 올라가 있었다는 생각이 들어."

"무슨 그런 소릴. 회사가 무슨 병에 걸려. 요즘엔 사람이 아니고 법인도 병원에 가서 줄 서고 독감 주사도 맞고 뭐 그렇다는 거야?"

그의 썰렁한 농담에 나는 피식 웃어주고 말았다. 그러나 머릿속으로는 풀리지 않는 실타래와 싸우고 있었다. 그에게 말하지는 않았지만 나는 이미 부회장을 가장 유력한 용의자로 단정 짓고 있었다. 하지만 그날 낚싯배 위에서 정리된 범행 동기에 아무리 부회장을 대입해보려 해도 적절한 답이 나오지 않았다.

그가 과연 회장보다 더 회사를 아끼는 사람일까? 절대로 아니었다. 그가 과연 살인을 저지를 정도로 회사라는 곳이 절박한 사람일까? 선뜻 고개가 끄덕여지지 않았다. 차창 밖을 내다보며 뭉친 실타래를 이리저리 뒤집어보고 있는 사이 갑자기 심찬보가 물었다.

"상필아. 근데 아까 그 광어 말인데, 혹시 집에 가져갈 거냐? 우리 딸이 요즘 생선회를 얼마나 찾는지, 원."

자칭 프로 조사(釣士)라던 그는 정작 한 마리도 낚지 못했던 것이다.

"가져가서. 어차피 우리 집에서는 내가 낚시를 온 줄도 모르거든. 안 그래도 처치 곤란이었다."

심찬보의 입이 귀에 걸렸다. 그는 마치 조울증 환자처럼 들떠서 떠들어댔다. 30분이 넘도록 그는 별로 관심도 없는 낚시 무용담을 늘어놓았다. 슬슬 짜증이 났다. 나는 딴청을 부렸다.

"이야! 이거 마치 바다 위를 달리는 기분이구만."

끝없이 펼쳐진 방조제를 달릴 때였다. 하지만 효과가 없었다. 그에게 광어를 내준 일을 몹시 후회하면서 억지로 잠을 청했다.

얼마나 잠들었던 걸까? 고속 도로 왼쪽으로 손톱만큼 해가 남아 있었다. 어딘가로 분주히 날아가는 이름 모를 철새의 무리도 보였다. 내 입에서 잠꼬대처럼 물음이 불쑥 튀어나왔다. 어쩌면 낚싯배에서 내린 뒤 줄곧 내 머리를 간질거리던 의문이었다.

"피해자들의 형량은 어떤 기준으로 매겨졌을까? 그냥 우연이었을까?"

진실 게임

"상무님, 방금 하신 얘기 회장님 앞에 가셔서 말씀하실 수 있는 겁니까?"

이종찬 상무는 힘없이 고개를 좌우로 흔들었다.

"무슨 소용이 있을까요. 모두 심증일 뿐인데. 그냥 알고는 계셔야 할 것 같아서 얘기한 겁니다. 정말 알 수가 없어요. 한 고비 넘겼다 싶으면 또 문제가 터지니 말입니다. 무슨 저주받은 사업도 아니고."

판교에 볼일이 있다며 저녁 무렵 방문했던 이 상무는 은밀한 목소리로 나를 회의실로 불러들였다. 차 한 잔을 마시고 그가 돌아간 뒤에도, 내 흥분은 쉽게 가라앉지 않았다. 순간적으로 살의가 불타올랐다. 회사 내에서 죽이고 싶을 정도로 미운 상사가 있다는 이야기를 들은 적은 있었다. 어느 무리에서든 사람들은 서로 다른 이해관계를 품을 수 있고 그 이해관계는 간혹 충돌하게 마련이다. 그러나 부회장의 경우는 그 정도가 상식의 수준을 지나치게 벗어나 있었다. 이 상무가 전해준 말이 사실이라면, 블레이드 균열의 원인 제공자는 바로 부회장이었다.

***

벌써 밖이 어둑어둑해지고 있었다. 불도 켜지 않은 회의실에서 한참을 생각에 빠져 있느라 누가 들어왔는지도 알아채지 못했다.

"박 팀장, 뭡니까? 6시 땡 치면 나가자고 해놓고선."

회의실 문 앞에 정철호가 장승처럼 나타나 말했다. 그러고 보니 환송회를 까맣게 잊고 있었다. 그날은 이희구가 회사에 나오는 마지막 날이었다. 명색이 환송회인지라 기획팀 3명으로는 아무래도 허전할 것 같아, 관리팀 정철호와 남상미도 함께 불렀다.

"준비 잘해서 많이 배우고 와라. 근데 우리한테 미안해서 유학 준비한다고 뻥치는 거 아냐? 회사 옮긴다 해도 괜찮다. 어차피 회사가 이 모양이니 붙잡을 명분도 없고. 어디냐? 뭐하는 회사냐?"

정철호의 계속되는 추궁 아닌 추궁에 이희구는 쓴웃음을 지었다.

"저 그렇게 의리 없는 놈 아닙니다. 이력서 쓰는 거 지긋지긋하다고 여러 번 말씀드렸잖아요."

"허허. 진짜인가 보구만. 이거 박 팀장님, 앞으로 문 과장이라도 잘 모시면서 지내야겠네요. 이제 문 과장이 유일한 팀원이니 말입니다."

정철호의 너스레에 나는 내 팔자에 무슨 팀장이냐며 한숨을 지었다. 문기수는 옆에서 못 들은 채 묵묵히 곱창을 굽고 있었다.

"그런데요. 생산 팀장님 소문은 사실인가요? 징계 받을 거라는 소리가 들리던데요."

말수가 적은 남상미가 슬그머니 눈치를 보다가 처음으로 입을 열었다.

"혼자서 뒤집어쓴 거지. 블레이드 업체 바꾼 일이 다 부회장 그 영감탱이가 시켜서 했을 텐데. 뒷돈은 혼자 다 챙기고 결재 라인에는 빠져 있으니. 제기랄."

정철호가 허망한 얼굴로 말하고 나서 술잔을 들어 쭉 들이켰다. 안주도 거른 채 그가 말을 계속했다.

"그뿐인 줄 알아? 드러난 건 블레이드뿐이지만 최근에 부회장 지시로 변경된 납품 업체가 한두 군데가 아니래. 그 영감탱이 하나 때문에 우리가 길거리에 나앉게…."

"그만하시죠. 이제 그만하시자구요!"

나도 모르게 버럭 짜증을 냈다. 그날따라 그런 분위기가 싫었다. 패잔병처럼 넋두리나 늘어놓아야 하는 그런 상황이 너무나 비참하게 느껴졌다. 나는 오후에 다녀간 이종찬의 말을 곱씹고 있었다. 그의 말대로 다 부질없는 짓이었다. 이대로 배가 침몰할 때까지 기다리든가 아니면 이희구처럼 탈출해 다른 길을 찾든가 둘 중의 하나였다.

***

"자아, 우리 이렇게 처져 있을 게 아니라 게임이나 하나 하시죠."

눈치 빠른 이희구가 마지막까지 분위기를 띄워보려 애썼다.

"우리 진실 게임 한번 어떨까요? 제 마지막 날이기도 하니까, 한 사람씩 지명해서 그동안 가장 궁금했던 거 하나만 물어보는 겁니다. 좋으시죠? 자, 그럼, 우리 박 팀장님부터!"

유치하게 웬 게임이냐며 손사래를 칠 생각이었다. 진실 게임? 가장 궁금했던 거? 그때 해묵은 궁금증 하나가 뇌리를 스치고 지나갔다. 오랫동안 끝내 명쾌하게 해소되지 못한 하나의 의문. 그에게서 의심의 추를 거둔 일은 오래됐다. 하지만 회사에 대한 애착과 절박함이 정말 살인 동기라면, 그 또한 자유로울 수는 없다는 점을 상기했다.

"진실 게임이라. 물론 진실만 말하는 거겠지? 썩 내키지는 않지만, 마지막 제안이라니까 한번 해볼까? 난 정 팀장님께 궁금한 게 하나 있거든."

"나한테요?"

의외라는 듯 정철호의 눈썹이 위로 살짝 올라갔다. 그의 표정 변화에 더욱 집중하면서 아무렇지 않은 척 질문을 던졌다.

"긴장 푸세요. 오래전에 했던 질문인데 대꾸를 안 하셔서 또 물어보는 거니까. 오수경 상무 말입니다. 정말 궁금했어요. 두 분 친하게 지내시다 왜 다투셨습니까?"

"아니, 지금 그걸 왜…."

정 팀장이 몹시 당황한 얼굴로 말꼬리를 흐렸다. 내 눈초리가 더욱 집요해졌다.

"이거 정말 말씀 못하는 뭔가가 있나 보네요. 더 궁금해지는데요. 뭡니까? 오 상무님이 뭐 죽을 짓이라도 한 건가요? 하하하."

주변이 쥐 죽은 듯이 조용해지고서야, 내가 너무 멀리 갔다는 사실을 깨달았다.

"죄송합니다. 내가 괜한 질문을…. 벌써 취했나 봅니다."

머쓱하게 웃으며 게임을 접을 생각이었다. 그런데 정철호에게서 예상치 못한 대답이 튀어나왔다.

"아뇨. 게임은 게임이니까요. 감추고 자시고 할 것 없이 말씀드리죠. 그건 제 콤플렉스 때문이에요."

콤플렉스? 캐묻기 애매한 단어였다. 다들 난감해하는 모습을 확인하고 그가 계속 말을 이었다.

"우리 경쟁사인 KM중공업 풍력 사업 부문에 아는 사람이 하나 있었습니다. 어느 날 전화가 덜컥 와서는 오수경에 대해 꼬치꼬치 묻더군요. 그 회사로 오게 될지도 모른다면서."

"KM중공업에서요?"

눈이 휘둥그레졌다. KM중공업은 오수경과 내가 다녔던 KM전자와 같은 그룹 계열사로, 막대한 자금력을 바탕으로 검증된 해외 업체를 인수하면서 당시 풍력 업계의 강자로 떠오르고 있었다.

"처음에는 부러웠습니다. 그러다가 울컥 화가 치밀더군요. 애초에 이런 이름도 없는 코딱지만 한 회사에서 시작한 저와 다르게, 오수경 그 친구는 고등학교 때부터 저와는 다른 길을 걸어왔으니까요. 내가 젊음을 바치며 일궈온 이 회사가 그 친구에게는 그저 재기를 위해 잠시 거쳐가는 곳에 불과했다는 생각이 들더군요. 사실이냐고 따져봤더니 오리발을 내밀더군요. 한 달이 넘도록 말도 없이 지냈습니다. 지나고 나서 보니까 모두가 내 옹졸한 콤플렉스 때문이에요. 하지만 그 친구의 잘못이 아니라는 사실을 인정하는 데 너무 많은 시간이 흘러버렸죠. 사과하려 했을 때는 너무 늦어버렸죠. 이미 죽어버렸으니까요."

그가 왜 대답을 회피해왔는지 이해할 수 있을 것 같았다. 잠시나마 그에게 어설픈 의심을 품은 나를 책망했다. 그때 문득 무거운 분위기 속에서 내게 희미하게 떠오르는 기억이 하나 있었다.

"오리발이 아니었을 겁니다. 오수경 상무는 다른 회사로 갈 생각이 없었어요. 거절했었으니까요."

술잔을 들어 올리던 정철호의 손이 순간 멈칫했다.

"그, 그걸 어떻게 아시죠?"

술기운 때문인 것 같다. 어쩌면 진실 게임에 지나치게 몰입한 탓인지도 모르겠다. 나도 모르게 금기시해왔던 비밀을 동료들에게 내뱉고 있었다.

"오 상무님에게 이혼한 와이프 분이 있거든요. 그분이 저를 찾아와 건네준 서류가 있었어요. 유서 비슷한 건데 그가 남긴 글이라면서. 거기서 알게 된 거죠."

정철호가 더욱 괴로운 표정을 지었다.

"이런, 내 자신이 더욱 부끄러워지는군요. 난 그런 줄도 모르고."

잠시 고개를 푹 숙이고 있던 그가 곧 크게 심호흡을 하고 아무렇지 않은 척 사람들을 둘러봤다.

"자, 이제 내가 지명할 차례인가? 다들 내 눈을 피하지 말고. 그래, 문 과장. 단도직입적으로 물어보지. 자네도 혹시 이희구 씨처럼 다른 생각 품고 있나?"

솔직히 나도 문기수의 속마음이 궁금했다. 이희구의 경우는 전혀 대비하지 않은 상황에서 그만둔다는 통보를 받아 충격이 적지 않았다. 문기수는 별로 오래 생각하지 않고 대답했다.

"저는 다른 회사 알아볼 생각은 전혀 없습니다. 사실 강릉에 계신 부모님이 내려와서 장가도 가고 집안일이나 도우며 살라고 성화시거든요. 최대한 여기 붙어 있다가 정 어쩔 수 없을 때 내려갈 생각이에요. 직장 생활은 아마도 여기가 마지막이 될 것 같습니다."

미리 준비라도 해둔 것처럼 간단명료한, 그리고 아무런 감정이 담기지 않은 건조한 말투의 대답이었다. 최대한 붙어 있겠다는 그의 말이 회사 문을 닫을 때까지라는 의미로 생각돼 씁쓸한 기분마저 들었다.

모두 고개를 끄덕이는 가운에 정철호가 재차 물었다.

"강릉에 계신 부모님이 뭐 대단한 사업을 하신다고 들었는데, 무슨 사업인가?"

문기수는 손사래를 쳤다.

"사업은 사업이죠. 배추밭을 경영하시니까요. 강원도 고랭지 배추 유명하잖아요. 그래도 나름 농업 법인입니다. 하하하."

정철호가 장난스럽게 실망한 표정을 지으며 진실 게임의 한 꼭지를 정리했다.

"실망이군. 괜찮으면 내 자리 좀 부탁하려 했더니. 난 농사는 완전 젬병이라서. 좋아. 문 과장은 여기가 마지막 회사라고 선언했으니 나중에 딴말하진 않을 테고. 이번엔 문 과장이 다음 상대를 고를 순서야."

"글쎄요."

문기수는 누구를 고를지 제법 뜸을 들였다. 그의 시선이 슬그머니 남상미 앞에서 멈췄다. 그의 눈에 얼핏 장난기와 비슷한 기운이 머물다 사라졌다.

"저는 그럼 남상미 씨에게 묻겠습니다. 상미 씨는 지금까지 살면서 가장 행복한 때가 언제였나요?"

학창 시절 진실 게임에서 사귀는 사람 있느냐와 키스해본 적 있느냐 다음으로 많이 거론됐던 문제였다.

"음…."

행복한 시절이 별로 없어서였을까? 그녀는 선뜻 대답을 내놓지 못했다. 어렸을 적 버려져 고아원에서 자라고 소아마비로 다리마저 불편한 그녀에게 가장 행복한 순간은 과연 언제였을까? 나는 그녀의 입을 주시했다.

"어릴 적이었는데요. 아빠였어요. 아빠와 손을 잡고 논길도 걷고, 학교 놀이터에서 놀고, 조금 이해는 안 가지만 아빠가 목말을 태워줘서 바다 위를 걸었던 기억이 나요. 그때가 가장 행복했던 순간이 아니었나 싶어요."

그녀의 배경을 알고 있는 나로서는 슬픈 얘기였다. 아무 말이라도 위로의 한마디가 필요해 보였다. 그래서 내가 맞장구를 쳐줬다.

"남상미 씨 아빠가 대단하시네. 바다 위를 다 걸으시고. 어릴 때 기억이 있나 보구나?"

"그냥, 단편적인 장면들만요. 눈을 감으면 어떤 느낌들이 떠올라요. 아빠의 따스한 눈길, 제 가슴에 가득 퍼진 울렁거림, 그건 그 후로도 느껴보지 못했던 행복감이었어요."

"…"

가슴이 먹먹해져 우리는 아무런 말도 하지 못했다. 그녀가 말을 이었다. 술기운 때문인지 그녀는 지난날에 대한 깊은 감상에 빠져들고 있었다.

"이상하게도 엄마에 대한 기억은 없더라고요. 아빠 얼굴 생김새도 전혀 생각은 안 나고요. 가끔씩 똑같은 꿈을 꿔요. 햇볕이 쨍쨍 내리쬐는 여름날 같아요. 조그만 평상이 놓인 마당 한가운데 저 혼자 누워 하늘을 올려다보고 있어요. 누군가의 얼굴이 하늘을 가리면서 나타나죠. 그분은 무슨 말을 하고 싶은 듯하지만 그냥 한참 동안 나를 내려다보기만 해요. 강한 햇살이 그늘을 만들어 얼굴 생김은 드러나지 않아요. 아빠인지 엄마인지도 잘 모르겠고요.”

그녀가 흐느끼기 시작했다. 평소 주량 이상을 마시도록 방치한 것도 원인 중의 하나였다. 심야에 벌어졌던 진실 게임은 그렇게 끝을 보지 못하고 남상미의 차례에서 멈추고 말았다.

***

한 가지 그날 불쾌했던 기억을 덧붙이고 싶다. 모두가 숙연했던 그 상황에 느껴지는 작은 진동이었다. 처음에는 남상미의 흔들리는 어깨에서 시작된 줄만 알았다. 하지만 진동의 진원지는 바로 내 옆자리였다. 나는 슬그머니 몸을 뒤로 젖히며 눈을 내리깔아 봤다.

양손으로 턱을 괸 채 짐짓 무거운 얼굴을 한 문기수가 테이블 아래에서 발끝을 경쾌하게 좌우로 흔들고 있었다.

이런 상황에도 저딴 짓이라니!

집으로 돌아오는 내내 남상미가 말했던 장면이 내 머리에서 지워지지 않았다. 그녀가 살아오는 동안 잊어버리지 않으려 매일 밤 떠올리며 간직했을 소중한 장면들. 문득 아들이 떠올랐다. 먼 훗날 아들은 지금의 나를 어떻게 기억할까? 눈시울이 붉어졌다. 흐릿해진 시야 너머로 아들의 얼굴이 누군가와 오버랩 됐다. 오수경의 장례식장에서 봤던, 무표정한 얼굴의 어린 상주였다.

그림자

그날 밤, 쓸쓸한 기분이 다시 술을 불렀다. 맨 정신으로 집에 들어가고 싶지 않았다. 나는 혼자서 가까운 선술집을 찾았다. 그리고 그곳에서 나올 때 나는 고개를 똑바로 들지 못할 정도로 술에 절어 있는 상태였다.

택시에서 내려 아파트 현관으로 기다시피 걸어갔다. 그 정신에도 나는 다음 날 하루 연차 휴가를 낼 적당한 핑계를 궁리했다. 갑자기 구토가 치밀었다. 근처 하수구 덮개 위로 걸쭉한 토사물을 쏟아냈다. 위액까지 끌어 올리고 나자 비로소 정신이 돌아오는 듯했다. 아파트 9층을 올려다보니 불이 꺼져 있었다. 9층뿐 아니라 동 전체에 불이 켜진 집이 하나도 없었던 것으로 보아, 밤이 깊을 대로 깊은 시각이었다.

1층 출입문 가까이 이르렀을 때 나는 문득 걸음을 멈췄다. 무엇 때문인지 아까부터 뒷덜미가 서늘했다. 값비싼 휴대폰이라도 떨어뜨린 것처럼 찜찜한 기분도 들었다. 아! 이제야 생각났다. 아까 토사물을 쏟을 때, 쓰레기 분리수거장 근처에서 뭔가 움직이는 것을 봤던 것 같았다. 반사적으로 뒤를 돌아봤다. 동시에 나는 심장 발작을 일으킨 사람처럼 푹 고꾸라지면서 화단 모서리에 머리를 쿵 부딪쳤다.

쓰레기 더미에서 푸른 연기가 새어 나오고 있었다. 푸른 연기가 더욱 짙어지는가 싶더니 그 속에서 검은 그림자가 모습을 드러냈다. 이어 그림자가 천천히 움직이며 아파트 입구 쪽으로 유유히 사라졌다. 나는 그 모습을 차가운 콘크리트 바닥에 누워 바라봤다.

병가

열한 바늘이나 이마를 꿰맨 남편에게 아내의 잔소리는 끝없이 이어졌다. 처음에는 하루만 병가를 낼 참이었다. 다음 날에도 상처가 아물지 않아 하루만 더 쉬겠다고 회사에 전화를 했다. 사흘째 되는 날 아침에는 이번 참에 회사를 그만둘까 심각하게 고민했다.

실제로 나는 꼼짝도 할 수 없었다. 숙취나 이마의 상처 때문이 아니었다. 불안과 공포가 내 가슴을 짓누르고 있었다. 그림자 때문이다. 나에게도 늑대의 미행이 따라붙었다. 그것은 오수경의 죽음을 알렸던 전조였다.

역시 부회장이었다. 만취 상태로 정신이 온전하지는 못했지만 가로등 불빛 아래로 사라져간 그림자의 형태를 나는 어렴풋하게나마 기억할 수 있었다. 나와 비슷한 중키에 약간 구부정한 어깨, 듬성듬성 절반쯤 빠진 머리카락. 그렇다! 안경을 쓰지 않았다는 점을 제외하면 그림자는 영락없이 부회장을 닮아 있었다.

사흘이 지났는데도 공포감은 진정될 기미를 보이지 않았다. 언젠가 부회장이 내 귓속에 은밀하게 불어넣었던 악마의 목소리가 출구를 찾지 못하고 계속해서 머릿속을 떠다녔다. 눈을 감으면 부회장을 주인공으로 한 제목 모를 영상이 아른거렸다. 배창희에게 낮은 목소리로 전화를 거는, 마강토 뒤에서 칼을 겨누고 자필 메모를 협박하는, 모텔 방에 잠든 오수경에게 슬그머니 다가가는, 석영우의 후두부를 흉기로 강하게 내리치는, 그런 섬뜩한 장면들이었다. 이불을 머리끝까지 뒤집어쓴 채 웅크리고 있어도 소용없었다. 어느새 눈을 부릅뜬 부회장이 내 눈꺼풀을 비집고 들어와 있었다. 나를 어쩌려는 걸까? 설마 나를? 내가 의심하고 있다는 사실을 어떻게 알아차린 거지?

두어 시간 선잠에 빠져 있다가 화들짝 몸을 일으켰다. 등줄기로 서늘해진 한 줄기 땀이 흘러 내려갔다. 악몽이었다.

나는 바람 한 점 없는 언덕 위로 날개가 꺾여 흉물스럽게 서 있는 풍력 터빈을 올려다보고 있었다. 정확히 말하자면 내가 주시한 것은 부러진 날개에 달라붙은 작은 점 하나였다. 그것은 날개를 갉아먹으며 점점 커지고 있었다. 어느덧 날개 3개를 모두 먹어치우고 타워로 자리를 옮긴 괴물은 이제 송아지만큼 커져버렸다. 그것은 거대한 똥파리였다. 아래에서 절규를 토해내던 나와 눈이 마주친 순간, 똥파리가 서서히 날개를 펴기 시작했다. 다리가 말을 듣지 않았다. 똥파리는 곧바로 내 몸을 덮쳐 쓰러뜨리고, 끈적끈적한 더듬이로 버둥거리는 내 목을 옥죄고 있었다.

꿈속에서도 꿈이겠지 생각했다. 그래서 죽지는 않을 거라, 죽더라도 고통은 없으리라 믿었다. 그렇지만 파리의 날카로운 이빨이 내 목을 파고드는 순간, 온몸의 피가 빠져나가는 듯한 극도의 고통이 밀려왔다. 나는 죽어가고 있었다. 흐릿한 시야 너머로 똥파리의 얼굴이 보였다. 그런데 이상하게도 파리의 얼굴에 두꺼운 안경 렌즈가 걸쳐 있었다. 번쩍이는 금테 안경 뒤로 째진 눈빛이 나를 삼킬 듯이 노려봤다. 선혈을 떨구며 다시 입을 쩍 벌린 그가 부회장이라는 사실은 알아차린 것은, 내가 꿈에서 현실의 경계로 막 들어서려던 찰나였다.

***

늑대에서 파리로 등장인물이 바뀌었을 뿐 오수경을 따라다녔던 악몽이 내게도 시작됐다. 멍하니 한참을 침대에 앉아 있었다. 배에서 꼬르륵 소리가 났다. 냉장고라도 뒤져보려는 생각으로 자리를 털고 일어났다. 마트에라도 갔는지 아내는 보이지 않았다. 냉장고 안에 딱히 먹을 만한 거라고는 계란과 냉동 만두뿐이었다. 나는 계란이라도 삶을 요량으로 가스 불에 냄비를 올렸다. 그사이 TV나 보려고 거실 소파에 주저앉아 리모컨을 찾았다. 리모컨은 보이지 않았다. 대신 소파 옆 작은 탁자 위에 놓아둔 구인 구직 광고지가 눈에 띄었다. 서울시 서초구 인근의 식당 구인란마다 동그라미, 세모, 그리고 가위표가 빼곡히 그려져 있었다.

KM전자 신입 사원 시절 친구 소개로 만난 아내였다. 아내는 내가 대기업을 박차고 나와 헤드헌팅 사무실을 차린다고 했을 때, 한창 돈이 들어가는 아들을 들먹이며 불안한 눈길을 보냈었다. 그리고 월급쟁이 반열로 돌아간 지 반년 만에 다시 흔들리는 가장이 이제는 영 미덥지 않은 모양이다. 씁쓸한 기분으로 소파에서 벌떡 일어났다. 가스레인지 불을 도로 꺼버리고서 침대로 돌아와 이불을 돌돌 말고 누웠다.

억지로 잠을 청해봤지만, 잠이 오지 않았다. 베개 밑에 넣어둔 휴대폰을 꺼냈다. 부재중 전화가 4통이었다. 문기수가 2통, 정철호가 1통. 먼저 문기수에게 전화를 걸었다.

"몸은 좀 괜찮으세요?"

"어어, 미안. 오늘은 못 나간다고 연락도 못했네. 이마의 부기가 도통 가라앉질 않아서. 그런데 무슨 일 있어?"

"회장님 지시가 내려왔어요. 구조 조정을 한답니다."

구조 조정? 언제부터인가 우리 사회에 친숙해진 단어가 수화기에서 불쑥 튀어나왔다.

"그런 일이 있었구나."

"팀장님 내일은 나오시는 거죠? 여긴 벌써부터 장난 아니게 뒤숭숭합니다."

그렇겠지. 누군 남고 누군 집에 가야 하니까.

"무슨 말인지 알겠어. 몸을 좀 추슬러볼게."

확답을 주지는 않았다. 생각할 시간이 필요했다.

***

TV 리모컨은 소파 밑에 떨어져 있었다. 나는 벌써 두 바퀴째 채널을 돌리고 있었다. 900번을 넘어서니 아예 화면이 나오지 않았다.

그때 검은 화면 위로 활짝 웃고 있는 남자의 환영이 떠올랐다. 오수경이었다. 마지막 만났던 술자리의 그 모습 그대로였다. 해맑게 웃는 그의 눈에 차츰 슬픈 빛이 감도는 것 같더니 이내 그가 사라졌다.

오수경이었다면 이런 상황에서 어떻게 했을까? 죽음의 위험에 처한 상황에서 도망치지 않고 그를 붙잡아놓은 것은 무엇이었을까? 나는 이대로 도망칠 것인가 생각하고 또 생각했다. 평생 도망자로 살아간다면 이 끔찍한 공포의 기억을 머리에서 지워낼 수 있을까? 나는 절레절레 고개를 흔들었다.

만일 내가 끝장을 보기로 결심한다면 가능하기는 한 것일까? 부회장의 가면을 만천하에 벗길 수 있는 방법은 과연 무엇일까? TV 채널을 돌리는 내 손이 점점 더 빨라졌다.

'내 점수는요…', '사건 현장은 온통…', '충청권 민물 조황은 현재…', '지금 뭐라고 했죠? 그럼 당신이 회장님을…', '트레일러 기사는 현장에서…', '그럼요. 가입되세요. 지금 당장 전화 주시면…', '다음 주에 만나요. 제발…'

매초 바뀌던 TV 화면이 '퍽' 소리를 내며 어두워졌다. 대신 화면 속에는 파자마 차림에 머리가 헝클어진 중년 사내가 리모컨을 들고 앉아 있었다. 그는 부력의 원리를 처음 발견한 아르키메데스처럼 몹시 흥분하더니 소파에서 벌떡 일어났다. 그가 부르르 손을 떨면서 쥐고 있던 리모컨을 바닥에 떨어뜨렸다. 리모컨에서 빠져나온 배터리가 드르륵 소리를 내며 바닥을 굴렀다.

***

다음 날 아침 나는 판교행 전철 안에 있었다. 구조 조정은 어찌 보면 나쁜 소식만은 아니었다. 그것은 회사 문을 완전히 닫지는 않겠다는 의미이기도 했다. 별로 줄일 것도 없는 왜소한 몸집이지만, 어쨌든 지출 규모를 줄여 회사의 회생을 도모하겠다는 의미였다. 나는 흔들리는 전철 안에서 구조 조정마저 부회장 마음대로 하도록 내버려두지는 않으리라, 반드시 회사에 살아남으리라, 오수경처럼 허망하게 당하지는 않으리라, 이제 그의 죗값을 치르게 하리라, 주문처럼 중얼거렸다.

이제 반격에 나설 시간이었다. 나는 비장한 각오와 함께 엷게 미소 지었다.

밑밥

사흘을 비운 내 책상 위에는 옅은 먼지가 내려앉아 있었다. 유일한 부하 직원, 문기수의 모습이 보이지 않았다. 정철호에게 물었다.

"별일 없으셨어요? 문 과장 혹시 어디 갔습니까?"

정철호는 애써 웃었지만, 말에는 기운이 빠져 있었다.

"이마는 좀 괜찮은 겁니까? 글쎄요. 그 녀석 지각인 거 같은데. 팀장님 며칠 안 나오니까 군기가 빠졌나 봅니다."

한 번도 근태에 문제가 없었던 그였기에 다소 의아했다.

"부회장님은요?"

출근하자마자 부회장실 방문이 활짝 열려 있는 것을 발견했다. 부재중이라는 의미였다.

"오늘부터 당분간 안산으로 출근한다고 하시더군요. 거기서 뭔 일을 꾸미실 거라는 소문이 벌써 파다합디다."

예상대로였다. 그 흉악한 늙은이가 모든 정보를 독점하면서 구조 조정 업무를 자신의 손아귀에 두려는 것이었다. 한숨을 내쉬며 그에게 물었다.

"이제 부회장 입맛대로 칼질이 시작된 건가요?"

"딴 주머니 챙기다가 사업 말아먹은 장본인에게 칼자루를 쥐어준 격 아닙니까? 구조 조정 끝나면 부회장 본인은 중공업 본사 요직으로 옮겨갈 거라는 소문도 있더만요. 이거야 울화통이 터져서 원."

전날 술을 많이 마셨는지 정철호의 쉰 목소리에 알코올 냄새가 배어 있었다.

"그러게 말입니다. 오후에 저는 안산에 잠깐 다녀올 생각입니다."

무슨 일이냐고 정철호가 물었지만 나는 말없이 내 자리로 돌아왔다. 몇 분이 지나고 나서 문기수가 슬그머니 자리에 앉는 모습이 보였다. 첫 지각이라 혼낼 생각도 없었지만, 미안해서 그랬는지 그는 인사도 없이 곧바로 모니터를 켜고 있었다. 마치 잠깐 자리를 비웠다 돌아온 사람처럼.

***

안산 공장의 분위기도 판교와 그리 다르지 않았다. 화성 1호기의 처참한 최후를 목격한 이후 엔지니어로서의 자존심은 물론 업무 의욕마저 크게 퇴색한 눈빛들이었다. 이종찬 상무는 까맣게 타 들어간 얼굴로 사무실 귀퉁이에 앉아 있었다.

"박 팀장님이 여긴 어쩐 일입니까? 요 며칠 병가 냈다고 들었는데요."

"사실은 부회장님 좀 뵈러 왔습니다. 지금 어디 계시죠?"

"부회장님이라면 번지수를 잘못 찾았네요. 뭔 꿍꿍이가 그리 많으신지 저쪽 사무동에 임시 집무실을 마련했다고 들었거든요. 4층 인사팀 옆에 있는 회의실로 가보세요."

공장 단지 내부의 은행나무들이 누런 나뭇잎을 마구 흩뿌려대고 있었다. 나뭇잎들은 매일 밤 대량으로 생산되기라도 한 것처럼 끊임없이 쏟아져 내렸다. 늦가을의 바람이 거세게 불고 있었다. 나는 트렌치코트의 깃을 세우고, 사무동 건물 입구에 들어섰다. 붉은 벽돌로 지어진 5층 건물 방문은 회장을 만나러 온 이후 대략 한 달 만이었다.

로비에 들어서서 엘리베이터를 이용하지 않고 계단을 통해 곧장 4층으로 올라갔다. 고개를 숙인 채 4층 실내를 가로지르는 나를 먼저 알아본 사람은 인사 팀장이었다.

"어라? 박 팀장님 아니십니까? 여긴 웬일로."

눈길도 주지 않은 채 지나치는 나를 보고 그의 얼굴이 겸연쩍게 굳었다. 나는 노크도 없이 4층 구석 회의실 문을 활짝 열어젖혔다.

"뭐야? 자네가 여긴 어떻게…"

어지럽게 서류들이 널린 탁자 뒤에서 부회장이 깜짝 놀라며 나를 쳐다봤다. 앉으라는 말은 처음부터 기대하지 않았다.

"불쑥 들어와 죄송합니다. 급하게 상의드릴 일이 있어서 말입니다."

탁자 위의 자료들을 황급히 한곳으로 쓸어 모으면서 부회장은 곱지 않은 시선으로 나를 쏘아봤다.

"상의? 무슨 상의?"

"구조 조정 말입니다. 부회장님 선에서 결정하실 사안은 아니었을 테니 그 자체에 대해 왈가왈부하려는 건 아닙니다. 다만 어떤 의견 수렴의 창구는 있어야 되지 않을까 싶습니다. 구조 조정 규모가 어떻게 되는지, 선발 기준은 뭔지, 최소한 팀장들에게라도 의견을 모으고 진행 과정을 공유할 수 있는 채널이 필요하다 생각합니다."

의도적으로 그의 심기를 건드릴 목적이었으므로 나는 서두부터 건방진 말투로 또박또박 말했다. 하지만 부회장은 미동도 하지 않았다. 그는 오히려 콧방귀를 뀌며 반문했다.

"내가 왜 그래야 하지? 회장님께서 주신 수년의 시간을 말아먹은 놈들에게 내가 왜 그런 친절을 베풀어야 되는 거냐고? 이유를 한번 말해보시게나."

적반하장의 대꾸에 울컥 끓어오르는 흥분을 누그러뜨리기 어려웠다. 내 귓가에 '붕붕' 파리가 날아다니는 소리가 요동치는 것 같았다. 최소한의 예의고 뭐고 다 집어던지기로 했다. 나는 부회장 앞으로 성큼 다가가 다짜고짜 멱살을 잡았다. 돌발 사태에 허를 찔린 그가 저항할 틈을 주지 않고 나는 번들번들한 그의 코 가까이 내 입을 가져갔다. 그리고 밖으로 소리가 새어 나가지 않도록 낮은 목소리로 말했다.

"이유를 몰라서 물어? 잘 들어. 이 사악한 영감탱이야. 블레이드 협력 업체 교체를 지시한 인간이 당신이란 걸 다 알고 있어. 증거를 남기지 않았을 테니까 안심하고 있을 거야. 그렇지? 하지만 나 같은 미친개가 저 5층에 올라가서 한번 짖어보면 어떨까? 궁금하지 않아? 내 말대로 할래, 아니면 미친개 지랄하는 꼴 구경 한번 해볼래?"

순순히 꼬리를 내릴 늙은이가 아니었다. 그는 자신의 목을 쥐고 있던 내 손을 힘껏 뿌리치고 밖을 향해 큰소리로 외쳤다.

"밖에 누구 없나? 임 팀장! 임 팀장!"

다급한 부름에 인사 팀장이 잽싸게 회의실 문을 열었다. 심상치 않은 기운을 감지했는지 그는 냉큼 들어오지 못하고 입구에 우물쭈물 서 있었다.

"뭐에 정신 팔려 있다가 이런 놈을 여기까지 들여보낸 건가? 내가 보안 지시한 거 잊었어? 뭐해? 경비원 불러서 이 물건 끌어내지 않고."

"그럴 필요 없습니다. 내 발로 나갈 테니까."

나는 옷매무새를 고친 뒤, 부회장 앞에 서서 두 손을 가지런히 모으고 말했다.

"많은 시간 드리지 못해 송구합니다. 사흘입니다. 그럼, 수고하십시오. 부회장님."

정중히 허리 숙여 인사한 다음 나는 천천히 몸을 돌렸다. 인사 팀장의 어깨를 가볍게 툭 치고 문을 나서면서, 나는 입가에 싸늘한 냉소를 머금었다.

그날 저녁 집으로 돌아가는 전철 안에서, 나는 누군가가 나를 미행하지는 않는지 계속 주변을 살폈다. 전철역에서 내려 아파트로 걸어가는 도중에도 나는 가끔씩 뒤를 돌아보곤 했다. 아파트 단지 어두컴컴한 구석에 혹시 사람의 그림자가 도사리고 있지는 않은지, 엘리베이터에 오르는 순간까지도 경계를 늦추지 않았다.

미끼

부회장의 아킬레스건은 역시 회장이었다. 안산 공장 사무동에서 작은 소란을 피우고 돌아온 바로 다음 날, 부회장이 직접 전 임직원에게 이메일을 보내왔다. 구조 조정과 관련해 모든 임직원을 대상으로 설명회를 실시하겠다는 내용이었다. 정례적인 미팅을 요구했던 내 의도와는 달리 일회성 행사로 마무리하겠다는 의미였지만 크게 상관하지 않았다. 단 한 번이라도 다수의 청중 앞으로 그를 끌어낼 수 있다면 충분했다. 모든 인원을 수용할 공간이 없어, 설명회 장소는 판교와 안산 공장 회의실로 나뉘어 화상 시스템으로 연결하기로 했다.

며칠 후 부회장이 안산 공장 회의실에서 얼굴을 내밀었다. 양쪽 회의실 모두 10석 남짓인지라 상당수 직원들이 서 있는 채로 화면 앞에 나타났다.

"그럼, 모두 모인 것 같으니 시작을 하지요."

부회장의 첫마디는 다른 일상적인 회의를 시작할 때와 별반 다르지 않았다. 그는 다이어리에서 뭔가 꼬깃꼬깃한 종이 쪼가리를 꺼내어 읽어 내려가기 시작했다. 정치인들을 흉내 낸 듯한 유치찬란한 연설문이었다. '친애하는 MS에너지 임직원 여러분'으로 시작해 '모두 동요하지 말고 맡은 바 업무를 충실히 수행하자'는 긴 연설은 30분가량이나 계속됐다. 성미 급한 정철호가 가만둘 리 없었다.

"부회장님, 여기 서 있는 사람도 많은데 국어책 읽는 건 그만하시죠. 그냥 열심히 일만 하면 아무 일도 없다, 그런 말씀 아닙니까? 설마 그런 뻔한 말씀이나 하시려고 이런 자리를 만든 건 아니시겠죠?"

화면 속 부회장은 못 들은 척 그의 말을 무시했다.

"지금까지 내가 말하는 대로만 하시면 아무 문제없을 거라 설명드렸습니다. 특히 영업팀은 수단과 방법을 가리지 말고 수주를 따오시면 됩니다. 수주는 특히 절실합니다. 지금 공고된 공기업 입찰 말고도 민간 발전사가 추진 중인 프로젝트까지 발굴하셔야 합니다. 아시겠습니까?"

부회장은 직원들이 가장 염려하는 부분에 대한 언급을 교묘하게 피해가며 동문서답하고 있었다.

"그럼, 그렇게만 하면 구조 조정은 안 할 수도 있다는 뜻입니까?"

영업 팀장이 단도직입적으로 물었다. 부회장은 갑자기 헛기침을 두어 번 하더니 기어 들어가는 목소리로 대답했다.

"지금 최대한 회장님을 설득하고 있습니다. 몇 명을 해야 할지, 어떤 방식으로 해야 할지. 그래서 제가 말씀 못 드리는 겁니다. 구조 조정을 하라는 건 회장님의 강한 의지니까 어쩔 수 없지만, 최소화가 될 수 있도록 내가 노력하고 있다, 이 말입니다."

믿거나 말거나, 곤란한 상황을 구렁이처럼 넘어가기에 좋은 답변이었다. 나는 기대한 바가 없었기 때문에 별로 실망하지도 않았다. 다만 내가 준비한 멘트를 날릴 타이밍을 놓치지 않는 것으로 충분했다. 지금이 그때였다.

"부회장님. 마침 좋은 생각이 났습니다. 전에 오수경 상무가 쓰던 노트북을 제가 가지고 있습니다."

나는 잠시 말을 끊고 화면으로 부회장의 표정 변화를 살폈다. 설명회를 끝낼 시간을 계산하고 있는지 그는 시계를 들여다보는 참이었다. 내가 다시 마이크에 입을 가져갔다.

"오수경 상무는 죽기 전 영업 업무까지 도맡다시피 했더군요. 노트북에 방금 말씀하신 민간 업체 비공개 프로젝트 정보들이 담겨 있을 가능성이 높습니다. 그런데 이상하게도 오 상무가 죽기 직전한 달간의 자료가 모두 삭제됐습니다. 어제 PC 전문가인 제 친구에게 물어보니까, 복원할 수 있을 것 같다더군요. 내일 그 친구를 만나기로 했으니까, 복원해서 관련 정보가 나오면 영업팀에 제공토록 하겠습니다."

이번에는 부회장이 약간의 반응을 보였다. 그는 애써 대수롭지 않은 척하면서도 노트북이 내 손안에 있다는 점에 대해 의문을 제기했다.

"수주에 도움이 되는 일이라면 그렇게 하시지요. 근데 오 상무 노트북이 왜 박 팀장한테 있지요? 퇴사하면 PC는 본사 전산팀에 반납해야 하는 걸로 알고 있는데."

"그렇게 됐습니다. 입사했을 때 얼마 동안만 참고한다는 게 아직까지 제 서랍 속에 있었네요. 이번에 최종 확인하고 반납하겠습니다."

모두의 생존이 걸린 심각한 주제로 모인 장소였다. 시답지 않은 내용으로 시간을 까먹는 내게 곱지 않은 시선이 날아왔다.

어쨌든 미끼는 그렇게 성공적으로 던져졌다. 언젠가 내가 대물 광어를 낚았을 때, '섀드 웜'이라는 고무 재질의 가짜 미끼를 썼던 경험이 있다. 파일 복원이 불가능하다는 것을 알고 있었던 나로서는 가짜 미끼를 던진 셈이었다. 이제 남은 것은 곧 찾아올 대물의 입질을 끈기 있게 기다리는 일뿐이었다.

입질

부회장의 설명회가 있었던 그날 저녁 나는 식사를 걸러야 했다. 퇴근 시간에 맞춰 직원들이 일시에 빠져나가는 바람에 도무지 자리를 비울 틈이 없었다. 저녁 7시경, 사무실 안에는 완벽하게 나 혼자뿐이었다.

살짝 열어둔 서랍 아래 칸을 내려다봤다. 오수경의 노트북이 보이기 좋게 들어 있었다. 나는 바닥에 무릎을 꿇고 서랍 아래 먼지 구덩이 속에 감춰둔 기다란 막대기를 끄집어냈다. 혹시 모를 격투에 대비해 준비한 야구 방망이였다. 이어서 책상 옆에 놓아둔 내 서류 가방을 열어봤다. 검은색 케이블 타이 묶음 옆에 권총처럼 생긴 물건이 하나 들어 있었다. 역시 만일에 대비해 구입해둔 호신용 가스 총이었다.

싸워야 할 대상은 무시무시한 연쇄 살인범이었다. 야구 방망이로 제압할 수 없다면, 그를 단번에 쓰러뜨릴 수 있는 무기가 필요했다. 번득거리는 칼을 쓸 자신은 없었고, 진짜 권총은 구할 길이 없었다. 나는 사무실 구석구석을 돌아다니며 블라인드를 전부 닫아놓았다. 그러고 나서는 출입구 쪽으로 걸어가 전등 스위치를 내렸다. 출입문 복도에서 비치는 희미한 불빛 외에는 아무것도 보이지 않았다.

나무 배트를 살 걸 그랬나? 불빛에 반사돼 금속성 푸른빛을 띠는 방망이를 보니 애써 누르고 있던 긴장감이 등골을 타고 오르내렸다. 마지막으로 나는 출입구 왼쪽 화분 뒤 작은 비상구로 다가가 문이 잠겨 있는지 확인했다. 계단으로 연결된 비상구였다. 나는 범인이 그 비상구를 통해 머리를 들이미는 장면을 예상하고 있었다. 엘리베이터 내부는 물론 출입구 쪽에는 CCTV가 설치돼 있기 때문이다.

모든 점검을 마친 뒤 나는 회의실로 들어갔다. 의자 하나를 끌어다가 회의실 문 앞에 옮겨놓고 걸터앉았다. 회의실 문은 완전히 닫지 않고 조금 열어뒀다. 한 손을 방망이에 의지하고 상체를 숙인 채 나는 어두운 사무실 내부를 들여다봤다.

긴장을 늦춰서는 안 된다. 그는 반드시 나타날 것이다. 마른 솜이라도 먹은 것처럼 목이 타들어갔다. 서너 번 꼴깍 침 넘기는 소리뿐 사무실 내부는 깊은 정적이 감돌았다.

***

1시간쯤이나 지났을까? 초겨울 한기가 암흑 같은 회의실에 가득 퍼졌다. 낮에는 난방까지 하지 않더라도 그럭저럭 견딜 수 있었지만, 밤에는 기온이 뚝 떨어지는 날씨였다. 어차피 시작을 알 수 없는 기다림이었다. 나는 탕비실로 가서 물을 좀 마시고, 공용 옷장을 뒤져 혹시라도 누군가가 두고 간 외투라도 있을까 찾아보기로 했다.

너무 오랫동안 꼼짝없이 앉아 있었던 탓인지 일어나는 순간 약한 현기증을 느꼈다. 탕비실은 사무실 출입구와 비상구 사이에 있었다. 유일하게 빛이 흘러나오는 곳을 향해 조심스레 발걸음을 뗐다. 바로 그때였다.

또각, 또각.

복도 쪽에서 들려오는 소리였다. 나는 반사적으로 바닥에 몸을 웅크렸다. 콩닥거리는 내 심장 소리가 나를 더욱 흥분시켰다. 숨을 죽이고 천천히 복도 쪽을 올려다봤다. 불빛이 훤히 비치는 현관문 너머로 사람 그림자가 어른거렸다. 방망이를 회의실에 두고 온 나는 주머니 속 가스총을 더듬었다. 오른손에 가스총을 움켜쥐고 근처 탁자 뒤로 몸을 숨겼다. 어느새 검은 형체가 현관문 앞에 다가와 멈춰 섰다. 챙 달린 모자를 쓴 남자였다. 그는 현관문의 반투명 유리

틈으로 사무실 내부를 들여다봤다. 온몸의 피가 거꾸로 솟는 듯했다. 내 입에서 가느다란 신음이 흘러나왔다.

또각, 또각, 또각.

검은 형체가 현관문에서 멀어졌다. 곧이어 엘리베이터가 움직이는 소리가 들려왔다. 나는 잰걸음으로 현관문으로 다가가 문틈으로 복도 쪽을 내다봤다.

"휴우."

막 도착한 엘리베이터에 오르는 사람은 건물 경비원이었다. 건물 전체를 순찰하는 시간인 모양이다. 모든 에너지가 방전된 것처럼 멀미가 났다. 잠깐 벽에 기대어 숨을 몰아쉬었다. 찬물을 한 모금 마시고 나자 진정되는 것 같았다. 내친김에 탕비실 구석에 있는 옷장 문을 열어봤다. 운 좋게도 안산 공장에서 착용하는 하늘색 작업복이 하나 걸려 있었다.

***

작업복을 겹쳐 입고 회의실로 돌아와 다시 문가에 앉았다. 배는 고프지 않았다. 하지만 팽팽한 긴장이 풀리면서 피로가 몰려왔다. 회의실 탁자 위 탁상시계는 '21:07'로 표시돼 있었다.

스르르 눈꺼풀이 닫혔다가 화들짝 열렸다. 기약 없는 기다림에 지쳐 점점 긴장이 풀어지고 있었다. 이대로 있다가는 낭패를 당하기 십상이었다. 졸음을 쫓으려는 일념으로 범인이 나타났을 경우를 가정한 머릿속 시뮬레이션을 해보기로 했다.

먼저 비상구에서 '삑' 하는 짧은 신호음이 울린다. 괴한이 사원증을 갖다 댈 때 나는 소리다. 비상구 또한 공식 출입구인지라 전자 경비 시스템이 설치돼 있다. 물론 그가 버젓이 자신의 사원증을 들고 왔을 리는 만무하다. 다른 사람의 사원증을 확보했거나 아니면 방문객용 임시 사원증을 이용할 가능성이 높다. 여하튼 이제 검은 형체가 비상구 앞 화분 사이로 모습을 드러낸다. 그의 손에는 십중팔구 손전등이 들려 있을 것이다. 그는 주변을 두리번거리며 내 책상 서랍을 향해 살금살금 다가온다. 살짝 입을 열고 있는 내 서랍 맨 아래 칸에 손전등의 불빛이 빨려 들어간다. 노트북을 발견한 검은 형체는 천천히 허리를 숙이며 서랍 안으로 손을 뻗는다. 그때를 놓쳐선 안 된다. 나는 살금살금 다가가 방망이로 그의 등을 힘껏 내리친다. 아니다. 단번에 그를 제압하려면 머리를 내리쳐야 할지도 모르겠다. 하지만 나는 살인을 하려는 것은 아니다. 솔직히 어느 정도로 세게 내리쳐야 할지는 잘 모르겠다. 그냥 등으로 하자. 그가 얼마나 발버둥 치느냐에 따라 휘두르는 횟수로 조절할 수는 있겠다. 어쨌든 논바닥에 패대기쳐놓은 개구리처럼 반항 의지를 완전히 꺾을 정도는 돼야 한다. 이제 나는 잽싸게 가스총을 꺼내 그를 조준하면서 케이블 타이로 그의 손목을 등 뒤에서 결박해버린다. 그리고 경찰에게 전화를 건다. 인접한 분당 경찰서의 전화번호는 미리 확보해놓았다. 경찰이 오기를 기다리는 동안 왜 그랬어야만 했는지 그에게 자초지종을 묻는다. 그가 대답하든 안 하든 간에 어쨌든 나는 반드시 물을 것이다. 경찰이 오면 뭐라고 설명해야 할까? '이자가 그간 우리 회사에서 벌어진 살인 사건의 범인입니다. 이건 예전에 오수경이라는 피해자가 쓰던 노트북이거든요. 내가 직원들 앞에서 이 노트북에서 숨겨진 파일을 찾을 거라고 했더니, 그걸 훔치려고 나타난 자가 바로 이 사람이니까요. 이 사람을 잡아가서 집중 조사해보시면 분명 결정적인 물증이 나올 겁니다' 등등.

사실 직접적인 물증을 찾아낸다는 것은 민간인으로서 한계가 있다. 결국 내가 할 수 있는 최선은 경찰의 본격 조사를 유도할 수 있는 유력 단서를 제공하는 것이다. 그날 밤 내가 파놓은 함정은 부회장이 범인이라는 내 확신을 확인시켜줄 효과적인 장치였고, 동시에 경찰이 그에 대한 집중 조사를 하게끔 만들 명분이기도 했다. 혹은 더 나아가서 나를 향한 살해 위협을 역으로 제거하고, 회사 구조 조정 방향의 전환점을 마련할 수도 있는 중대한 기로이기도 했다. 이보다 멋진 계획은 없으리라 생각했다.

한 번의 시뮬레이션이 끝나고, 나는 처음부터 다시 가상의 상황을 머릿속으로 재연해봤다. 나는 두 번, 세 번, 시뮬레이션 게임을 계속 이어갔다.

서늘한 기운이 느껴져, 화들짝 잠에서 깨어났다. 탁상시계부터 쳐다봤다. 시계는 '23:10'을 가리켰다. 이럴 수가! 나는 미친 사람처럼 허둥댔다. 허겁지겁 회의실을 나와 내 자리로 달려갔다. 우려했던 일이 벌어졌다. 살짝만 열어뒀던 서랍 아래 칸이 활짝 입을 벌리고 있었다. 그리고 그곳에 있어야 할 노트북이 사라지고 보이지 않았다. 가슴이 철렁 내려앉았다.

그때였다. 적막이 흐르는 사무실 어딘가에서 '끼이익' 하는 소리가 들렸다. 반사적으로 소리 나는 쪽으로 고개를 돌렸다. 소리는 비상구 쪽에서 들려왔다.

철커덕, 삐이, 삐이.

이번에는 문이 닫히는 소리였다. 이어서 계단 쪽에서 우당탕 말발굽 소리가 울려 퍼졌다. 누군가 막 사무실을 벗어나 도망치고 있었던 것이다. 나는 온 힘을 다해 비상구 쪽으로 달려갔다. 거칠게 문을 열어젖혔다. 희미한 비상등 불빛이 계단을 비추고 있었다. 말발굽 소리는 한참 아래쪽에서 들려왔다. 나는 구르듯 계단을 뛰어 내려갔다.

"허억!"

한 번의 결정적인 실수로 평정심을 잃은 나는 두 번째 실수를 저질렀다. 급한 마음에 세 칸씩 계단을 뛰어 내려가다 발목이 접히면서 데굴데굴 바닥에 구르고 말았다. 고통이 전혀 느껴지지 않았다. 난간을 짚고 벌떡 일어나 다시 계단을 내려가려 했다. 하지만 다친 발을 내딛자마자 다시금 바닥으로 고꾸라지고 말았다. 아래쪽에서 '철컹' 하고 비상구 닫히는 소리가 울렸다.

다행히 다리가 부러지진 않았다. 한 발로 콩콩 뛰다시피 하면서 나는 가까스로 계단을 내려갔다. 1층 로비로 나와 보니 현관 안내 데스크에 멀뚱히 앉아 있는 경비원이 보였다. 나는 절룩거리며 미친 사람처럼 그에게 달려들었다.

"방금 전 저기 비상구에서 나온 사람 봤습니까?"

"예에? 아, 아니요. 계단으로 내려온 사람은 못 본 것 같은데요."

벌게진 얼굴로 하품을 하는 모습으로 보아 경비원은 저녁에 반주라도 걸친 듯했다.

치밀한 준비와 오랜 기다림에도 불구하고 낚시는 허사로 끝나고 말았다. 간사한 입질만으로 그 존재만을 확인했을 뿐, 대어는 끝내 얼굴을 보여주지 않았다. 미지의 생명체는 가짜 미끼를 입에 문 채로 유유히 검푸른 수면 아래로 사라져버렸다.

죽음의 영상

엘리베이터로 8층에 오르는 짧은 시간 동안 끓어오르는 분기를 누르기 어려웠다. 오른쪽 다리를 질질 끌고 사무실에 들어서자마자, 가장 먼저 눈에 띄는 자리에서 수화기를 거칠게 움켜쥐었다. 서너 번의 신호음 후에 그가 응답했다.

"구승팔입니다. 누구시죠?"

"지금 당장 돌려놓으세요. 당신 정말로 가만두지 않을 겁니다."

전화기를 붙들고 있는 내 손이 부들부들 떨렸다. 그렇지만 내 악다구니에 그가 보인 반응은 너무나 뻔뻔스러웠다. 그는 오히려 나를 나무랐다.

"누구신가? 혹시 박 팀장? 자네 도대체 지금 어디야? 난 벌써 회의실에 와서 기다리고 있는데. 계속 이런 식이면…."

이제는 최소한의 존칭이고 뭐고 다 필요 없었다. 피가 머리끝으로 몰려들었다.

"회의실이라고? 야! 이 개자식아! 지금 내가 회의실에 있어. 얻다 대고 거짓말을. 당장 여기로 오지 못해?"

서슬이 퍼런 내 기세에 겁을 먹었는지, 부회장이 잠시 주춤하는 것 같더니 오히려 역정을 부렸다.

"자네 미친 거 아닌가? 안산 말이야, 안산. 여기로 오라고 전화한 게 누구였지? 벌써 30분이야. 자네를 기다리고 있는 게. 핸드폰은 왜 안 받나?"

뭔가 이상했다. 그렇지만 머리끝까지 치민 흥분을 가라앉히지는 못했다.

"이 늙은이가 누굴 속여? 방금 여기 다녀간 거 내가 모를 줄 알고? 이 더러운 새끼!"

수화기 너머 부회장의 숨소리가 더욱 거칠어졌다.

"이 친구가 아예 실성을 했군. 지금 판교라 이거지? 그거 잘됐네. 당장 화상 시스템 연결해. 어디서 이런 망나니 같은 새끼가…."

덜컥 그가 전화를 끊어버렸다. 문득 뭔가 잘못되고 있다는 느낌이 들었다. 나는 다리 통증을 느낄 새도 없이 회의실로 콩콩 뛰어갔다. 화상 시스템이 부팅되는 몇 분이 견딜 수 없이 길게 느껴졌다. 이윽고 화면이 뿌옇게 밝아지면서 사람의 형체가 나타났다. 번쩍이는 금테 안경이 먼저 눈에 들어왔다. 나는 힘껏 눈을 감았다가 다시 떠봤다. 정수리가 듬성듬성한 반백 노인이 회의 테이블 앞에 앉아 있었다. 테이블 위에는 고동색 서류 가방이 놓여 있었다. 틀림없는 부회장이었다. 내 입에서는 탄식 같은 비명이 터져 나왔다.

"아, 아냐! 그럴 리가, 그럴 리가 없어."

뒷걸음질하며 고개를 흔드는 나를 향해, 스피커에서 냉랭한 목소리가 흘러나왔다.

"자네 단단히 각오를 해둬야 할 거야. 오늘 무례한 언동에 대해서는 기필코 인사위원회에 올릴 생각이니까. 그건 그렇고, 그럼 오늘 여기서 회장님이 만나자고 했다는 말도 거짓이었겠군."

이건 무슨 뚱딴지같은 소리지? 머리를 한 대 맞은 사람처럼 멍했다. 분노와 당혹감에 이어, 내 가슴 한편에서 형체를 알 수 없는 공포가 고개를 들었다.

"그, 그건 또 무슨 말씀이죠? 회, 회장님이라뇨? 누가요?"

"뭔 소리야? 자네가 아까 나한테 전화로 그랬잖나? 회장님이 여기 회의실에서 나를 보자 하신다고…."

"제, 제가요?"

부회장은 한심스럽다는 듯이 미간을 찌푸리며 자신의 주머니에서 휴대폰을 꺼내 들었다.

"단단히 미친 게 사실이로군. 010-4226-××××, 이거 자네 번호 아닌가? 수신 번호까지 확인시켜야 정신을 차릴 텐가?"

전자파가 온통 뇌를 헤집어놓은 것 같았다. 허겁지겁 주머니를 뒤져봤지만, 있어야 할 휴대폰이 만져지지 않았다. 그러고 보니 퇴근 시간 이후로 꺼내본 기억이 없었다.

"제가 그런 게 아닙니다. 뭔가 이상하다고요!"

항변하는 입술이 부들부들 떨렸다. 나는 고개를 세차게 흔들며 도대체 무슨 상황인지 이해하려 애썼다. 노트북을 훔쳐간 사람은 부회장이 아니다. 게다가 누군가 내 휴대폰으로 부회장에게 전화를 걸이 안산 공장으로 나오게 했다. 도대체 왜? 흐트러져 있던 퍼즐 조각들이 다닥다닥 한곳에 모이면서 불안의 실체가 드러나기 시작했다. 부회장이 위험하다!

나는 천천히 화면 속 부회장 쪽으로 시선을 돌렸다. 마침 그가 팔을 들어 'X'를 표시하고 있었다. 이런 긴박한 순간에 또 통신 에러가 발생했다. 서둘러 재부팅을 해야 했다. 리모컨은 테이블 아래에 떨어져 있었다. 허리를 굽혔다가 일어나 화면을 향해 팔을 뻗은 아주 짧은 순간이었다. 나는 정지 화면처럼 굳어버리고 말았다.

*****

화면 속에는 부회장 혼자가 아니었다. 그의 뒤 반쯤 열린 회의실 문가에 다른 사람이 있었다. 검은 점퍼 차림에 챙이 큰 등산모를 눌러쓴 사내였다. 그는 오른손에 기다란 막대기 같은 것을 쥐고 있었다.

지금도 나는 스스로 묻곤 한다. 그때 왜 부회장에게 전화를 걸어 위험을 알리지 않았는가, 하는 질문을 말이다. 솔직히 말하자면 사건 직후 경찰서에서 진술했듯이, 당시의 나는 내가 아니었다. 나는 가위에 눌린 듯 온몸이 마비돼 꼼짝도 할 수 없었다. 게다가 내가 스스로를 위안하는 다른 핑곗거리는, 괴한의 민첩성 내지는 정확성이었다. 전화를 했던들 신호가 닿기도 전에 모든 상황이 이미 끝나 있었을 것이다.

사내는 곧바로 부회장의 뒤통수를 가격했다. '휘익' 공기를 가르는 소리가 약 45킬로미터 떨어진 이쪽 회의실까지 울려 퍼졌다. 순식간에 벌어진 일이었다. '퍼억' 하는 둔탁한 소리와 함께 부회장이 테이블에 엎어졌다. 판교 회의실의 화면 위에 맺힌 검붉은 반점들이 선홍색 물방울이 돼 흘러내렸다. 비명 한 번 지르지 못하고 엎어진 부회장 뒤로 모자 쓴 괴한이 다가왔다. 그는 축 늘어진 노인의 뒷덜미를 붙잡아 바닥으로 끌어내렸다. 그때 등산모가 바닥에 떨어지면서, 괴한의 휑한 속머리가 모습을 드러냈다. 나는 순간 호흡을 멈췄다. 언젠가 내 아파트 주변을 서성거렸던 구부정한 대머리 사내, 마스크를 썼지만 분명 그놈이었다. 그는 차분하게 모자를 주워 제자리에 올려놓으며 테이블 위 부회장의 서류 가방까지 챙기는 여유를 보였다. 그가 부회장의 두 다리를 양손으로 붙잡고 걸레처럼 늘어진 노구를 손수레처럼 끌었다. 그는 그렇게 회의실 밖으로, 화면 밖으로 사라졌다. 그리고 화면 안에는 굵고 검붉은 줄무늬가 바퀴 자국처럼 남았다.

***

간간이 딸꾹질 소리만 내뱉던 내가 겨우 정신을 차린 것은 그로부터 5분은 족히 지나서였다. 나는 미친 사람처럼 회의실 밖으로 뛰쳐나가 경찰에 신고부터 했다.

당시 야간 당직 중인 분당 경찰서 어느 형사와의 통화에서, 나는 지나칠 정도로 횡설수설했던 것 같다. 눈앞에서 벌어졌던 일이 현실이었는지, 아니면 화면 속 영화의 한 장면이었는지, 나는 그때까지도 분간하지 못했던 것이다.

자취방

판교 사무실 뒤편에 개울이 있었는지 반년이 지나서야 처음 알게 됐다. 불과 보름 전만 해도 절정의 단풍을 자랑했던 나무들은 이제 하나둘씩 앙상한 가지를 드러내고 있었다. 나는 오른쪽 무릎부터 엄지발가락까지 덮은 깁스의 *끄*트머리를 손톱으로 뜯어 개울에 던졌다.

"정말 확실하다, 이 말이지요?"

정철호가 맥 빠진 목소리로 재차 물었다. 나는 고개만 천천히 *끄*덕였다. 잠시 후 그가 쪽지 하나를 내 깁스 위에 올려놓았다.

"여기 집 주소입니다. 어제 점심부터 안 보이더니 오늘은 전화도 받지 않는군요. 사무실 걱정은 마시고 다녀오세요."

택시 뒷자리에서 두 손으로 휴대폰을 만지작거렸다. 약정이 1년이나 남은 휴대폰을, 나는 그날 아침 안산 경찰서에서 찾아왔다. 전날 밤 부회장이 괴한의 공격을 받고 1시간쯤 지난 뒤 안산 경찰서의 호출을 받았다. 최초 신고 전화를 받은 분당 경찰서에서 목격자인 나를 안산 관할로 인계한 결과였다. 말하자면 나는 '원격 목격자'였다.

안산 경찰서에서 나를 맞이한 형사는 예전에 안면이 있었던 까무잡잡한 얼굴의 형사였다. 집에서 쉬다가 심야에 급하게 출동했는지 얼굴에는 짜증이 가득했다.

"이거 공단에다가 입주 업체를 가려서 받으라고 해야지 원. 이게 말이 됩니까? 지금 이 오밤중에 현장 다녀오는 길이라고요. 당신네 회사에서 또 엽기 살인이란 말입니다."

형사의 설명에 의하면, 사무동 2층과 3층 사이 비상계단에서 부회장의 시신은 쭈그리고 앉은 모습으로 발견됐다. 그의 손가방은 무릎 위에 놓여 있었고, 가방을 쥐고 있는 양손에 강력한 공업용 본드가 발라져 있었다. 어찌나 단단히 붙여놓았던지 결국 떼어내지 못했다는 대목에서 나는 몸서리를 치고 말았다.

"그런데 이건 설명해주셔야 할 것 같은데요. 이거 박상필 씨 핸드폰 맞죠?"

부회장 시신 옆에 내 휴대폰이 떨어져 있었다는 사실을 들었다. 물론 사건 발생 시각에 내가 판교에 있었다는 알리바이는 어렵지 않게 확인됐다. 사무실 전화로 내가 분당 경찰서에 신고했던 기록은 물론이고, 그날 밤 반쯤 취해 있던 건물 경비원이 다짜고짜 내가 다그쳤던 일을 기억해줬다.

"화상 회의는 녹화 기능이 없다 이거죠? 그럼 범인의 인상착의는요? 화면으로 똑똑히 본 것은 맞습니까?"

최대한 기억을 더듬어 목격자로서의 본분을 충실히 수행하는 것이 내가 할 수 있는 전부였다.

"모자를 쓰고 있었습니다. 안경은 쓰지 않았고, 흰 마스크를 써서 이목구비를 확인은 못했지만 갸름한 얼굴형이었습니다. 크지 않은 키에 어깨가 구부정했고, 뚱뚱하지도 마르지도 않은 보통 체격이었습니다. 아 참! 정수리 부근에 머리카락이 거의 없었습니다. 모자가 벗겨질 때 분명히 봤거든요. 머리카락은 검었고, 노인이라고 하기는 애매한, 말하자면 그냥 중년 남자였습니다."

"혹시 회사 사람은 아니었던가요?"

몹시 혼란스럽게 만드는 질문이었다. 그때까지 나는 범인이 회사 내부인이라 굳게 믿어왔다. 하지만 화면 속 대머리 중년 남자와 유사한 생김새의 직원은 전혀 내 머릿속에 떠올릴 수 없었다.

"아닙니다. 회사에서는 보지 못한 사람입니다."

"틀림없는 거죠?"

형사의 목소리가 집요해졌다. 아마 석영우 사건의 경우처럼 지긋지긋했던 전 직원 알리바이 확인 작업이 반복될까 두려워했으리라.

"좋습니다. 그렇다면 범인이 어떻게 박상필 씨의 휴대폰을 훔쳐갔을까요?"

"…"

그건 정말로 내가 묻고 싶었다. 범인은 조롱이라도 하듯 내 휴대폰을 이용해서 부회장을 불러내 범행을 저질렀다.

"범인 인상착의를 그려줄 수 있습니까? 지금 밤중이라 사람이 없으니까 직접 그려주시면 고맙겠습니다만."

형사가 A4 사이즈의 종이와 연필을 건네줬다. 나는 최선을 다해서 실로 오랜만에 그림을 그렸다. 잠시 후 종이를 건네받은 형사의 얼굴에 실망이 가득했다.

"이게 뭡니까? 아 참 마스크를 썼다고 했었죠. 그렇다고 팔다리까지 다 그릴 필요는 없잖아요."

형사는 눈, 코, 입이 없는 사람이 그려진 종이를 아무렇게나 책상 위에 던져놓았다.

그날 나를 곤혹스럽게 만든 마지막 질문이 이어졌다. 물론 내가 경찰에게 사실대로 밝히고자 했다면 곤란할 이유는 전혀 없었다.

"그냥 확인 차원에서 묻겠습니다. 박상필 씨는 사건 당일 밤 무슨 일로 회사에 혼자 남아 있었습니까? 피해자하고 오밤중에 화상 회의를 하시게 된 경위는요? 대개 전화로 업무 연락하지 않나요?"

"회사에서 진행 중인 구조 조정 업무 때문입니다. 기밀 사항이 많아서 야근을 해야 했죠. 급하게 부회장의 의견이 필요한 일이 발생했습니다. 마침 전화를 걸었더니 회의실에 있다고 하셔서 이왕이면 대면 보고를 하자고…"

내 생각에도 말이 되지 않는 구석이 있어 말꼬리를 내릴 수밖에 없었다. 다행히도 형사는 대강 이해한다는 듯 고개를 끄덕이고 넘어갔다. 살인 용의자라고 굳게 믿어왔던 부회장이 눈앞에서 정체불명의 괴한에게 살해당한 마당이었다. 오수경의 노트북으로 부회장을 유인할 함정을 파놓고 기다렸다는 말은 차마 입 밖에 꺼내기조차 어려웠다. 사건 해결에 도움이 될 요소도 없었지만, 무엇보다도 괜한 경찰의 조롱을 받기 십상이었다. 그리고 하나 더 있었다. 내가 자초지종을 모두 말했다면 그날 노트북을 훔쳐간 누군가에 대해서도 진술해야 했다. 나는 누가 노트북을 훔쳐갔는지 알고 있었다.

전혀 예상하지 못했던 인물이었다. 그 사람이 왜 노트북을 훔쳐갔는지 살인 사건과는 어떤 연관이 있는지 먼저 확인하고 싶었다. 경찰 신고는 그 이후로 미뤄도 충분하다고 판단했던 것이다.

그날 밤 분당 경찰서에 최초 신고를 한 직후, 나는 곧바로 경비실을 찾아갔다. CCTV 기록을 확인하기 위해서였다. 살인자가 아니라면 노트북은 누가 왜 훔쳐갔는지 도무지 이해할 수 없었다. 사무실에 도난 사건이 일어났다고 둘러대자 경비원은 순순히 내 부탁을 들어줬다. 내가 원하던 장면은 1층 현관이 아닌 지하 1층 주차장 입구의 CCTV 기록에 담겨 있었다. 주차장을 통해 건물 뒤편으로 연결되는 진출로를 빠져나가는 누군가의 모습이 포착됐다. 멀리서 다리를 절룩거리며 CCTV 방향으로 뛰어오는 가냘픈 체구가 나타났다. 서서히 CCTV 앞으로 가까워진 찰랑이는 단발머리. 오른쪽 겨드랑이에 노트북을 꼭 붙들고 헉헉거리는 사람은 다름 아닌 남상미였다.

***

택시는 20분 정도를 달려 쪽지에 적힌 주소 근처에 다다랐다. 낡고 오래된 집들이 경사가 가파른 언덕 위로 끝없이 펼쳐진 곳이었다. 더 이상 올라갈 수 없는 골목 입구에 이르러 택시에서 내렸다. 나는 정확한 주소지를 찾아 언덕을 걸어 올랐다. 목발을 짚고 다니는 일도 어느 정도 익숙해졌다.

그녀는 지상 3층 공동 주택의 반지하층에 살고 있었다. 우려했던 대로 방문은 자물쇠로 굳게 닫혀 있었다. 3층에 사는 주인 할머니에게 명함까지 건네주며 회사 동료가 출근을 하지 않아 걱정스러워 찾아왔고, 혹시 무슨 일이 있는지 확인해야 하니 방문을 열어줄 수 있는지 부탁해봤다.

"회사 상전이면 처녀 혼자 사는 방에 막 들어가도 된대유? 경찰이래도 영장 없이는 우리 건물에 코빼기도 내밀 생각 마슈."

지나치게 적대적인 말투였지만, 틀린 말은 아니었다. 할 수 없이 나는 건물 밖에서 그녀를 기다려보기로 했다.

1시간을 담벼락에 기대어 서 있었지만 예상대로 그녀는 나타나지 않았다. 주택가 비탈길에 담배꽁초가 수북이 쌓이고 있었다. 다리도 불편했지만 바람도 차서 더 이상 밖에 있기 어려웠다. 나는 집주인의 경고를 무시하고 계단을 내려가 그녀의 집 앞에 웅크리고 앉았다. 허망하게도 그녀의 현관문 틈새가 살짝 벌어져 있다는 것을 발견한 것은 그로부터 20여 분이 지난 뒤였다.

현관문의 손잡이를 앞으로 잡아당겼다. 공용 화장실과 공용 부엌을 쓰는 초라한 단칸방의 방문이 삐그덕 소리를 내며 불청객을 맞이했다.

신발을 벗고 방으로 들어갔다. 낡은 주황색 장판 바닥에서 냉기가 느껴졌다. 그녀가 밤새 집을 비운 것 같았다. 지상의 세계와 연결된 작은 창문으로 아주 희미하게 한 줄기 빛이 흐르고 있었다. 대낮임에도 형광등을 켜야 했다. 별로 둘러볼 것도 마땅치 않았다. 작은 목재 옷장과 그 옆의 책상 하나가 살림살이의 전부였다. 침대를 들여놓지 못할 정도로 비좁은 방이었다. 창문을 가린 앙증맞은 노란색 커튼만이 그곳이 소녀가 사는 곳임을 상기시켜줬다.

빈 박스나 다름없는 단조로운 장소에서 목적물을 찾는 일은 몇 분도 걸리지 않았다. 목재 옷장을 열어보니, 회사에서 본 적이 있는 그녀의 옷가지 서너 벌이 눈에 들어왔다. 노트북은 그 아래 가지런히 개어져 있는 양말들 틈으로 비죽이 튀어나와 있었다.

도무지 이해할 수 없는 일이었다. 그녀는 어디로 사라진 것일까? 이제 경찰에 신고를 해야 할 차례인가? 어쩌면 그녀가 살인범과 공범일 수 있다는 추측이 내 머릿속을 어지럽게 떠다녔다.

흔들리던 내 시선이 자연스레 그녀의 책상을 향했다. 오래된 철제 책상 위에 책꽂이 하나가 덩그러니 놓여 있었다. 입사 이래 그녀의 연도별 다이어리와 고등학교 졸업 앨범이 먼저 눈에 들어왔다. 소설책도 몇 권 꽂혀 있었다. 얇은 시집과 수필집이 가지런히 정돈된 부분에 이르러, 한 권의 책이 내 시선을 강하게 끌어당겼다.

제본이 너덜너덜해져 투명 테이프로 덧댄 아주 오래된 책이었다. 『이솝 우화』였다. 나는 책을 뽑아 들었다. 문득 나의 뇌리에 과거의 장면 하나가 스치고 지나갔다.

"『이솝 우화』라잖아. 남상미 씨 인생에서 지금까지 가장 감명 깊게 읽은 책. 혹시 초등학교 이후로는 읽은 책이 없냐고 장난으로 한마디 한 거야. 그게 저렇게 울고불고 할 일이냐고."

내 환영회에서 그녀를 뛰쳐나가게 만들었던 정철호의 취중 농담이었다. 마법에 홀린 사람처럼 천천히 책장을 넘기기 시작했다. 처음에는 무심하게 훑으며 지나갔다. 몇 장을 넘기자 볼펜으로 밑줄을 쳐둔 부분이 눈에 띄었다. 그리고 그 아래에는 누군가의 이름이 예쁜 글씨체로 괄호 안에 쓰여 있었다.

내 손이 점점 빨라졌다. 또다시 밑줄 친 대목에서 내 손이 저절로 멈췄다. 부르르 손끝이 저려왔다. 심장이 불규칙하게 요동쳤다. 낡은 책은 어느덧 내 손을 떠나 바닥에 나뒹굴었다.

책을 주우려 몸을 숙이는 바로 그 순간이었다. 누군가가 문 뒤에서 나를 지켜보고 있다는 느낌이 들었다. 고개를 휙 돌려봤다. 동그란 눈이 바닥에 떨어진 낡은 책과 책상 위에 놓인 노트북을 번갈아 바라보고 있었다. 남상미였다. 겁에 질린 그녀의 눈동자가 일렁이는가 싶더니, 몇 방울의 맑은 액체가 투두둑 떨어졌다. 세차게 좌우로 고개를 흔들며 그녀가 외쳤다.

"내가 그런 게 아니에요. 아빠예요! 아빠가 나타나셨어요. 나를 돌봐주려고 우리 아빠가 돌아오신 거라고요!"

이솝의 우화들

「개미와 베짱이」

어느 겨울날 개미 몇 마리가 곡식을 말리느라 바쁘게 일하고 있었습니다. 그때 베짱이 한 마리가 다가와 말했습니다.

"오래 굶어서 죽을 지경인데, 곡식 좀 나눠주면 안 되겠니?"

그러자 개미들은 하던 일을 멈추고 베짱이에게 물었습니다.

"넌 여름엔 뭐하느라고 겨울에 먹을 양식을 모아두지 않은 거냐?"

베짱이가 울상을 지으며 대답했습니다.

"노래를 부르느라 일할 시간이 없었단다."

개미들은 낄낄거리며 이렇게 말했습니다.

"그럼 겨울은 춤을 추면서 보내면 되겠구나. 평생 놀면서 노래나 부르지 그래? 하하하."

☞ 노력하지 않고 놀기만 하는 사람에게는 미래가 없다.(배창희)

「토끼와 거북이」

하루는 토끼가 거북이한테 다가와 걸음이 느리다고 놀려댔습니다. 그러자 거북이는 달리기 경주를 하자고 제안했습니다.

경기가 시작되자 둘은 동시에 출발했습니다. 그러나 얼마 안 가서 토끼는 거북이를 한참 앞섰습니다. 좀 쉬어가도 되겠다고 생각한 토끼는 풀밭 위에 누워 잠을 잤습니다.

그사이 거북이는 자고 있는 토끼를 앞질러 갔습니다. 한참 만에 깨어난 토끼는 너무 오래 잠들어 있었다는 것을 깨달았습니다. 그래서 있는 힘껏 달려갔지만 끝내 거북이를 따라잡지 못했습니다.

☞ 능력이 있어도 자만에 빠진 사람은 부지런한 사람을 이길 수 없다.(마강토)

「공작새와 학」

공작새가 학을 만났습니다. 공작새는 학의 깃털이 볼품없다고 놀려댔습니다.

"내 화려한 깃털을 보거라. 너의 밋밋한 깃털에 비하면 얼마나 멋지냐?"

학이 대답했습니다.

"네 깃털이 화려할지 모르지만 넌 날지 못하잖아. 나는 구름 사이를 멋지게 날아다닐 수 있어."

☞ 혼자 잘난 체하지 마라. 상대방이 옳을 수 있다.(오수경)

「여우와 신 포도」

잔뜩 굶주린 여우 한 마리가 포도나무 위에 포도송이가 주렁주렁 매달려 있는 것을 봤습니다. 여우는 포도를 따 먹으려고 힘껏 뛰어올랐습니다. 하지만 아무리 위로 뛰어올라 봐도 손이 닿지 않았습니다.

여우는 뛰어오르기를 포기하고 잔뜩 점잔을 빼면서 말했습니다.

"포도가 잘 익은 줄 알았는데, 이제 보니까 시어서 못 먹겠군."

☞ 스스로 능력이 모자라거나 지식이 없어 일을 제대로 못하면서 주변 상황을 탓해서는 안 된다.(석영우)

「파리와 꿀단지」

파리 한 마리가 꿀단지가 엎어진 것을 보고 그곳에 내려앉아 정신없이 꿀을 빨아먹기 시작했습니다. 이윽고 꿀을 다 먹은 파리는 그곳을 떠나려고 했지만, 다리와 날개가 꿀에 달라붙어 날아오를 수 없었습니다.

파리는 후회하며 외쳤습니다.

"난 참으로 멍청했어. 욕심을 부리다가 목숨을 잃게 됐으니까!"

☞ 지나친 욕심은 결국 후회할 일을 낳게 된다.(구승팔)

5장
이솝 프로젝트

아리스토파네스는 이솝이 사원에서 식기를 훔쳐 델포이인들에게 고발됐다고 작품 속에 적고 있으며, 플루타르코스는 이솝이 델포이인들을 모욕했기 때문에 이들이 성신 모독죄를 날조해 바위에서 내동댕이쳐 죽였다고 적고 있다. 비상한 재주나 재치와는 대조적으로 혐오감 자아내는 추남에다 기형이었으며 말더듬이였다는 얘기도 있다.

— 유종호, 『이솝 우화집』 작품 해설

두 갈래의 추적

12월을 코앞에 두고 있었지만, 승용차 유리를 통과한 한낮의 햇살은 무척이나 따사로웠다. 나는 경부 고속 도로 상행선을 달려 사무실로 복귀하는 중이었다. 평택에 소재한 조그만 고아원을 방문했다가 돌아가는 길이었다. 남상미로부터 건네받은 연락처로 미리 방문을 알리고 찾아간 고아원이었다. 몸이 불편해 보이는 늙은 수녀가 아침부터 나를 반겨줬다. 평일 오후의 고속 도로 상행선은 복잡한 내 머릿속처럼 헝클어지고 정체됐다.

솔직히 말하자면 처음부터 내가 남상미의 말을 곧이곧대로 믿은 것은 아니었다. 살인범이 회사 내부인이 아니라는 것을 내 눈으로 목격하고 나서야, 나는 일련의 사건들이 단독 범행이라는 전제에서 벗어나야 했다. 회사 내부에서 살인을 계획한 자와, 그의 지시에 따라 외부에서 살인을 실행하는 자. 그리고 어쩌면 그녀가 회사 내부의 일을 담당한 늑대일지도 모른다는 의심이 들었다.

그러니 내가 차츰 그녀를 믿게 된 것은 그녀의 천진난만한 눈망울 이상의, 나름 그럴듯한 정황들이었다. 장애인이자 고아이면서 고졸 출신인 그녀가 기적처럼 들어온 회사는 수시로 난관에 봉착했다. 회사가 망하는 게 아닐까 그녀가 불안에 떨고 있을 때마다 누군가가 나타나 문제의 인물들을 처리하고 바람과 같이 사라졌다.

아빠가 어릴 적 사줬던 『이솝 우화』의 방식으로 은밀히 자신을 드러내면서 뒤늦게나마 자신에게 사랑을 표하고 있다. 그것이 그녀의 믿음이었다. 그날 밤 그녀가 사무실에 몰래 들어와 노트북을 훔쳤던 일 또한, 아빠가 경찰에 붙잡히는 것만은 막고 싶었던 딸의 마음이었던 것이다. 누구보다도 절실하게 사업의 실패를 막으려는 동기, 그녀의 믿음은 그동안 명쾌하게 풀지 못했던 범행의 동기와도 맞아떨어졌다.

남상미의 퇴사를 만류하는 일은 쉽지 않았다. 자신이 회사를 떠나야 더 이상의 비극을 막을 수 있으리라는 그녀의 결심은 확고했다. 아빠가 그랬다는 증거가 뚜렷하지 않고 아직은 추측에 불과하고, 게다가 글로벌 필독 도서인 『이솝 우화』를 흉내 내어 살인을 저지를 수 있는 사람은 한국에만도 수천 명은 족히 될 거라며, 나는 그녀의 퇴사를 가까스로 보류해뒀다. 물론 내가 목격한 괴한이 그녀의 부친인지 좀 더 확인하기 위해서라도 그녀를 붙잡아둬야 했다.

남상미를 지키기 위해 은밀하게 움직이는 회사 내부와 외부의 공범, 추적은 이제 두 갈래의 길로 나뉘었다.

달리는 차창 밖으로 피우던 담배를 던져버렸다. 그 무렵 나는 심한 골초로 변해 있었다. 창문으로 싸늘한 공기가 한꺼번에 밀려 들어와 가뜩이나 기름진 머리카락을 온통 헝클어놓았다.

그날 나는 고아원이라는 곳을 처음 가봤다. 드라마나 영화에서 봤던 모습과는 사뭇 달랐다. 한적한 시골길을 달려가면 낮은 울타리가 보이고, 좁다란 운동장에서 뛰어놀던 아이들이 갑자기 나타난 승용차를 향해 호기심 가득한 눈으로 달려오는 그런 곳이 아니었다. 그날 내가 본 고아원은 평택 구시가지 중심부에서도 건물이 빽빽하게 세워진 대로변에 위치해 있었다. 운동장은 고사하고, 마치 고시원처럼 작은 방들이 다닥다닥 들어서 있는 그런 구조였다. 한마디 부연하자면, 남상미로부터 그녀가 자랐던 고아원에 대한 정보를 얻어내는 일에는 상당한 설득이 필요했다. 부친을 찾아 만나보고 싶은 마음과 여전히 그를 보호하려는 마음 사이에서 그녀는 심각한 갈등을 겪고 있었다.

자신을 원장이라고 소개한 늙은 수녀는 남상미의 회사에서 오신 분이라면서 부담스러운 각도로 내게 허리를 굽혔다. 환갑은 족히 넘겼을 법한 수녀는 남상미가 처음 온 그날을 비교적 상세히 기억하고 있었다.

장대비가 내리던 여름. 어린 남상미는 고아원 처마 밑에서 떨고 있었다. 이른 아침 그녀는 시내를 구경하자는 아빠를 따라 버스에 올랐고, 버스를 내리자마자 담배를 사러 가겠다며 꼼짝 말고 기다리라던 그를 기다리는 중이었다. 점심 무렵에 볼일이 있어 고아원을 나서던 수녀는 처마 밑에 서 있던 어린아이를 그냥 아무렇지 않게 지나쳤다. 그러나 밤늦게 돌아올 때까지도 그 자리에 서 있던 아이를 보고 수녀는 그녀가 버려졌다는 사실을 직감했다.

아빠가 자신을 버렸다는 충격과 상실감은 어린 그녀가 감당하기에 너무나 무거웠다. 수녀는 인적 사항을 꼬치꼬치 캐물었지만 그녀는 자신의 이름 석 자 말고는 아무것도 기억하지 못했다. 부모의 이름마저 기억하지 못하는 심각한 쇼크 상태였던 것이다. 그녀는 새것으로 보이는 작은 책가방을 메고 있었고, 그 안에는 『이솝 우화』 책이 1권 들어 있었다. 글도 제대로 읽지 못했던 6살 그녀는 아빠가 잠들 때마다 읽어줬다는 그 책을 보물처럼 간직했고, 고등학교 졸업후 고아원을 나갈 때는 보따리에 고이 챙겨 나갔다.

점심시간이 가까워질 때까지 나는 감상에 젖은 눈으로 수녀의 이야기에 귀를 기울였다. 그러나 고아원을 나와 정리해보니, 정작 내가 얻은 정보는 고작 다섯 조각의 파편에 불과했다. 차츰 고아원 환경에 적응하게 된 남상미가 자신이 살았던 집과 마을에 대해 친구들에게 말하곤 했다는 기억들이었다. 자신이 살던 집은 비만 오면 북 치는 소리가 났고, 동네에는 '고씨네'라는 큰 구멍가게가 있었고, 집 근처에는 운동장이 넓은 학교 건물이 하나 있었는데 아빠가 종종 "너는 곧 이 학교에 다니게 될 거야"라고 말했다는 것이다. 또한 집 뒤편 언덕을 넘어가면 끝없이 푸른 논이 펼쳐져 있어 거기서 아빠와 개구리를 잡아 다리를 구워 먹기도 했고, 또 어떤 날은 아빠의 목에 올라타고 함께 바다 위를 걸어 다니기도 했다는, 다시 들어도 황당한 이야기가 포함돼 있었다.

***

차가 죽전 휴게소 근처에 이르렀을 때 컵 홀더에 넣어놓은 내 휴대폰이 요란하게 울리기 시작했다. 발신자는 문기수였다.

"팀장님, 지금 어디 계세요?"

"고속 도로야. 거의 다 왔어. 무슨 일 있어?"

부회장의 죽음 이후 판교 직원들은 더욱 혹독한 불확실성의 계절을 보내고 있었다. 구조 조정이 여전히 진행되는지, 어떻게 진행되고 있는지, 그야말로 최소한의 정보도 주어지지 않는 상황이었다. 그저 회장의 공식 통보만 기다리는 답답한 나날들이 이어지고 있었다. 퇴사를 알리는 직원들의 이메일이 아침 인사가 되는 날도 눈에 띄게 늘어났다. 진학을 하겠다, 귀농을 하고 싶다, 일단 쉬면서 생각해보겠다, 퇴사 사유도 각양각색이었다. 듬성듬성 빈자리가 늘어가는 사무실 안에서 진득하게 업무에 몰두하는 모습은 오히려 낯설었다. 딱히 일거리가 없다는 것은 모두가 공유하고 있는 현실이었다. 나 또한 그날 문기수의 전화를 받고 굳이 둘러대지 않았다.

"손님들이 찾아오셨습니다. KM중공업에서 오신 분들이라는데, 지금 기다리고 계십니다."

"KM중공업? 무슨 일이지? 알겠어. 15분 안에 도착한다고 전해드려."

무슨 일일까? 오수경이 죽기 전 스카우트를 제의했던 회사였다.

혹시 나를 데려가기 위해 온 것은 아니겠지? 스스로 생각해도 내 처지가 우습다는 생각이 들었다. 담뱃갑에서 또 한 대를 꺼내 물었다.

회의실에 들어서니 안쪽에 검은 정장을 차려입은 3명의 남자가 앉아 있었다. 그들은 손님이 아니라 마치 주인처럼 활짝 웃으며 일어나 내게 악수를 청했다. 나는 명함을 교환하고 그들의 맞은편에 자리했다.

"부회장님 일은 정말 유감입니다. 저희도 직접 조문을 할까 했지만 오해가 생길 수도 있을 것 같아서 성의만 보냈습니다."

일행 중 가운데 앉은, 비교적 나이 들어 보이는 남자가 먼저 입을 열었다. 입으로는 유감이라고 말하면서도, 그의 네모진 얼굴에는 미소가 가득했다. 영 신경에 거슬렸다.

"그러셨군요. 그런데 오해라는 말씀은 어떤…"

네모난 얼굴에 웃음기를 거두지 않은 채, 그가 오른쪽에 앉은 삐삐 마른 남자를 향해 턱을 내밀었다. 대신 말하라고 지시하는 것 같았다.

"내부적으로 아직 정보 공유가 안 돼 있는 모양입니다. 사실 저희는 지난가을부터 MS에너지 인수를 검토해왔습니다. 그간 부회장님이 직접 카운터 파트너 역할을 맡아 도와주신 덕분에 우리 회사 내부적으로 잠정 결론은 내린 상황입니다."

손가락이 부르르 떨리기 시작했다. 그들이 볼까 봐 얼른 테이블 아래로 손을 내리면서 내가 물었다.

"어떤 결론인지 물어도 되겠습니까?"

"선택적으로 자산 인수를 하자는 결론입니다. MS에너지가 보유하고 있는 2.5MW 기종에 대한 권리를 중심으로 인수를 추진할 예정입니다."

"그, 그렇군요. 그런데 저를 찾아오신 용건이…."

한겨울에 이마에서 땀이 흘렀다. 아주 잠깐 동안이었지만 나를 스카우트하러 왔을지 모른다는 억측이 부끄러워 쥐구멍에라도 숨고 싶은 심정이었다. 다시 가운데 앉은 네모 얼굴이 내 질문을 받았다.

"기본적인 실사는 이미 마쳤습니다. 우리 경영진께서 궁금해하시는 몇 가지 세부적인 실사가 남아 있지요. 그걸 조금 도와주시면 되는 겁니다. 인사팀에서 팀장님을 추천하더군요. 들으니까 팀장님도 우리 KM그룹 관리 출신이라 들었습니다. 여기 요청 자료 리스트를 가져왔으니까, 일단 그것들부터 챙겨주시면 고맙겠습니다."

말을 마친 네모가 또 턱을 내밀자, 이번에는 왼쪽에 앉아 있던 과장급 정도로 보이는 직원이 내 앞에 서류 봉투를 올려놓았다. KM 로고가 선명하게 박혀 있는 누런 봉투를 힐끗 쳐다보고 내가 물었다. 내 목소리는 약간 다급해져 있었다.

"직원들은 어떻게 됩니까? 고, 고용 승계 말입니다."

네모 얼굴이 뚱한 표정을 지으며 네모난 안경을 벗었다. 그는 잠시 안경테를 매만지다가 자리에서 일어났다. 고개를 좌우로 까딱거리는 그의 대답은 어느덧 점령군의 말투로 변해 있었다.

"아까도 말했지만 이건 자산 인수 거래입니다. 까놓고 말해서 당사가 필요로 하는 자산은 MS가 개발한 2.5MW 기종과 기 수주된 계약 그뿐입니다. 고용 승계는 원칙적으로 없어요. 하지만 특별히 개발 인력은 일부 데려갈 생각입니다. 제품을 이해하는 인력이 전혀 없어도 곤란하니까요. 대답이 됐다면 그 자료들이나 어서 서둘러주세요. 우리 사장님이 연내로 이번 거래를 마무리하고 싶어 하니까요."

3명의 검은 양복이 우르르 몰려나간 이후에도 나는 회의실에 그대로 앉아 있었다. 뒤통수를 크게 한 대 얻어맞은 기분이었다. 결국 이렇게 진행되고 있었다는 사실을 아무도 모르고 있었다. 일전에 부회장이 설명회 자리에서 왜 그리 신규 수주를 강조했는지 뒤늦게야 알아차릴 수 있었다. 회장은 이미 회사를 팔아먹기로 결정했고, 구조 조정은 회사를 팔아먹기 좋게 만드는 사전 작업에 불과했다. 회의실 탁자 위에 놓인 서류 봉투를 다시 쳐다보자 참고 있던 부아가 치밀었다.

각 팀에 실사 자료를 요청하는 것을 시작으로 동료들에게 이 비보를 전해야 했다. 나는 미친 사람처럼 서류 봉투를 구겨서 바닥에 던지고 발로 밟았다. 견딜 수 없을 정도로 뜨거운 무엇인가가 내 목구멍까지 치밀어 올랐다. 한 가닥 작은 기대를 이어가던 사람들의 가슴에 커다란 못을 박아야 하는 역할이 내게 주어진 것이었다.

회의실 블라인드 사이로 어슴푸레 어둠이 깔려오고 있었다. 나는 가까스로 울분을 가라앉히고 의자를 뒤로 젖혀, 누운 자세나 다름없이 앉아 있었다. 오랜 시간 머리를 감싸 쥐고 생각에 잠겨 있던 나는 힘없이 자리에서 일어섰다. 그리고 책상 밑으로 허리를 숙여 구겨진 종이봉투를 주워들었다. 추적을 이어갈 수 있는 시간이 얼마 남지 않았다. 마음이 조급해졌다. 연말까지 내게는 한 달가량의 시간

만이 남아 있을 뿐이었다.

퀴즈 풀이

"이렇게 된 마당에 너도 M&A 한번 생각해보는 게 어떠냐. 이 가게를 인수해서 운영해보는 거 말야."

실직을 앞둔 가장의 심경을 전혀 헤아리지 않는 그의 농담이었다. 심찬보는 심각하거나 우울한 상황을 지나치게 기피하려는 습성이 있었다. 상대방의 기분을 전혀 배려하지 않으면서까지 말이다.

"주말에도 손님 코빼기 하나 보이지 않은 이 가게를? 고맙지만 사양할랜다."

12월의 첫 번째 주말 아침, 나는 두툼한 겨울용 아웃 도어 차림으로 낚시점을 찾았다. 그가 비아냥거리는 투로 물었다.

"근데 아침 댓바람부터 여긴 웬일이냐? 이 날씨에 어디 산이라도 가시게?"

밖에는 한껏 찌푸린 구름이 밀려오고 있었다. 예보된 일기대로 비 또는 눈 둘 중의 하나는 반드시 내릴 태세였다.

"산이 아니라, 바다 근처야."

내 대답에 심찬보의 입가에 은근하고 음흉한 웃음이 피어났다.

"너, 혹시? 그 문제 풀어낸 거 아냐?"

나는 살짝 이를 드러내 보이면서 고개만 끄덕였다.

"이야! 대단하군. 그래서 얻은 해답은?"

"백석포라는 곳이었어. 이때가 10시에 남상미 씨 태우고 같이 가기로 했지."

"백석포? 거기가 어딘데?"

수선을 떠는 심찬보의 뒤쪽 창문으로 희뿌연 무언가가 비치고 있었다. 창밖에는 진눈깨비가 날리기 시작했다. 구름을 몰고 온 바람이 한층 더 거세지고 있었다.

심찬보가 김이 모락모락 나는 종이컵을 들고 와서 내 앞에 불쑥 내밀었다.

"내가 커피까지 타서 바쳐야 되냐? 이제 그만 좀 뜸들이시지?"

큰 키의 그가 맞은편 검은 가죽 소파에 털썩 앉으면서 채근했다.

"힌트는 어린 남상미의 기억, 그중에서도 가장 황당한 기억 속에 들어 있었어. 아빠가 목말을 태워줘서 바다 위를 걸었다는 기억. 거기에 중요한 두 가지 의미가 들어 있었지."

"하나는 나도 알고 있어. 바다라는 데는 서해안 근처 어디일 것이라는. 아침에 평택에 있는 고아원에 버려졌다면 십중팔구 평택에서 가까운 바다일 테니까. 다른 하나는 뭐지?"

"바다 위를 걸었다는 의미, 바다를 가로지르는 길, 바로 방조제였어. 어린아이의 시각이라면 그렇게 생각할 법도 하지."

그의 입이 살짝 벌어지는가 싶더니 이윽고 고개를 갸우뚱거리며 의문을 제기했다.

"방조제라. 그래 좋아. 근데 서해안에 방조제가 뭐 하나둘은 아니잖아?"

"평택에서 위쪽으로 시화 방조제는 일단 제외했어. 평택과의 거리도 거리지만 지금까지도 평택과 안산을 연결하는 대중교통 편은 없는 거나 다름없고, 남상미 씨가 버려진 1998년의 상황이라면 더 말할 것도 없으니까. 그 아래로 화옹 방조제도 쉽게 제외할 수 있었어. 그건 준공된 해가 최근인 2003년이니까. 그러면 아래쪽으로 좀 내려와 볼까? 평택에서 아주 가깝고 시외버스로 연결된 곳에 아산만 방조제, 삽교천 방조제 두 곳이 있어. 물론 준공 연도도 그녀가 태어나기 전이지. 그보다 멀리 있는 석문 방조제나 대호 방조제는 시화 방조제와 같은 이유로 일단 제외했고."

"어허, 인터넷 뒤지느라 고생 좀 했겠는데? 그럼 이제 아산만과 삽교천 2개로 압축됐다 이거네."

"고생은 이제부터였어. 다음은 그녀의 기억 속에 끝없이 펼쳐진 푸른 논이야. 두 방조제 근처에는 바다를 막아 농경지로 간척한 곳이 많더군. 지도에 덩어리가 큰 농경지를 표시해뒀어. 그리고 마지막으로 학교들을 표시하기 시작했지. 물론 남상미 씨가 조만간 다닐 학교라 했으니 초등학교, 그것도 개교 시점이 그녀가 버려지기 이전인 학교들만 말이지."

"방조제와 논과 초등학교라. 어느 정도를 인접했다고 할지, 어떤 기준이 필요했겠군."

"그랬지. 하지만 나중에는 그럴 필요도 없었어. 저절로 드러났으니까."

"저절로?"

"너도 직접 해보면 알게 돼. 지도에 표시를 하다 보니까, 모든 조건을 충족하는 곳이 딱 두 군데 나오더군. 그중에서 묘하게도 느낌이 오는 동네가 있었지."

"그게 백석포라는 그…"

"맞아. 아산만 근처에 있는 동네. 요즘엔 길이 좋아져서 평택에서 차로 30분이면 갈 수 있지만, 예전에는 버스로 2시간 가까이 걸리던 곳이지. 그 마을 이장에게 전화를 걸어봤어. 놀랍게도 '고씨네'라는 구멍가게가 아직 그곳에서 문을 열고 있다더군."

"이야! 정말 장난 아닌데!"

심찬보는 진심으로 감탄하는 눈치였다. 나는 헛기침을 서너 번 하고 나서 식은 커피를 단숨에 마셨다.

백석포

아침부터 가늘게 날리던 진눈깨비는 점심 무렵이 되자 굵은 사탕 크기만 한 함박눈으로 변해 있었다. 백석포 마을 입구에서 한참을 들어간 곳에 차를 세우고, 나는 남상미에게 우산을 건넸다. '달성상회', 슬레이트 지붕 아래 간신히 글자를 확인할 수 있는 낡은 간판을 확인하고, 우리는 드르륵 미닫이문을 열었다.

"계십니까?"

라면이나 과자류 등 기본적인 생필품들이 진열된 좁다란 가게였다. 가게에 딸린 방 안에서 부스럭거리는 소리가 나더니, 몹시 왜소한 노인이 눈을 깜박거리며 나타났다. 백발이 성성한 노인은 목이

짧고 등이 휘어 키가 140센티미터도 안 돼 보였다. 그는 꼽추였다. 나는 과자 몇 개를 주섬주섬 챙기는 척하면서 그에게 물었다.

"할아버님이 고 씨 아저씨 맞으시죠? 이 동네에서 평생 살아오셨다는."

노인은 낮잠이라도 자다 나왔는지 퀭한 눈을 깜박거리다가 다시 가늘게 떴다. 누구인지 알아보려는 모습이었다.

"내가 고 씨 맞는디. 댁은 뉘슈?"

"아하, 할아버님 아마 저는 모르실 거구요. 여기 이 여자 분 혹시 알아보시겠어요?"

남상미는 가게 문 앞에 엉거주춤 서서 뭔가 기억을 더듬으려는 듯 두리번거리고 있었다. 노인은 송아지처럼 눈을 끔뻑거리며 목도리를 칭칭 감고 서 있는 주근깨 아가씨를 살폈다. 그러다가 이내 눈을 찡그리며 고개를 절레절레 흔들었다.

"몰러. 저 처자가 누군디?"

"어릴 때 이 가게에 자주 들렀다고 하는데 모르시겠어요? 왜 부친이 남 씨 성을 가진 분의 딸입니다."

이방인에 대한 경계심이 다소 누그러졌는지 그제야 노인의 얼굴에 다소의 온기가 피어올랐다.

"남 씨? 이 동네에 남 씨는 딱 하난디? 내 친구 남생이 하나뿐이여. 그럼 이 처자가 남생이 손녀란 말인감?"

"남생이 할아버지라고요?"

"그려. 그놈이 남 씨라서 남생이라고도 불렀지만, 젊었을 때부터 머리가 홀라당 벗겨져서 그렇게 부른겨. 아이고, 그 아가 벌써 이렇게 컸능가? 여기 와서 아빠한티 까까 사달라고 조르던 때가 엊그제 같구먼. 허허허."

검버섯이 온통 얼굴을 덮은 꼽추 할아버지는 용케도 어린 소녀와 그녀의 아버지와 할아버지를 기억하고 있었다. 번지수는 제대로 찾았다. 마음이 더 급해졌다.

"할아버님, 그 남생이란 친구 분 집 좀 알려주실 수 있죠?"

"남생이를 찾으러 온 겨? 남생이 벌써 죽었는디? 아들이라고 하나 있는 거 교도소 보내놓고 화병으로 뒈져버린 거 아녀."

"아뇨. 사실은 남생이 할아버님의 아드님을 찾고 있는 건데요."

"에이, 그놈 지금 여기 없어. 이 동네 뜬 지 한참 됐지."

어쩐지 너무 순조롭다 했다. 갑자기 맥이 탁 풀렸다.

"어디로 갔는지는 혹시…."

"난 몰러. 징역 살고 와서 맘 잡고 사는가 했더니만, 어느 날 갑자기 사라졌으니께."

남상미의 실망 가득한 얼굴이 어느새 내 옆으로 다가와 있었다.

"그분 성함 혹시 알고 계세요? 저희 아빠 말예요."

"글씨 그 아들놈 이름은 잘 기억이 없고. 남생이 이름은 남창수가 맞어. 아이고, 아빠 이름도 모르는 거 보니께 소문이 맞기는 맞는 모양이구먼. 그놈이 아가도 어디다 팽개쳐뿔고 도망갔다 하더니만. 에잉, 못된 놈 같으니라고."

나는 남상미의 눈치를 살필 용기가 나지 않아 필요한 질문들만 서두르기로 했다.

"할아버지, 어쨌든 그 남생이라는 친구 분 돌아가시기 전에 사시던 집은 알려주실 수 있죠?"

"거긴 벌써 공단 들어서서 없어졌지. 아니면 그 아들놈이랑 아가랑 살던 집은 어뗘? 좀 걸어가야 되여. 저짝으로 가다 보면 학교 하나가 나오는디, 거기서 왼쪽으로 난 샛길이 보일 거여. 글로 쭉 가면 좀 외진 곳에 파란 지붕 집 하나가 있는디 바로 거기여."

"지금 누가 살고 있나요?"

"살기는 누가 살어. 그 아들놈 나간 이후로 흉가가 돼버렸다니께."

나는 남상미에게 그만 나가자는 눈짓을 보내면서 냉장고에서 박카스 2병을 꺼냈다. 남상미의 부친이 어떤 일로 교도소에 갔었는지 궁금했지만 그녀의 눈치를 보느라 묻지는 못했다.

"아가야, 이거 가지구 가. 어여 받어."

계산을 하는 동안 노인이 남상미에게 다가와 마치 어린애를 대하듯 사탕 한 봉지를 건네줬다. 땅콩 알사탕, 그건 아마도 그녀가 어릴 적 즐겨 먹었던 사탕이었나 보다. 가게 문을 막 나서려던 참이었다.

"잠깐만. 이것도 함 볼 텨?"

우리 일행의 의사는 확인하지도 않은 채 노인은 방으로 들어갔다가 한참 만에 나왔다.

"이거여. 이게 나구, 이게 그러니까 네 핼애비여. 네 애비가 할애비를 쏙 빼다 박았으니까, 어뗘? 기억이 좀 나냐?"

흑백 사진 속 남상미의 할아버지라는 청년은 환하게 웃고 있었다. 짙은 눈썹과 두드러진 쌍꺼풀이 확 들어왔다. 나는 머릿속으로 사진의 얼굴을 오려서 경찰에 제출한 얼굴 없는 범인의 몽타주에 붙여봤다. 상상 속에서 더욱 완성된 형태의 몽타주가 나타났다. 그런데 이상하게도 누군지 전에 봤던 사람 같았다. 이 사람 누구지? 어디서 분명 본 것 같은데. 잠시 고개를 갸우뚱거리던 나는 곧 정신을 차리고 노인에게 다가갔다.

"할아버지 이거 좀 카메라로 찍어도 되죠?"

나는 휴대폰에 낡은 사진을 저장해두고 서둘러 가게를 나섰다.

어느덧 눈은 그쳐 있었고, 하늘에는 서서히 햇살의 기운이 번져가고 있었다. 점심을 먹을 장소도 마땅치 않았지만 그럴 마음의 여유도 없었다. 남상미가 살던 집으로 향하던 도중, 고 씨 노인이 설명했던 아담한 학교가 눈에 들어왔다. 나는 남상미에게 뭔가 떠오르는 것이 있지 않을까 하는 생각으로 잠깐 들러서 가자고 제안했다.

눈 쌓인 주말의 교정에는 아무런 사람의 흔적이 보이지 않았다. 나는 남상미를 이끌고 운동장을 대각선으로 가로질러 학교 건물 쪽으로 걸어갔다. 달랑 한 동으로 지어진 아담한 단층 건물은 황토색 페인트로 단장을 한 지 얼마 안 돼 보였다. 한 학년이 한 반으로 구성된 아주 작은 분교였다. 건물 밖에서 교실 창문 너머로 들여다보니, 낡아빠진 몇 개의 책상과 걸상이 가지런히 놓여 있었다. 남상미의 표정을 살펴봤다. 그녀는 코트 주머니에 손을 넣은 채로 물끄러미 교실 안을 들여다볼 뿐 얼굴에는 특별한 감흥이 보이지 않았다.

우리는 학교 건물 정중앙에 있는 현관문 근처에 이르렀다. 그때였다. 갑자기 남상미가 나를 앞질러 걸어가기 시작했다. 그녀의 발걸음이 점점 빨라지고 있었다. 그녀는 절룩거리며 서너 걸음을 뛰어가다가 서서 화단 근처를 둘러보고, 다시 서너 걸음을 뛰어가다가 동상 앞에 멈춰 섰다. 여느 교정에나 있을 법한 책 읽는 소녀 동상이었다. 그녀가 오랜 풍화 작용으로 군데군데 손가락 마디가 떨어져 나간 낡은 동상에서 눈을 털어냈다. 그녀의 얼굴은 몹시 상기돼 있었다. 그러나 그것도 잠시 남상미는 세차게 고개를 가로저으며 나를 돌아봤다.

"모르겠어요. 무엇인가 떠오를 것 같은데, 아무것도 잡히질 않아요."

나는 조용히 그녀에게 다가가, 어깨를 토닥거려줬다.

"너무 무리하지는 마."

나는 교문 밖으로 힘없이 발길을 돌렸다. 남상미는 조금 뒤처져서 고개를 숙인 채 내 뒤를 따랐다. 그날따라 그녀의 걸음걸이가 몹시 애처로웠다.

교문 오른쪽으로 돌아가니, 자갈을 깔아놓은 샛길이 나타났다. 겨우 경운기 한 대가 지나갈 수 있을 좁다란 농로였다. 배에서 꼬르륵 소리가 났다. 사실 내가 그날 먹은 거라곤 심찬보의 낚시점에서 마신 커피 한 잔과 고씨네 가게에서 구입한 박카스 한 병이 전부였다. 내가 물었다.

"배 안 고파?"

그녀가 머리를 흔들었다. 얼마나 걸어야 하는지 가늠하기 위해 샛길 사이로 외딴집이 보이는지 고개를 내밀어봤다. 메마른 겨울 논이 끝없이 펼쳐져 있을 뿐 사람이 사는 집은 눈에 띄지 않았다. 난처한 눈빛으로 그녀를 바라보자 그녀가 가방을 열었다.

함께 걸으면서 알사탕을 한 5개 정도 먹었을까? 멀리 낮은 야산 아래로 푸르스름한 지붕 같은 것이 시야에 들어왔다. 우리는 말없이 걷고 또 걸었다.

***

하늘은 언제 그랬냐는 듯이 구름 한 점 없이 개어 있었다. 두터운 오리털 점퍼가 약간 부담스러울 정도로 햇살이 따사롭게 느껴졌다. 반쯤 눈이 녹은 파란 양철 지붕은 군데군데 녹슬고 구멍이 뚫려 있었다. 비가 올 때면 북 치는 소리가 났다던 그 지붕이었다. 썩어 문드러진 싸리나무 담장은 완전히 무너져 화석처럼 흔적만 남아 있다. 우리는 굳이 위태롭게 입을 벌리고 서 있는 나무 대문을 지나 마당으로 들어섰다.

마당은 10여 년 동안 잡풀이 자라고 스러져 푸석푸석했다. 대문 왼쪽으로 형체만 남은 재래식 펌프가 있었고, 오른쪽에는 화장실로 보이는 작은 부속 건물이 눈에 띄었다. 그녀를 돌아보면서 먼저 방 안으로 들어가 보자 말하려던 참이었다. 나는 열었던 입을 다시 꾹 다물어야 했다. 그녀에게 어떤 변화가 일어나고 있었다. 크게 일렁이는 그녀의 눈동자는 정신없이 마당 구석구석을 훑고 있었다.

"팀장님, 이상해요. 뭔가 이상해요."

그녀는 귀신에게 홀린 사람처럼 마당 이곳저곳을 뛰어다니기 시작했다. 그러더니 말도 없이 건물 뒤쪽으로 달려가는 것이었다. 나는 허겁지겁 그녀의 뒤를 따라갔다. 건물 뒤쪽에는 낮은 장독대 위에 깨진 항아리가 몇 개 놓여 있었고, 그 옆에는 은행나무 한 그루가 말라 비틀어져 있었다. 그녀가 멈춰 선 곳은 은행나무 아래 작은 평상이 놓인 곳이었다. 누렇게 변색된 장판을 덧댄 평상이었다. 그녀는 다리가 하나 부러져 기울어진 평상을 가만히 내려다보다가, 다시 오후의 햇살을 올려다봤다. 그리고 내가 다가갔을 때 그녀의 눈가에서 반짝이는 것이 볼을 타고 도르르 흘러내렸다.

"여기였어요. 여러 번 꿈에서 봤던 그곳, 햇살에 가려진 누군가의 얼굴. 이제야 기억나요. 아빠였어요. 울고 계셨죠. 슬픔에 잠긴 눈으로 나를 내려다보며 흐느끼고 계셨던 거예요."

몽타주

백석포를 다녀온 다음 날인 월요일 오후, 나는 일찍 사무실을 나와 안산 경찰서로 향했다. 역시 내가 추측한 대로 살인 실행자는 남상미의 부친이 분명했다. 이제 내가 확보한 정보를 토대로 경찰이 범인의 소재를 파악할 수 있겠다는 생각에, 나는 몹시 들떴다.

백석포의 파란 지붕 집에서 나온 뒤 슬픔에 젖어 있는 남상미를 비싼 택시로 먼저 보내야 했다. 근처에 볼일이 있다는 핑계였지만 사실은 그녀의 부친을 알 만한 이웃들을 수소문하기 위해서였다. 그리고 어린 남상미를 잠시 돌봐줬다는 동네 아낙을 만날 수 있었다.

남경식, 남상미 부친의 이름이었다. 그리고 아빠에게 뭔가 피치 못할 사정이 있었으리라는 딸의 바람과는 달리, 동네 사람들이 바라보는 시각은 다소 냉랭한 구석이 많았다.

　가난한 집에서 태어난 남경식은 백석포라는 시골 마을에서 소문난 신동이었다고 한다. 외동아들로 태어나 5살에 『천자문』을 떼고 6살에 『명심보감』을 줄줄이 외웠다는 그는 읍내 고등학교에 진학한 이후에도 전교 수석을 놓치지 않는 온 동네의 자랑거리였다. 고등학교 시절 모친이 버스에 치어 돌아가시는 슬픔을 겪었지만, 그는 조금도 흔들리지 않고 학업에만 매진했다. 그가 서울대에 진학해 장차 판검사가 되리라는 마을 주민과 아비의 기대는 너무나 당연한 일이었다.

　순탄할 것만 같았던 그의 인생이 궤도를 이탈한 사건은, 그가 고등학교 3학년이 된 직후 읍내의 한 여학생과 사랑에 빠지면서 시작됐다. 열병 같은 사랑에 빠진 그는 여학생과 오랜 가출의 시간을 보내다 돌아왔고, 석 달 후에 여학생은 헛구역질을 시작했다. 결국 그는 아비의 피눈물을 뒤로하고 학교도 그만두기에 이르렀다.

　소년의 아비는 하늘이 무너지는 실망감을 겪었지만, 그래도 하나밖에 없는 아들과 인연을 끊을 정도로 모진 사람은 못 됐다. 그는 여학생이 집에서 쫓겨났다는 소식을 듣고 동네 외진 곳 빈집을 수리해 살림을 차려줬다. 소작농으로 일해 근근이 입에 풀칠이나 하는 살림살이인지라 학업을 다시 시작하라는 아비의 말이 소년의 귀에 들어올 리가 없었다. 그는 읍내 근처 보일러 공장에 다니며 땀 흘려 일하기 시작했다.

　그러나 한 번 어긋나기 시작한 인생의 흐름은 쉽게 제자리를 찾지 못하고 불행의 여정을 계속했다. 시골의 궁핍한 삶을 견디기에 읍내 소녀는 너무 어렸다. 결국 그녀는 살림을 차린 이듬해 핏덩이 같은 딸을 하나 낳아놓고, 어디론가 홀쩍 떠나버렸다. 홀로 남은 딸을 부둥켜안고 소년은 보름을 울었다 한다. 설상가상으로 얼마 후에는 그의 앞으로 입영 통지서가 날아왔다.

　어느 추운 겨울날 짧은 머리를 한 소년은 딸을 꼭 안아보고 말없이 훈련소로 떠났다. 소년의 나이 21살, 아기의 나이 2살이었다. 눈물의 세월이 흘러 어느덧 청년의 제대 일자가 불과 수개월 남은 시점이었다. 무슨 일인지 외박이나 휴가 때만 되면 득달같이 달려오던 그의 발걸음이 갑자기 뚝 끊겼다. 그뿐만이 아니었다. 제대 일자를 지나 한 달을 훌쩍 넘길 때까지도 그는 돌아오지 않았다. 청년의 아비가 불편한 노구를 이끌고 수소문한 끝에 아들이 제대하자마자 무슨 큰 잘못을 저질러 경찰에게 붙들려 갔다는 소식을 접하게 됐다. 그날 이후 시름시름 앓던 아비는 결국 영원히 자리에서 일어나지 못했고, 아기는 동네 아낙에게 맡겨졌다. 한때 마을의 자랑거리였던 청년은 이제 둘도 없는 동네 망신의 주인공으로 전락해 있었다.

　몇 년 후 그가 군대로 떠났던 날처럼 한파가 몰아치던 어느 날, 청년의 모습이 땅거미가 지고 있는 마을 어귀에 나타났다. 그는 많이 변해 있었다. 한때 재기로 번득거렸던 눈빛에는 세상에 대한 원망을 넘어 살기마저 감돌았다. 그는 동네 아낙에게 고맙다는 인사 한마디 없이 묵묵히 딸을 데리고 자신이 살던 외딴집으로 들어갔다. 한동안 사람이 살지 않았던 집은 군데군데 지붕에 물이 새는 폐허나 다름없는 곳이었다. 청년은 무슨 일을 하는지 도통 밖으로 나오는 일이 드물었다. 그는 어떤 누구와도 눈을 마주치거나, 말을 걸거나, 집 안에 들이는 법이 없었다. 다만 어느 날 근처를 지나던 아낙이 새파란 양철로 새롭게 단장돼 있는 지붕을 보고 그가 나름 딸을 잘 돌보며 사는가 보다 안도했다고 한다.

그 후로 간간이 마을 학교 운동장이나 읍내 중국집에서 부녀가 함께 다니는 모습을 목격했다는 사람들이 있었지만, 언제부턴가 그런 소식도 뚝 끊겨버렸다. 이를 이상하게 생각한 아낙이 그 파란 지붕 집을 찾아갔을 때, 이미 집 안은 온통 거미줄로 가득했다.

밥그릇이며 숟가락 등 살림살이는 그대로인 채 사람들만 감쪽같이 사라진 파란 지붕 집을 두고, 마을에는 흉흉한 소문이 돌기 시작했다. 청년이 생활고를 비관한 나머지 아이를 죽여 어딘가에 묻었고, 도망간 아내마저 결국 찾아내 목 졸라 죽였다는 소문이었다. 청년의 아내에 대해서는 좀 더 구체적으로 읍내 장터 근처 전봇대에 목 매달린 채로 발견됐다는 끔찍한 소문도 있었다. 청년이 떠난 뒤 수년이 지나서 마을 주민 하나가 서울에 물건을 사러 갔다가 그를 종로 부근에서 봤다고도 하고, 또 누구는 일본 신주쿠 술집 골목에서 봤다고도 했다. 하지만 아낙은 이런 모든 이야기가 그저 뜬소문일 수도 있다며 말꼬리를 흐렸다.

***

부회장의 죽음 이후 특정 회사에서 발생한 연쇄 살인 의혹이 지방 일간지에 게재됐다. 그래서인지 경찰의 태도는 180도 돌변해 있었다. 예전보다 얼굴이 더 야윈 진광호 경장은 지푸라기라도 건지겠다는 얼굴로 내 설명에 귀를 쫑긋했다. 그는 툭 튀어나온 광대뼈를 실룩거리며 나보다 더 흥분했다.

"용의자 이름이 남경식이라고 하셨죠? 나이는 대략 40대 초반, 부친 이름은 남창수, 살던 곳은 충청남도 아산시 영인면 백석포리. 잠깐만 여기서 기다려주세요. 조회하면 다 나옵니다."

"저, 잠깐만요. 지난번에 그 몽타주 어디 있습니까? 범인의 얼굴을 그려 넣을 수 있을 것 같습니다만."

진 경장은 파일 뭉치를 뒤적여 구겨진 종이 한 장을 내 앞에 던져놓고는 부리나케 자리를 떴다. 나는 휴대폰 사진을 꺼내 몽타주의 빈 공간을 정성스레 그려 넣고 있었다.

잠시 후 진 경장이 발갛게 상기된 얼굴로 다시 나타났다.

"아이참, 뭡니까? 확실하다고 해서 뭐 빠지게 확인했더만."

뭔가 잘못 돌아가고 있었다. 무슨 영문인지 내가 반문하기도 전에 그가 쏟아부었다.

"유령이 범인이란 말입니까? 죽은 사람입니다. 남경식인지 뭐시기인지 몇 년 전에 사망 처리된 사람이란 말입니다."

죽었다고? 내가 또 헛다리를 짚고 있었단 말인가? 남상미의 감상적인 억측에 함께 빠져 나까지 헤매고 다닌 것일까? 바로 그때였다.

"근데 이 그림은 뭡니까? 아, 이 사람 알 수도 있겠네요. 안 그래도 오늘 다시 오기로 해놓고 전화도 안 받고 있어요."

백석포 달성상회에서부터 문득문득 내 머리를 어지럽히던 얼굴이었다. 어디선가 본 듯한 얼굴. 그래 그 사람이다! 여기서 봤었어. 석영우 사건 때 내 근처에서 조사를 받던 사람! 이제야 알겠어. 공장의 밤을 지키는 자, 그래서 알리바이가 필요 없는 사람!

누가 뭐라고 말할 필요도 없이 진 경장과 나는 주차장으로 뛰어갔다. 그리고 안산 공장을 향해 거칠게 핸들을 꺾었다. 죽었지만 실재하는 사내, 우리는 유령을 쫓고 있었다.

유령

안산 공장 사무동 4층 인사팀, 진 경장과 나는 망연자실한 얼굴로 인사 팀장 앞에 서 있었다.

"그 인간 어저께 갑자기 관둬버려서 안 그래도 골칩니다. 아, 마누라 입원했다고 막무가내로 내빼듯이 나가버렸다니까요. 근데 그 인간이 무슨 사고라도 쳤나 보죠?"

한발 늦었다. 하지만 멀리 가지 못했을 것이다. 형사보다 내가 먼저 물었다.

"그 경비원 이력서 혹시 가지고 있죠? 빨리요."

인사 팀장은 사태가 심상치 않다는 것을 눈치채고 서류철을 뒤지기 시작했다.

"여기. 정직원이 아니라 파견 직원이라 양식이 간단합니다. 주소는 시흥, 주민 등록 번호 여기 나오고. 핸드폰은…."

진 경장이 그의 말을 자르고 들어왔다.

"핸드폰은 됐습니다. 주민 등록 번호만!"

진 경장은 누군가에게 전화를 걸어 주민 등록 번호를 불러줬다. 그리고 수 초간 세상 누구보다 진지한 얼굴로 상대방의 회신을 기다리고 있었다.

"뭐, 해남? 땅끝마을? 주소가 거기라고? 노숙자 쉼터를 전전해? 아 씨발, 정확히 말해봐. 그래. 알았다."

나는 그의 파르르 떨리는 입술만 처다보고 있었다.

"아무래도 신분을 도용한 것 같습니다. 무슨 말인지 아시죠? 에잇, 제기랄!"

진 경장은 분을 삭이지 못하고 가까이 놓인 휴지통을 발로 차려다 가까스로 자제했다.

"여기 이력서 주소로 가봐야 하지 않을까요? 시흥이면 여기서 멀지 않은데."

인사 팀장은 아직 상황을 잘 모르는 눈치였다. 형사 대신 내가 대답해줬다.

"가보나 마나겠죠. 남의 주민 등록 번호를 쓰면서 정확한 집 주소를 밝혔을 리가."

하지만 나와 진 경장은 아직 포기할 수 없었다. 그가 남긴 작은 흔적이라도 찾기 위해 경비실로 서둘러 발걸음을 옮겼다. 거기서도 역시 결과는 헛수고였다. 그를 자세히 기억하는 경비원은 없었다. 그도 그럴 것이 야간 경비원은 밤 9시부터 다음 날 아침 6시까지 홀로 근무하는 형태였다. 그해 초부터 야간 조업이 폐지돼, 2명의 야간 경비원이 격일로 교대하며 근무하고 있었다. 근무라고 해봐야 혹시 직원들의 차량 출입이 있으면 차단막을 열어주고, 2시간마다 정해진 루트로 순찰을 돌며, 나머지 시간에는 의자에 앉아 쪽잠을 청하는 일이 고작이었다. 근무 일지를 확인해보니 석영우와 부회장이 죽은 밤은 모두 도망친 경비원의 근무일이었다.

주간 경비원들은 교대 시간에 인사를 건네도 좀처럼 입을 열지 않는 과묵한 사람이었다고 그를 설명했다. 그가 착용했던 근무복도 깨끗이 세탁해 반납한 상태였다.

"정말 찾아낼 방법이 없는 겁니까?"

공장을 나오며 진 경장에게 넌지시 물었다.

"글쎄요. 모르겠네요. 저도 죽은 사람은 처음이라서요."

진 경장은 일단 범인의 인상착의를 근거로 전국에 수배해보기로 했다. 시도해볼 수 있는 유일한 방안이었지만 내 생각에도 큰 기대가 가지는 않았다.

남상미의 말이 옳았다. 그녀의 아버지였다. 그리고 그는 아주 가까이 있었다. 추가로 알게 된 것은, 그녀의 아버지가 사망 처리됐고 동시에 실재한다는 매우 모순된 사실이었다. 하지만 거기까지였다. 외부의 실행자를 찾아 나선 여정은 롤러코스터처럼 등고선을 질주하다가 그렇게 견고한 벽에 부딪히고 말았다.

재회

어느덧 12월의 둘째 주도 지나가고 있었다. 정장 위에 두꺼운 패딩 점퍼로도 모자라 바지 안에 타이즈까지 입어야 할 정도로 이른 한파가 찾아왔다. 회사 매각과 관련된 마지막 업무도 거의 마무리되고 있었다. 별로 일이라고 할 수도 없는 자잘한 일거리들을 문기수에게 던져놓고, 나는 하루하루를 멍하니 보냈다. 아무리 머리를 쥐어짜도 다음 수가 보이지 않았다. 그즈음 그녀를 다시 만났던 일을 이야기해야 할 것 같다.

그날은 영업 팀장이 마지막으로 회사를 나오는 날이었다. 나는 정철호와 함께 영업 팀장을 불러 조촐한 환송회를 벌였다. 양재역 부근에서 5만 원짜리 푸짐한 조개찜 솥을 가운데에 두고 우리는 서로 그간의 노고를 치하했다. 영업 팀장이 작은 회사나마 새로운 직장을 구한 상태라 오랜만에 웃음소리가 피어 나오는 술자리였다.

조촐하게 시작했던 술자리가 예상치 못한 곳으로 이어지게 된 것은, 순전히 영업 팀장의 주사 때문이다. 나도 정 팀장도 평소보다 많이 마신 상태였다. 마지막으로 멋지게 한잔 사고 싶다는 영업 팀장의 호기를 물리치는 일은 결코 쉽지 않았다. 우리는 양재역 부근의 골목길을 헤매다가 뱅뱅 사거리까지 흘러 들어갔고 출입구부터 부담스러울 정도로 으리으리한 룸살롱을 발견했다.

"형님들, 여기 어때요? 자 들어가시죠. 오늘은 100% 제가 쏘는 겁니다."

문제는 그 이후에 발생했다. 간단하게 양주 딱 한 병만 마시고 헤어지자던 세 남자의 굳은 결의는 여 종업원들을 맞이하는 순간 금세 잊혔다. 정 팀장은 한술 더 떠서 들어온 지 10분 만에 양주병이 비워지자 호기롭게 두 번째 술병을 주문했다. 물론 그때는 나도 누구를 말릴 정신은 못 됐다. 밴드까지 불러 목구멍이 터져라 고성을 토해낸 뒤로. 우리에게 남겨진 것은 새끼 마담이 들고 온 묵직한 계산서였다. '3'으로 시작하는 7자리 숫자를 보고 처질 대로 처져 있던 정 팀장의 눈꼬리가 화들짝 말려 올라갔다. 기분 좋게 마무리해야 할 환송회는 그렇게 불쾌한 실랑이로 변해가고 있었다. 영업 팀장은 고래고래 소리를 지르며 사장 나오라 진상을 부렸고, 평소 입이 거친 정 팀장도 육두문자를 내뱉으며 테이블을 뒤집은 터였다. 그것이 내가 기억하는 그날의 마지막 장면이었다. 불행인지 다행인지 이미 실신할 정도로 취해버린 나는 소파 구석에 처박혀 잠이 든 모양이다.

룸살롱 소파로 착각하고 눈을 뜬 곳은 낯선 침대였다. 어딜까? 그 정신에 집으로 오긴 왔나 보다 일단 안도했다. 그런데 조금 이상했다. 손을 더듬어보니 옆에는 아무도 느껴지지 않았다. 나는 화들짝 놀라 이불을 젖히면서 몸을 일으켰다. 아랫도리가 허전했다. 나는 실오라기 하나 걸치지 않은 벌거숭이였다. 주변을 둘러봤다. 살구색 커튼 사이로 환하게 날이 밝아 있었다. 낯선 곳이지만 모텔 같은 느낌은 아니었다. 그때 살짝 문이 열린 방문 틈 사이로 누군가의 인기척이 느껴졌다.

"핸드폰 찾으시는 거라면, 거기 TV 앞에 있어요."

가냘프면서 또박또박한 여자의 음성, 이상하게도 가슴이 두근두근 뛰기 시작했다. 긴 머리카락을 흔들며 방문 틈으로 얼굴을 내민 사람은 다름 아닌 신혜원이었다. 보라색 잠옷 차림의 그녀는 어쩐지 예전보다 더 야위어 보였다.

"내, 내가 어떻게 여기에?"

자리를 박차고 일어나려다가 알몸이라는 내 상태를 깨닫고 다시 이불을 뒤집어썼다. 그녀의 두 눈이 초승달이 돼 웃고 있었다.

"셔츠는 세탁해놓았고, 양말과 속옷은 편의점에서 사다 놓았어요. 어젯밤 너무 많이 토하셨어요. 속옷까지 젖을 정도로. 제 침대를 보호하려면 어쩔 수 없었죠. 이상한 상상은 마세요. 저는 거실에서 잤으니까요."

그녀는 은근한 웃음으로 나를 안심시켰다.

"어, 어제는 어떻게 된 거지?"

"퇴근하다가 소란스럽길래 웬 진상 손님들인가 했더니 거기서 팀장님을 뵐 줄은 몰랐어요."

"그랬군. 그러니까 그곳이…."

쥐구멍이 어디 있나 다른 쪽을 쳐다보며 헛기침을 했다. 그녀가 다시 물었다.

"회사는 요즘 어때요?"

"회사? 회사는 그냥, 그저 그래. 변함없이."

구구절절 어두운 소식들을 늘어놓고 싶지 않았고, 그럴 기운도 없었다.

"이제 회사로 가셔야죠? 죄송하지만 아침 식사는 못 드릴 것 같아요. 그보다 빨리 집에 전화라도 해보세요. 밤새 진동이 울리는 것 같던데."

다시 거실로 나간 그녀의 의도를 알아채고, 나는 머리맡에 놓인 속옷과 양말과 셔츠를 순서대로 챙겨 입었다. 그녀가 꼬질꼬질한 내 검은색 타이즈를 봤을 생각을 하니 얼굴이 화끈거렸다. 정장과 패딩 점퍼는 벽에 걸려 있었다. 몇 군데 얼룩이 묻어 있는 양복 하의를 주섬주섬 챙겨 입었을 때 그녀가 다시 돌아왔다. 그녀가 들고 있는 쟁반 위에는 김이 모락모락 나는 무엇인가가 올려 있었다.

"아침 식사는 어렵지만, 대신 커피라도 한잔하고 가셨으면 해서요."

나는 그녀가 건네준 잔을 말없이 받아 들었다. 향긋한 수증기 너머로 그녀와 눈이 마주쳤다. 어색한 기운이 감돌았다. 잔을 내려놓으며 짧게 말했다.

"갈게."

"아, 그러셔야죠. 근데 혹시…."

그녀는 내게 뭔가 하고 싶은 말이 남아 있는 눈치였다.

"혹시 오 상무님과 석 상무님을 해친 범인은 어떻게…."

그녀가 왜 회사를 떠났는지 어떤 글을 남기고 떠났는지 그제야 제정신이 돌아왔다.

"아, 그거, 아직."

"그랬군요. 가끔 인터넷을 검색해봐도 그런 기사가 보이지 않길래 그런가 보다 생각은 했어요."

다시 정적이 흘렀다.

"스스로 형벌을 정했다고 했던가? 주제넘은 말인지 모르겠지만 꼭 이렇게 지내는 게 최선인지는 모르겠군."

점퍼를 집어 들고 현관으로 걸어갔다. 내 구두가 보이지 않았다.

"사람들은 잘 지내고 있겠죠?"

그녀가 베란다에서 들고 온 구두를 내려놓으며 물었다. 구두는 반질반질하게 닦여져 있었다.

"이젠 문 과장이 유일하게 남은 팀원이야."

"그래요? 의외군요. 하긴 예전에도 그랬던 거나 다름없었죠. 오 상무님도 문 과장만 끔찍하게 여기셨으니까."

무심코 고개를 끄덕이다가 문득 의아스럽다는 생각이 들었다.

"문 과장을 끔찍하게 생각했다고? 금시초문인데."

"당연히 아무도 몰랐겠죠. 저만 알고 있었으니까요. 상무님은 틈만 나면 사내 메신저로 과장님과 대화를 나누곤 했죠. 무슨 내용인지는 잘 모르겠지만 얼핏 봤을 때 회사 일에 대한 의견을 교환하곤 하더군요. 상무님은 도중에 들어왔다는 이유만으로 임원들 사이에서 외톨이나 다름없었고, 과장님이 그나마 상무님의 충직한 조력자 역할을 했다고나 할까요."

"…"

숙취가 한순간 가시는 느낌에 할 말을 잊었다. 그녀가 다시 입을 열었다. 아직 하고 싶은 말이 남아 있는 것 같았다.

"회사를 나온 이후로 잊으려고 노력했어요. 하지만 가끔씩 저도 모르게 떠오르는 의혹이 있어요. 제가 회사에서 쫓겨날 때 누군가 익명으로 보냈다는 그 투서 말예요."

기억을 더듬어봤다. 신혜원의 이력이 모두 허위라는 익명의 투서가 인사팀으로 전달됐던 일이 떠올랐다.

"그럼 혹시 그 투서를 문 과장이 보내기라도 했다는 거야?"

"아뇨. 꼭 그랬다는 건 아니지만. 인사 팀장이 확인해보라고 하시길래 직접 봤거든요. 그냥 A4 용지에 인쇄된 1장짜리 서류더군요.

얼굴이 화끈거려 내용을 자세히 읽지는 못했지만, 제가 확실히 본 것은 바로 폰트였어요. 팀장님도 기억하실지 모르겠어요. 문 과장이 즐겨 사용하던 그 폰트. 별로 일반적이지는 않던, HY궁서체였어요. 게다가 크기는 회사 보고서에 주로 쓰이던 12 내지 13보다 큰 14. 팀장님도 문 과장 보고서를 보시고 글씨 크기를 좀 줄여도 좋겠다고 하셨잖아요. 알아요. 미안해요. 팀장님. 저는 늘 확실한 건 없고, 추측뿐이죠."

***

그녀의 집을 나서면서, 언제 또 만나자는 약속을 하지 않았다. 그보다는 그날 문 과장에 대해 새롭게 알게 된 사실로 인해 다른 생각을 할 겨를이 없었다.

오수경과 수시로 의견을 교환하는 관계였다고? 문 과장은 회사 내의 모든 회의에 참석하는 유일한 직원이니까, 회사 돌아가는 사정에 대해서는 훤히 들여다보고 있었지. 내가 처음 들어왔을 때도 많은 도움을 줬잖아. 이상한 구석이 많은 녀석인 것만은 분명하지만, 생각해보니까 당연할 수도 있겠군.

그녀의 집에서 나오자마자 나는 정철호에게 전화를 걸어 하루 쉬겠다는 의사를 알렸다. 밤새 뜬눈으로 소파에 쪼그리고 앉아 휴대폰만 바라보고 있었을 아내를 달래는 일이 우선이었다. 집으로 향하는 구두가 납덩이보다 무거웠다.

새로운 의혹

사무실에는 하루하루 빈자리가 늘어났다. 새해 첫날을 기점으로 MS에너지라는 이름은 사라질 운명이었고 이제 남은 기간은 불과 열흘 남짓이었다. 다만 사무실 오른쪽에서 묵묵히 업무에 열중하고 있는 개발 팀원들은 새해부터 서울 중심가에 위치한 대형 빌딩에서 여기서의 꿈을 이어가게 될 것이었다.

"아이고, 잘 쉬었습니까? 속은 좀 괜찮아요? 나도 어제 몸만 회사에 나온 거지, 영혼은 집에 두고 온 거나 다름없었죠."

정철호 팀장이 슬리퍼를 질질 끌며 내게 다가왔다.

"문 과장 혹시 어디 갔나요?"

매일 아침 누구보다도 먼저 나와 자리를 지키고 있던 문 과장의 자리가 비어 있었다. 정 팀장이 난처한 표정으로 뒷머리를 긁어대며 대답했다.

"아, 그 녀석 급하긴 급했나 보네."

정 팀장이 손에 들고 있던 검은 결재 판을 내 앞으로 쑥 내밀었다. 펼쳐보니 '휴가원'이라는 세 글자가 눈에 들어왔다.

"어제 아침에 아버님이 편찮으시다는 연락을 받아 급하게 내려갔습니다. 팀장님 전화 안 된다고 하길래 내가 결재해버렸죠. 팀장님께는 나중에 따로 전화드린다고 하대요."

휴가원 서류로 황급히 눈을 돌렸다. 휴가 기간은 12월 31일까지. 사실상의 사직원이나 다름없었다.

나와 정 팀장, 팀원 없는 팀장 2명은 약속이나 한 것처럼 점심 식사를 함께했다. 식사가 거의 다 끝나갈 무렵 그가 말했다.

"이 지긋지긋한 짜장면도 이제 열흘만 참으면 끝이군요."

"뭐 열흘씩이나 드시려고요. 남은 기간 그냥 잔여 연차 쓰면 되잖아요. 정 팀장님은 장기 근속자라 휴가도 많이 남았을 텐데요."

"어허, 무슨 말씀. 마지막 날까지 자리를 지켜야지요. 박 팀장님은 혹시라도 나만 남겨놓고 내빼시면 안 됩니다. 혼자 점심 먹는 것은 생각만 해도 정말 끔찍하거든요. 하하하."

정 팀장은 생각보다 무사태평한 성격이었다. 나보다 나이가 2살 위인 그는 직장을 구하는 일을 포기한 사람 같았다. 간혹 물어봐도 그저 산 사람 입에 거미줄이야 치겠냐는 상투적인 농담만 돌아왔다. 그는 마지막 날까지 MS에 출근하는 일을 무슨 거룩한 순교 행위처럼 여기는 사람 같았다. 별로 웃을 기분은 아니었지만 그를 따라 웃어줬다. 잠시 후 나는 웃음을 거두며 그에게 물었다.

"팀장님, 근데요. 혹시 들으셨어요? MS중공업에서 때 아닌 주주 총회를 연다고 하던데요. 이 연말연시에."

정 팀장은 이쑤시개를 들고 쭙쭙 소리는 내면서 내게 되물었다.

"모르셨습니까? 저도 어제 들었습니다만. 하필이면 크리스마스이 브에 주주 총회를 잡았다네요. 우리 MS에너지 매각을 결정하는."

"정말이군요. 근데 그런 일은 이사회에서 결정하는 사안 아닌가요?"

"MS중공업 정관이 그리하도록 생겨먹었다네요. 어쨌든 나도 소액 주주이니까 별일 없으면 참석할까 합니다. 가서 콱 반대표를 던져보려고요. 하하하."

그의 너스레에 나도 함께 웃으며 화답했다.

"하하하. 혹시 아나요? 정말 반대표가 앞서게 될지. 기대해보겠습니다."

정철호가 정색을 하며 내 농담을 받았다.

"정말 그럴 수 있다니까요. 웃을 일만은 아니에요. 2대 주주가 공식적으로 반대하고 있다는 소문이니까."

"2대 주주라면 회장 아드님인 이필립 사장님?"

"맞아요. 애초에 풍력 사업을 시작한 것도 그분이었으니까 애착이 남은 모양입니다. 듣자 하니 사업을 살릴 청사진도 마련해놓고 있다대요. 중국 내몽골 지역에 든든한 기반이 있다고 하던가? 국내에서 평판이 깨진 마당에 거기에서 크게 풍력 단지를 운영하면서 실적을 쌓는다는 청사진인데 나름 그럴듯합디다."

나도 모르게 침이 꼴깍 넘어갔다. 하지만 곧 제정신으로 돌아왔다.

"그럼 뭐합니까? 2대 주주라지만 회장님하고 지분 차이가 게임이 안 되는 수준인데요."

"하긴 그렇군요. 하하하."

각자 깊은 생각에 잠겨 오랜 침묵이 이어졌다. 이필립 사장이 풍력 사업에 대한 미련을 아직 버리지 못했다고? 주주 총회에서 의외의 결과가 나올 수도 있겠지만, 나온다 한들 무슨 의미가 있을까? 어차피 풍력 사업은 시한부 선고를 받은 환자일 뿐이야. 인공 호흡기로 얼마간 죽음을 늦출 수야 있겠지만.

누구라 먼저라 할 것도 없이 동시에 젓가락을 놓을 때쯤 그에게 물었다. 문득 생각난 작은 의문이었다.

"혹시 우리 문 과장 말입니다. 최근에 문 과장이 오수경 상무님과 매우 가깝게 지냈다는 말을 들어서요. 그랬습니까?"

정 팀장이 고개를 갸우뚱거렸다.

"문 과장이 오 상무랑? 글쎄요. 그랬던가? 그런데 그 친구가 오 상무랑 친했다는 게 무슨 문제라도 되나요?"

"아, 아닙니다. 그냥."

소득 없는 대화라는 생각이 들었다. 그냥 대강 덮어버리려던 참이었다.

"이런 얘기해도 될는지 모르겠는데, 내, 그 친구에 대해서 평소에 이상하다 생각했던 점은 하나 있었죠. 문 과장 그 친구 강릉 근처 대학 출신이잖아요."

"근데요?"

"사실 내 친한 친구 놈이 거기 출신이라 소싯적에 자주 놀러 갔었죠. 언젠가 문 과장에게 학교 근처 식당이나 이런 걸 넌지시 물어봤더니 전혀 엉뚱한 대답이 나오지 뭡니까? 뭐라고 나불나불 막 떠들고 아는 시늉은 하던데 내 보기엔 거의 아무것도 모르던데요."

꺼져가던 의혹의 불길이 '화악' 소리를 내며 다시 타올랐다. 정 팀장이 집으려던 계산서를 낚아채면서 내가 말했다.

"팀장님, 미안하지만 내일은 점심 혼자 드셔야 되겠어요. 하루만 더 휴가를 내야 되겠습니다."

그렇게 나는 내부의 범인을 찾아 또 다른 방향에서의 추적을 시작하게 됐다. 너무 늦지 않았기를 바랄 뿐이었다.

미행

내 예감이 옳았다. 문기수는 거짓말을 했다. 그는 부친이 위급하다는 강릉에 있지 않았다. 인사 기록 카드에 그의 주소로 나오는 서울 신사동 다세대 주택에는 새벽까지 환하게 불이 켜져 있었다. 좁은 차 안에서 꼼짝도 않고 밤을 지새웠다. 게다가 해가 중천에 뜨도록 나오지 않는 그를 기다리느라 나는 몹시 지친 상태였다.

신혜원이 가볍게 던진 한마디에서 시작됐던 작은 의심은 이제 커다란 눈덩이가 돼 있었다. 그는 왜 거짓말까지 하면서 서둘러 휴가를 떠난 걸까?

***

문기수는 점심시간이 다 돼서야 처음으로 집 밖에 모습을 드러냈다. 갑작스런 그의 출현에 나는 반사적으로 몸을 숙였다. 불과 며칠 전까지만 해도 편하게 지내던 부하 직원의 출현에 화들짝 놀라는 내 자신이 이상할 정도였다. 청바지에 검은색 다운 재킷 차림의 그는 등에 작은 배낭을 메고 있었다. 그는 골목을 내려와 주택 앞에 주차된 자신의 마티즈 승용차 앞으로 성큼성큼 걸어왔다. 그리고 곧바로 차에 올라 골목을 빠져나갔다. 나도 시동을 켜고 그의 뒤를 따라 나섰다.

자동차로 누군가를 미행한다는 것이 영화에서 보는 것처럼 결코 쉬운 일이 아니라는 사실을, 나는 그날 처음 알게 됐다. 수차례 신호를 어기고 나름 적당한 거리를 유지하느라 진땀을 빼면서 내가 따라간 곳은 청계천에 인접한 허름한 철물점 골목이었다. 길가 유료 주차장에 차를 세운 문기수는 철물점이 즐비하게 늘어선 골목 안으로 단숨에 사라져버렸다. 나는 마티즈와 적당히 떨어진 곳에 주차를 마쳤다. 그러나 골목 안으로 들어가 그를 찾는 것은 위험하다고 판단했다. 좁은 곳에서 서로 마주치는 것은 생각만 해도 난처한 일이었다. 나는 그냥 골목 밖에서 그가 돌아올 때까지 기다리기로 했다.

문기수가 사라진 지 2시간은 족히 지났을 법했다. 점심 식사까지 해결하고 나오려는지 그는 좀처럼 모습을 나타내지 않았다. 문득 나는 전날 저녁부터 아무것도 먹지 못했다는 사실을 깨달았다. 그래도 조금만 더 기다려보기로 했다. 하지만 내 시선은 자꾸만 근처에 있는 포장마차로 향했다. 어묵 국물에서 모락모락 피어오르는 아지랑이가 내 인내심의 한계를 시험하는 중이었다. 도저히 참기 어려웠다. 나는 문기수가 사라진 골목을 예의 주시하며 재빨리 승용차 문을 열고 밖으로 나왔다. 그리고 포장마차 주인에게는 아무런 말도 하지 않고 다짜고짜 어묵 한 개를 집어 들었다.

"국물 드시려면 거기 종이컵 쓰세요."

종이컵을 뽑은 나는 얼마 후 손에 든 뜨거운 국물을 바닥에 쏟고 말았다.

"팀장님 아니십니까? 팀장님이 여긴 웬일이세요?"

반가운 목소리로 등 뒤에서 누군가가 말을 걸어왔던 것이다. 문기수가 생글생글 웃으며 서 있었다. 도둑질하다 들킨 사람처럼 나는 말까지 더듬었다.

"아이고, 이, 이런. 이런 데서 만날 줄이야. 무, 문 과장이야말로 여기 웬일이야?"

반가운 미소를 지으며 그가 머리를 조아렸다.

"죄송합니다. 팀장님께 전화라도 드리고 처리했어야 하는데. 사실은 내일쯤 회사로 찾아가 인사드릴 참이었어요."

그의 말은 내가 물은 질문에 대한 답은 아니었다.

"찾아오긴 뭘. 이렇게 우연히 만나서 인사했으면 된 거지."

'우연히'라는 단어에 나는 좀 더 힘을 줘서 말했다.

"근데 팀장님은 정말 여기 무슨 일이세요?"

"오늘 여기 누구 좀 보기로 해서 하루 휴가 냈어. 그러는 문 과장은 여기 청계천에 무슨 볼일이라도 있나 봐?"

"네. 아버지가 뭐 좀 사오라고 시키신 게 있어서요. 철물점 몇 군데 돌아보고 나오는 길입니다."

자연스럽게 다시 물을 기회가 왔다. 청계천에 있다는 사실이 부자연스러운 사람은 나보다는 문기수였다.

"아 참! 아버님은 좀 어떠시냐? 다치셨다고 들었는데. 그래서 고향에 내려갔던 거 아니었어?"

"들으셨군요. 교통사고로 왼쪽 무릎에 좀 심하게 골절상을 당하셨습니다. 아무래도 입원이 장기화될 것 같아서요. 자취방 짐 좀 정리해서 내려가려고 어제 저녁에 올라왔어요."

그새 그럴듯한 대답을 꾸며놓았는지 그의 말투는 거침없었다. 무리인 줄 알았지만 나는 조금 더 공격적으로 물을 수밖에 없었다.

"전에 아버님께서 무슨 배추밭을 크게 경영하신다고 했는데. 문 과장이 이젠 많이 거들어야 되겠구만. 무슨 농업 법인이라고 했나? 회사 이름이 뭐였지? 나중에 지나가게 되면 한번 들러나 보게."

묻고 나서 문기수의 표정 변화를 정면으로 살펴봤다. 하지만 그는 내 말에 작은 위로라도 받은 사람처럼 정말로 고마워하는 얼굴이었다.

"그래야겠죠. 강릉에 오시면 언제라도 들러주세요. 영목농산이라는 회사입니다. 아 참, 그리고 죄송하지만 연말까지 나가기는 어려울 것 같아요. 절차상 사직서는 이메일로 처리해야 될 것 같습니다만."

"그, 그래. 그래도 되지 뭘. 그나저나 이거 이렇게 인사를 하게 됐네. 술도 한잔 못하고. 그동안 고생 많았어. 문 과장. 잘 지내고. 또 연락하자."

짧은 악수를 나누고 나는 마치 갈 곳 있는 사람처럼 빠른 걸음으로 모퉁이를 돌았다. 벽 모퉁이에 몸을 숨기고 마티즈가 떠나는 것을 확인하고 나서야 다리에 긴장이 풀렸다. 평소와 다름없는 그의 거침없이 정연한 말투가 영 마음에 걸렸지만, 그의 연기가 훌륭했던 거라고 믿고 싶었다.

나는 휴대폰을 꺼내 누군가의 번호를 찾아 버튼을 꾹 눌렀다.

"아, 형사님. 용의자 소식은 아직이죠? 아무래도 몽타주만으로는 한계가. 아, 그것 때문이 아니라 갑자기 궁금한 게 생각나서요. 우리 회사 문기수 과장이라고, 예예. 그 까만 뿔테 안경 쓴 젊은 친구 말입니다. 그 친구 전에 조사했었죠? 아아. 당연히 그랬겠죠. 고생하시면서 다들 조사하셨으니까. 아뇨, 별건 아니고 그냥 좀 궁금해서요. 혹시 그때 그 친구 뭐 이상한 점 없었나요? 아, 그래요. 전과도 깨끗하고, 알리바이도 확인됐다고요? 제가 듣기로는 집에만 박혀 있었다던데, 음. 휴대폰 기지국 위치랑 CCTV로 봐서 나가진 않았다고요? 그러니까 CCTV가 주택 입구에 있으니까 4층에서 뛰어내리지 않는 한…. 그렇군요. 저 혹시 출신 학교는 확인해보셨나요? 하하. 그렇죠? 죄송합니다. 그런 건 경찰에서 할 일이 아니셨겠죠. 알겠습니다. 아, 아닙니다. 수고하시고요. 그럼."

말꼬리를 흐리며 전화를 끊었다. 그래, 어차피 현장에서의 실행자는 따로 있으니까 알리바이야 어디에 있었든 상관없지. 내친김에 강릉까지 가서 학적부를 뒤져볼까? 아냐, 아무에게나 보여주지는 않지. 그것보다 아까 회사 이름이 뭐랬더라? 나는 아직 손에 들고 있던 휴대폰에 네 글자를 입력했다.

'영목농산', 강원도 강릉시에 소재한 농업 회사 법인이 실제로 존재했다. 주요 생산품은 고랭지 배추. 대표자 이름은 '문영목'. 문 씨라고? 허탈한 웃음이 저절로 튀어나왔다. 차분히 마음을 가라앉히고 보니 지푸라기를 잡고 허둥대는 내 모습이 우스꽝스럽게 보였다.

내부의 살인 기획자를 찾아 다른 방향에서 시작한 추적 또한, 작은 불꽃이 피어오른 지 얼마 못 가 '휙' 소리를 내며 꺼져버렸다.

마지막 출근

　2014년 12월 23일 오후, 판교 사무실의 내부는 모두 개인 사물을 챙기느라 몹시도 어수선했다. 마지막 출근일이 예상보다 앞당겨졌다. 원래 공식적인 마지막 출근일은 12월 31일이었으나, KM중공업이 연내에 모든 기술 문서와 인력 이동을 종료해달라는 요청을 해왔다. 고용 승계된 개발팀 일부 직원들은 12월 26일부터 새로운 회사로 출근이 결정됐고, 나머지 직원들은 크리스마스이브까지만 나오면 된다는 공지가 있었다. 어차피 마지막 한 달 치 월급에는 변동이 없는지라 다들 별로 상관하지 않았다. 회사에는 이제 내가 해야 하거나, 할 수 있는 일이 남아 있지 않았다.

　"이제 뭐하면서 지낼 거야? 생각해둔 거라도 있어?"

　무표정한 얼굴로 서랍을 정리하던 남상미에게 던진 질문이었다. 그녀는 싱긋 웃는 얼굴로 내게 손을 내밀었다.

　"고마웠어요. 어쨌든 팀장님 덕분에 아빠에 대한 기억을 찾았으니까요. 잊지 않을게요."

　그녀는 아버지에 대해 서류상으로 사망한 부분까지만 알고 있었다. 멀지 않은 곳에서 유령으로 변신한 아비가 딸의 일터를 지키기 위해 악행을 벌인 것이 사실이더라, 차마 말해주지 못했다.

　"힘든 일 생기면 꼭 연락하고."

　기약할 수 없는 인사말을 건네고 그녀에게서 돌아섰다. 내 뒤에는 정철호 팀장이 씁쓸한 웃음을 지으며 서 있었다.

　"집에 그냥 가시려고요? 별일 없으면 나랑 점심이나 하고 가십시다. 말하자면 우리끼리 종무식이라고나 할까요?"

"정 팀장님하고는 영영 이별할 사이가 아니잖습니까? 미안하지만 오늘은 제가 어디 가볼 데가 있어서요."

그가 알겠다는 눈빛을 보내며 다시 물었다.

"짐은요? 오늘 안 가져가세요?"

"내일 또 나오죠 뭐. 공식적으로는 내일까지가 출근일이니까요."

솔직히 말하자면 챙겨갈 개인 사물도 딱히 없었다. 커피를 마시던 텀블러와 몇 권의 책, 버리고 가도 무방한 물건들이었다.

"그렇죠. 저는 내일 안산 본사에 가니까 결근은 아닙니다. 하하하."

"아, 정 팀장님은 내일 안산에 인사드리러 가신다고 하셨죠?"

그는 마지막 날 모회사의 오랜 직장 상사들에게 퇴직 인사를 하러 갈 예정이었다. 때마침 그날은 MS중공업의 임시 주주 총회 날인지라, 한곳에 모인 경영진들에게 자연스럽게 인사를 한다는 계획이었다. 그간 새로운 성장 동력이라 불리며 모회사의 주가 부양에 활용되곤 했었던 MS에너지였다. 당시 주가 하락으로 일부 소액 주주들이 몰려와 항의할 가능성에 대비해, 일반 주주의 참여율이 낮을 수밖에 없는 크리스마스이브로 날짜를 정했다는 후문이 있었다.

"우리 가끔 만나서 생사는 꼭 확인하는 겁니다."

정철호가 손을 내밀었다. 나는 그의 손을 한 번 꽉 붙잡았다가 놓으며 힘없이 대답했다.

"그래야죠. 살아 있다면요."

***

그날 오후 낚시점 문을 열었을 때, 심찬보는 머리에 온통 먼지를 뒤집어쓴 상태였다. 가게 안은 선반마다 텅 비어 있어, 휑한 기운마저 감돌았다. 판교 사무실과 너무나도 유사한 풍경에 나는 눈을 동그랗게 뜨고 그를 쳐다봤다.

"어쩐 일이냐? 연락도 없이."

"무슨 일 있냐? 어디 이사라도 가?"

심찬보는 챙이 넓은 모자를 벗어 무릎에 탁탁 치며 먼지를 털어냈다. 곧바로 그는 우스꽝스럽게 눌린 곱슬머리를 손가락으로 빗어내렸다.

"넌 인마 끝까지 빈손으로 오는구나. 이런 우중충한 날엔 따뜻한 캔 커피라도 좀 사와야겠다는 생각이 안 드냐? 가게 내놨다. 별거 아냐. 그냥 망한 거지 뭐."

언젠가 일어날 일이라 예상은 했다. 모든 일이 그렇겠지만 너무나 갑작스럽다는 생각에 말문이 막혔다.

"뭐냐. 미리 얘기라도 좀 하지. 어째 손님도 없고 위태위태해 보이더라니. 그럼 다른 할 일은 구했어?"

별다른 대꾸도 없이 그가 먼지 묻은 의자 하나를 구석에서 끌고 왔다.

"잠깐 여기 앉아서 기다려라. 거의 다 끝났으니까."

곧 실업자가 될 내 처지도 처지였지만, 분주히 짐을 정리하는 그의 처진 어깨가 그날따라 측은해 보였다. 대강 위로라도 건네려던 내 입에서 엉뚱한 말이 튀어나왔다.

"그러게 경찰 할 때 좀 적당히 해먹고 붙어 있지 그랬냐? 적성에도 안 맞는 가게 차린다고 할 때 진즉에 알아봤지. 쯧쯧."

아랑곳없이 정리를 계속하는 그의 뒷모습으로 보아, 그가 딱히 내 독설을 마음에 두지는 않은 것 같았다.

"내가 형사질 왜 그만뒀는지 얘기했던가?"

얼마 후 그가 내 앞에 의자를 끌어다 앉으며 불쑥 물었다. 사실 그에게서 자초지종을 들은 기억이 없었다. 물어도 대강 얼버무리기 일쑤인지라 차라리 묻지 않기로 했었다.

"작년 겨울이었지? 언론에 크게 다뤄지지는 않았지만, 분당 오리역 여중생 사망한 사건. 기억 나냐?"

입을 내밀고 갸우뚱거리는 나를 약간 흘기며 그가 계속 말을 이었다.

"상가 지하 기계실에서 목을 매고 죽었어. 부모가 이혼하고 할머니 집에 맡겨진 불쌍한 아이였지. 인생을 비관한 유서도 발견되고 자살로 쉽게 종결되는 분위기였어. 근데 걔네 학급 사이트에 올라온 제보 하나로 서서히 진실이 수면 위로 떠오르기 시작했지. 기가 막히더군. 범인은 같은 반 남자애였어. 공부도 상위권이고 아버지도 은행 다니며 뭐 크게 아쉬울 거 없는 그런. 더 기가 막힌 것은 살인 동기가 없었다는 점이야. 다툰 것도 아니고, 심지어 서로 인사도 나누지 않는 사이였어. 그 또래에 있을 수 있는 사춘기적 발정도 아니었지. 취조실에서 그놈을 때려죽이고 싶더군. 그저 실험 대상이었다는 거야. 어떤 일본 추리 소설을 읽고 떠올린 밀실 트릭을 실험해볼 대상이었다고 했지. 제 딴에는 부모님이 버린 애니까 경찰도 덜 관심을 가질 줄 알았데. 동그란 안경 너머에 천진한 그놈 눈빛에서 그날 내가 만난 건 악마였어. 쪽팔린 얘기지만 난 무서웠어. 그런 악마들이, 매일 그런 놈들을 상대하면서 닮아가는 내 자신도. 그래서 도망친 거야. 삥 뜯다가 걸린 게 아니고 이 자식아."

처음 듣는 말이었다. 이제야 이해한다는 표정으로 고개를 끄덕였지만, 나까지 심각해지고 싶지는 않았다. 그날 나는 꼭 해야 할 얘기가 있어서 그를 찾아갔던 것이다.

"내 친구가 비리 형사는 아니었다니 다행이네. 하지만 결국은 배짱이 없어서 그랬다는 걸로 들리네 뭐. 너무 멀리 도망가진 마라. 그러다 사람들 다 피해서 물고기하고만 산다 할까 겁난다."

"아이구, 알았다 이놈아. 근데 오늘은 뭔 바람이 불어 여까지 오셨나?"

"정리 다 끝났으면 목이나 축이러 나갈까?"

내가 사는 거냐고 물으며 얼싸 좋다 따라나설 줄 알았다. 그러나 그날의 심찬보는 평소의 모습과는 조금 달라 보였다.

"오늘은 안 돼. 우리 딸 저녁 챙겨줘야 되거든. 미안하지만 할 얘기가 있어서 온 거면 여기서 하자."

그가 잠깐 일어나 낡은 라디오의 버튼을 눌렀다. 분위기에 어울리지 않는 경쾌한 음악이 흘러나왔다. 다시 돌아온 그는 의자를 내 앞으로 더욱 당겨 앉으며 물었다.

"그래, 무슨 일이냐?"

막상 입이 잘 열리지 않았다.

"그냥."

"그냥?"

심찬보의 처진 눈꺼풀이 순간적으로 올라갔다가 다시 내려왔다.

"사실은, 그러니까 오늘 밤 살인이 벌어질 것 같아."

때마침 라디오에서 흘러나오던 음악이 툭 멈췄다. 내가 계속 말을 이어갔다.

"아직 끝나지 않았어. 내일이 주주 총회 날이고, 내 예상이 옳다면 이제 회장이 죽음을 당할 차례야."

의자 깊숙이 누워 있던 심찬보의 동공이 좁쌀만 하게 작아졌다. 그는 천천히 나를 향해 몸을 끌어당겼다.

"그니까 네가 그렇게 생각하는 그 이유가 있을 것 아냐?"

"아직 기회가 남아 있으니까. 회장이 죽고 주주 총회가 무산되면, 아들이 풍력 사업을 계속하게 돼. 범인은 포기하지 않았을 거 같아."

심찬보가 길게 콧바람을 내쉬며 골똘히 생각에 잠겼다. 잠시 후 그가 내 눈을 빤히 바라보며 물었다.

"그렇다고 치자. 그럼 회장은 죄목은 뭘까? 『이솝 우화』 속에서 말이야."

"…."

"거 봐라. 내가 보기엔 네가 너무 생각이 많아진 거 같다."

나는 그에게 대들 것처럼 강한 어조로 반박을 늘어놓기 시작했다.

"그게 아냐. 인간의 모든 불합리의 중심에 서 있는 실패의 근원, 오수경 선배가 맞서 싸워야 한다던 그것! 바로 의심이었어. 회장의 죄목은 의심이야. 직원들이 중요한 결정을 해야 할 때마다 입버릇처럼 말하던 게 있었지. 회장님이 주신 마지막 기회라고. 회장은 시작부터 풍력 사업을 의심의 눈으로 지켜봤어. 그리고 그 의심은 바이러스처럼 퍼져 직원들로 하여금 심각한 자기 불신에 빠지게 했지. 나태, 자만, 무지, 사욕, 그런 것들은 분명 목표에 도달하는 과정을 더디게 했지만 불신은 차원이 달랐어. 목표를 지향하는 자체를 지레 포기하게 만들었을 뿐 아니라, 모든 부조리를 싹 틔운 근원이었지."

심찬보는 긍정도 부정도 하지 않으며 말없이 고개만 끄덕였다. 잠시 후 그가 담배를 꺼내 물면서 입을 열었다.

"그러니까 네 말은 회장의 죄명이 '의심'이라는 거야? 그럼 『이솝 우화』에서 의심을 대표하는 캐릭터는 누구였지? 형벌은 뭐였더라? 내 질문은 회장이 어떤 모습으로 죽게 될 거냐 이거야."

나도 그게 궁금했다는 표정으로 도리질을 하며 대답했다.

"이상해. 그게 없어. 의외로 말이야. 『이솝 우화』를 종류별로 몇 권이나 읽어보고 인터넷도 뒤져봤어. 그 책에는 의심하지 말라는 교훈이 없더군. 오히려 의심하고, 조심하고, 경계하라고 가르치고 있었지."

심찬보는 손에 들고만 있던 라이터로 담뱃불을 붙였다. 그가 첫 모금을 길게 내뱉으며 차분한 말투로 말했다.

"거 봐라. 『이솝 우화』도 의심 많은 회장을 벌주지는 않았구만. 이제 그만 홀홀 털어버려."

"…"

나는 힘없이 자리를 털고 일어나면서 혼잣말처럼 중얼거렸다.

"듣고 보니 집착일 수도 있겠군. 솔직히 어차피 오늘 살인이 벌어진다 해도 난 막을 생각은 없어. 범인 다음으로 회사가 절실한 사람은 바로 나니까 말이야. 하하하.”

내 억지웃음에 심찬보는 약간 미안하다는 생각이 든 모양이다. 그가 호들갑스럽게 가벼운 이야기로 화제를 돌렸다.

“어쨌든 네 덕분에 『이솝 우화』라는 책을 수십 년 만에 다시 꺼내 봤어. 난 이솝이 안데르센이나 그림 형제랑 동시대 사람인 줄 알았거든? 알고 보니 아주 오래선 고대 그리스 사람이더구먼. 그 험난한 시대에 노예 신분으로 태어나 기지와 화술만으로 출세를 했으니 대강 어떤 사람이었을지 상상이 되더라. 아마 요즘 세상에 태어났어도 크게 한자리 차지했을 거야. 정치인이든 기업가든. 안 그러냐?”

듣는 둥 마는 둥 내가 별다른 반응을 보이지 않자, 그는 멋쩍은 표정을 지으며 그만 들어가자는 눈치를 보냈다.

“그동안 그 무시무시한 회사 다니느라 고생 많았다. 나도 이 대책 없는 가게에서 잠복근무하느라 고생이 많았고. 고생한 사람끼리 연초에 시간 내서 소주나 한잔하자고.”

가게를 나와 낑낑거리며 셔터를 내리는 심찬보를 뒤에서 기다려 줬다. 그가 셔터에 자물쇠를 채우고 시원섭섭하다는 웃음을 씨익 지으며 말했다.

“조심해서 가라. 미안하지만 난 저기 부동산에 가게 열쇠 맡기러 가야 하거든.”

***

집으로 돌아오는 길에 생각하고 또 생각했다. 그의 말이 옳았다. 그래서 더욱 서글퍼졌다. 범인을 찾아 나선 고독한 추적은 막다른 벽에 갇혀버렸다. 그리고 그 벽에는 심찬보의 실패한 낚시점처럼 굳은 셔터가 내려지고 튼튼한 자물쇠가 채워졌다. 더 이상은 집착을 넘어 사치였다. 이제 내 앞에 놓인 최우선의 과제는 어설픈 탐정놀이가 아니라, 처자식을 먹여 살리는 일이었다.

흔들리는 버스의 맨 뒷자리에 앉아 눈을 감았다. 그동안 품었던 오랜 의문들은 눈앞에 닥친 무거운 현실에 서서히 밀려나고 있었다. 아니 어쩌면 억지로 밀어내고 있었는지도 모르겠다. 뜬금없이 외롭다는 생각이 들었다.

셔터의 양면

극심한 편두통이 잠을 깨웠다. 지난밤의 숙취로 늦잠을 자는 바람에 오전 9시가 넘어서야 집을 나섰다. 전철 안에서 정철호 팀장에게 전화를 걸어봤다. 작별 인사를 나눈 지 하루 만에 안부 전화라는 핑계로 안산 공장의 상황을 물었지만 진짜 목적은 간밤에 혹시라도 어떤 사건이 없었는지 확인하기 위함이었다.

"아이고, 이거 새롭게 반갑네요. 저는 지금 4층에서 인사 나누고 있습니다. 여기 별일이야 뭐 있겠습니까? 회장님요? 회장님은 오늘 주주 총회 때문에 벌써 와 계시다고 들었는데요? 회장님은 왜요?"

역시 기우였다. 이제 진짜로 짐을 싸는 일만 남았다.

***

밤사이 영상의 기온으로 비가 약하게 뿌리면서 며칠 동안 눈으로 얼어붙었던 대지가 녹아내리는 아침이었다. 화이트 크리스마스를 기대할 수 없는 날씨였다. 아무도 없는 사무실 내부는 을씨년스러웠다. 전날 오후부터 이삿짐 용역 업체가 벌인 대대적인 정리 작업의 여파였다. 서류철들은 서고에서 내려져 박스에 담긴 상태로 사무실 한구석에 쌓여 있었고, 바닥에는 짐을 싸고 버린 빈 박스들이 널브러져 있었다. 그것들은 모두 곧 새로운 주인이 될 KM중공업의 자산이었다. 컴퓨터들도 운반이 용이하도록 책상 위에 가지런히 올라가 있었다.

나는 벌써 낯설어진 내 책상에 다가가 서랍을 열었다. 칫솔 세트, 휴대폰 충전기, 비상용 넥타이 등등 자질구레한 사물들이 주인을 기다리고 있었다. 나는 가져온 종이 쇼핑백에 물건들을 옮겨 담았다. 책상 위의 텀블러도 잊지 않고 챙겼다. 그것은 입사할 때 아내가 사준 선물이었다. 마지막으로 개인 책꽂이에 듬성듬성 꽂혀 있는 다이어리와 몇 권의 책들이 눈에 띄었다. 전부 챙길 생각은 없었다. 나는 개인 정보가 들어 있는 다이어리와 개인적으로 구매한 책들만 골라서 쇼핑백에 담았다.

여기에서의 어두운 기억은 이제 모두 떨쳐버리고 떠나는 거야! 나는 쇼핑백을 들고 사무실 입구를 향해 터벅터벅 걸어갔다. 사무실 현관에 이르렀다. 그냥 문을 열고 나갈까 하다가 무심코 뒤를 돌아다봤다. 첫 출근 날 조회를 하다 헐레벌떡 달려온 낯선 이를 반기던 각양각색의 얼굴들이 떠올랐다. 상념에 젖은 얼굴로 사무실 구석구석에 인사를 보내던 내 눈길은 어느덧 문이 활짝 열려 있는 회의실에 닿았다. 나는 눈을 질끈 감으며 뒤로 돌아섰다. 그리고 막 현관문을 밀어젖히려던 순간이었다.

투둑, 툭.

쇼핑백의 밑단이 터지면서 물건들이 쏟아져 내렸다. 칫솔과 치약이 바닥에 나뒹굴었고 텀블러는 어느 책상 아래로 굴러갔다. 한숨을 쉬고 나서 허리를 수그리다가 바닥에 떨어진 책 한 권에 시선이 닿았다.

2012년판 『이솝 우화』, 언젠가 아들의 책꽂이에서 뽑아 회사로 가져왔던 기억이 났다. 바로 그 순간, 나의 뇌리에 어떤 대사가 스치고 지나갔다.

"그 험난한 시대에 노예 신분으로 태어나 기지와 화술만으로 출세를 했으니, 대강 어떤 사람이었을지 상상이 되더라. 아마 요즘 세상에 태어났어도 크게 한자리 차지했을 거야. 정치인이든 기업가든. 안 그러냐?"

전날 저녁 무심코 흘려들었던 심찬보의 말이었다. 문득 알 수 없는 공포감이 가슴 한편에 피어올랐다. 꿈을 꾸는 듯 나는 코트 주머니 속에서 휴대폰을 꺼내 들었다. 아직 잠자리에서 일어나지 않은 그에게 다짜고짜 물었다.

"찬보야. 너 혹시 이솝이 어떻게 죽었는지 알고 있냐?"

잠기가 밴 목소리로 심찬보가 투덜대며 대답했다.

"몰라, 인마. 뭐라더라? 처형됐다던가? 델포이 사람들이 자신들을 무시했다고 돌로 쳐 죽였다나 뭐라나. 정확한 건 아니고, 여러 설들 중에 하나야. 근데 그건 또 왜?"

대꾸도 않고 전화를 끊었다. 피가 거꾸로 솟구치는 듯한 전율이 올라왔다. 맙소사! 우회의 등장인물이 아니라 이솝이었어! 그리고 사람들에게 죽임을 당했어. 이솝은 처형당했던 거라고!

밖으로 뛰쳐나온 나는 몸을 던져 마침 지나가던 빈 택시를 막아섰다. 행인 몇 명이 나를 미친놈 구경하듯 돌아봤다.

"뭐야. 뒈지고 싶어 환장했어?"

기사의 욕설이 튀어나왔지만, 나는 거칠게 택시 뒷좌석 문을 열고 올라탔다. 험악하게 나를 쏘아보던 택시 기사가 아마도 내 눈빛에서 섬뜩한 광기를 발견한 모양이다. 그의 말투가 급격히 누그러졌다.

"아니, 길가에 그렇게 튀어나와 있으면 어떡합니까?"

"죄, 죄송합니다. 너무 급박해서. 안산, 안산 시화공단으로 가주세요. 급해요. 어서 빨리 가주세요!"

택시 안에서 확인한 시각은 오전 10시 30분. 주총까지는 30분밖에 남아 있지 않았다. 나는 흥분을 억누르기 위해 길게 숨을 내쉬었다. 다행히 판교에서 안산으로 향하는 외곽 순환 도로는 막히지 않았다. 주주 총회 시작 전까지는 빠듯하더라도 그리 늦지 않게 도착할 수 있을 것 같았다. 쿵쾅거리는 심장은 좀처럼 가라앉지 않았다. 살인범을 확인할 수 있는 마지막 기회가 임박했다. 범인은 틀림없이 나타날 것이다. 늑대는 이제 우화의 세계를 뛰쳐나와 이솝의 심장을 직접 정조준하고 있었다.

택시 안에서 휴대폰 주소록을 뒤져 '진광호'를 찾았다. 그리고 통화 버튼을 꾹 눌렀다. 송신음이 끝나고 익숙한 기계음이 나올 때까지 전화를 받지 않았다. 이번에는 안산 경찰서로 전화를 걸었다. 퉁명스러운 남자의 목소리는 진 경장이 외근 중이라며 곧바로 전화를 끊을 태세였다.

"진 경장님 연락 취하셔서 제게 전화 달라고 전해주십시오. 매우 긴급한 일 때문입니다. 아니, 진 경장님 아니라도 안산 MS중공업 본사로 경찰을 보내주시면 안 될까요? 요란하게 출동하면 안 되고 조용히 대강당 주주 총회장으로 와서 제 핸드폰으로 전화 주셔야 합니다. 살인범입니다. 예? 무슨 살인범이냐고요? 모르세요? 요즘 안산 공장에서 일어나고 있는 사건들을? 아, 담당이 아니라고요? 그래도 꼭 출동하셔야 합니다. 지금 당장입니다. 당장!"

***

주주 총회가 열리는 대강당 입구에 걸린 벽시계는 11시 13분을 가리키고 있었다. 빠른 걸음으로 문을 열고 들어간 강당 내부에는 단상을 향해 대략 100여 명이 펭귄 떼처럼 앉아 있었다.

"모두 동의하십니까? 감사합니다. 동의해주셨습니다. 그럼 2호 의안으로 넘어가겠습니다. 2호 의안은…."

나는 고개를 숙이고 왼쪽 중간쯤 빈자리에 앉아 앞뒤 좌우를 살펴봤다. 단상 앞에 선 회장은 다음 의안을 설명하기 위해 준비해온 원고를 넘기고 있었고, 몇몇 고위 임원들은 단상 뒤 테이블에 앉아 있었다. 단상 앞쪽에 놓인 의자에는 누가 봐도 거수기 역할을 맡은 회사 직원들, 그리고 평소 안면이 익은 중공업 간부들이 눈이 띄었다. 뒤쪽에 자리한 어수룩한 차림의 중년 남녀들 몇몇은 소액 주주들처럼 보였다. 아무리 고개를 돌려봐도 대머리 괴한은 보이지 않았다. 100여 명에게 잠시도 눈을 떼지 못하는 긴장의 순간이 흐르고 있었다. 입술은 바짝 타 들어갔고, 눈알이 따끔거렸다.

"앞으로 주주들의 이익 신장을 위해, 회사의 가치를 어떻게 획기적으로 제고할 수 있을지 말씀드리겠습니다. 무엇보다도 먼저…"

나 혼자만의 긴장감이 흐르는 강당 내부에는 회장의 지루한 연설이 계속되고 있었다. 그때였다. 아무도 눈치채지 못했겠지만 나는 삐그덕 소리를 내면서 강당 뒷문이 열리는 장면을 목격했다. 나도 모르게 침을 꼴깍 삼켰다. 누군가가 은밀하게 강당 안으로 발을 들여놓고 있었다. 검은 정장에 야구 모자, 누가 봐도 수상한 차림새의 사내였다. 모자를 써서 나름 감추려 했겠지만 꾸부정한 어깨, 나와는 구면인 바로 그 사내였다. 그리고 그는 등에 검은 배낭을 메고 있었다.

내 이마에 한 줄기 식은땀이 흘러내렸다. 지금부터는 더욱 침착해야 했다. 소리를 지르는 등의 섣부른 행동이 회장의 목숨은 살릴 수 있을지 모르지만, 사내는 달아나 버릴 것이기 때문이다. 야구 모자를 쓴 사내는 빈자리를 찾아가지 않고 맨 뒷자리에 엉거주춤 서 있었다. 어찌할까 머리를 굴리고 있는 순간 코트 안주머니 속의 휴대폰이 진동했다. 진광호 경장이었다. 통화 버튼을 누르고, 속삭이는 말투로 그에게 물었다.

"어디세요? 지금 도착한 거죠?"

"연락 받고 가고 있습니다."

"뭐라고요? 이제요?"

"죄송합니다. 크리스마스이브라 다들 바빠서."

"크리스마스는 무슨 얼어 죽을. 여기 회사 대강당입니다. 지금 살인범이 나타났다고요!"

통화하는 동안에도 나는 괴한에게서 시선을 떼지 않았다. 꼼짝도 않고 맨 뒤에 서 있던 사내가 슬그머니 배낭을 벗어 바닥에 내려놓았다. 그가 가방에서 무엇을 꺼내는지 추측해볼 겨를조차 없었다. 그것은 순식간에 벌어진 일이었다.

타앙!

귀를 찢는 굉음이 강당 안을 뒤흔들었다. 야구 모자를 쓴 사내의 손끝에서 섬광이 뿜어져 나오는 장면을 나는 똑똑히 목격했다. 영화에서나 볼 법한 장면이 바로 내 앞에서 벌어졌다. 그는 손에 권총 같은 물체를 쥐고 있었다. 순간적인 정적이 흐른 뒤 곧이어 사람들이 술렁이는 소리가 빗발쳤다. 단상 위에는 회장이 연단 뒤로 몸을 숨기는 모습이 보였다. 사회자는 혼비백산해 단상 아래로 뛰어 내려와 몸을 숨겼다. 자리 아래로 몸을 감춘 사람들이 상황을 파악하기 위해 막 고개를 들려고 할 때쯤 두 번째 총성이 울려 퍼졌다.

탕! 퍼억!

처음보다는 다소 둔탁한 소리였다. 회장은 아직 연단 뒤에 몸을 숨기고 있었다. 혹시나 해서 뒤를 돌아봤다. 검붉은 피가 솟구치는 오른손을 왼손으로 움켜쥔 사내가 서 있었다. 고통에 일그러진 사내의 눈이 내 눈동자와 마주치는 순간 나는 반사적으로 자리를 박차면서 그를 향해 뛰어갔다. 그가 도망치기 시작했다. 강당 문을 젖히고 뛰쳐나가려는 그의 옷깃에 내 손이 가까스로 닿았다. 나는 있는 힘껏 사내의 정장 코트를 움켜쥐면서 그를 넘어뜨릴 생각이었다. 그러나 중심을 잃고 바닥에 나동그라진 사람은 나였다. 사내의 야구모자가 벗겨지고 번들거리는 민머리가 드디어 드러났다.

"이 새끼. 거기 안 서?"

야구 모자가 벗겨진 채로 번들거리는 민머리만 드러났을 뿐 사내는 잽싸게 강당 문을 박차고 달아났다. 정신을 차리고 일어나 보니 100여 명의 시선들이 책상 아래에 숨어 나를 지켜보고 있었다. 이대로 그를 놓치면 영원히 끝이다. 나는 그를 따라잡겠다는 의지 하나로 미친 듯이 로비로 뛰어나갔다.

그새 건물을 빠져나간 것인가? 사내의 모습이 보이지 않았다. 전혀 미동도 없는 입구 회전문에는 방금 전 사람이 빠져나간 흔적을 찾을 수 없었다. 어디로 숨은 거지? 내 시선은 바닥에 떨어진 선홍색 핏자국을 찾기 시작했다. 핏자국은 강당 문을 나와 현관 입구와 정반대인 건물 후문 쪽으로 향하고 있었다.

"팀장님, 여긴 웬일이십니까? 뭔 일 났어요? 아까 무슨 소리였죠?"

현관 옆 직원용 엘리베이터에서 나와 허겁지겁 달려온 사람은 정철호와 인사 팀장이었다.

"설명할 시간이 없습니다. 범인! 살인범이 나타났어요. 그냥 따라만 오세요."

바닥의 핏자국은 사무동 후문 엘리베이터 근처에서 끝나 있었다. 말로만 듣던 회장의 전용 엘리베이터 앞이었다. 엘리베이터 전광판을 올려보니 지하 2층에 멈춰져 있었다. 황급히 버튼을 눌러봤지만 엘리베이터는 움직이지 않았다. 지하 2층에서 5층 회장실 구간만 운행하는 엘리베이터! 놈은 그런데 이걸 어떻게 타고 내려간 걸까?

"구동키를 복사해둔 거예요. 그 개자식!"

핏자국과 엘리베이터 위치를 파악한 눈치 빠른 인사 팀장이 답을 쳤다. 그렇다! 그놈은 야간 경비원이었다.

"지하 2층이면 회장님 전용 주차장인데. 그놈이 거길 왜?"

갸우뚱거리며 혼잣말하는 인사 팀장에게 내가 다급히 물었다.

"회장님 차 말고 다른 차도 출입 가능한가요?"

"아뇨. 불가능합니다. 전용 원격 인식 시스템이 없으면. 아아 이런. 회장님은 차 키를 가지고 다니지 않습니다. 항상 차에 두고 다니신다고…."

인사 팀장의 말이 끝나기도 전에 나와 정 팀장은 사무동 후문을 박차고 나갔다. 건물 모퉁이를 돌아 정문 방향으로 뛰었다. 숨이 목위까지 차오르고 있었지만 제발 놈이 아직 빠져나가지 못했기를 바라며 뛰고 또 뛰었다.

부우웅!

한발 늦었다. 구내 지하 차로를 빠져나와 굉음을 내며 달려가는 검은 제네시스 승용차 한 대가 보였다. 나는 차를 쫓아 필사적으로 뛰었다. 그러나 검은색 승용차는 내 시야에서 점점 멀어지고 있었다. 이대로 끝이란 말인가. 저 멀리 정문 차단막이 자동으로 열리고 있었다. 내 뜀박질이 차츰 느려졌다. 숨은 이미 머리끝까지 차올랐다. 패배감과 무력감이 몰려왔다. 어쩌면 그놈과의 마지막 술래잡기였다. 손끝에 닿을 듯 말 듯 또다시 깊은 심연 속으로 유유히 사라지는 범인을 나는 멍하니 바라보고 있었다. 바로 그때였다.

쿵!

차단막을 넘어 정문을 거의 빠져나가던 제네시스가 무언가와 세게 부딪히는 소리였다. 제네시스는 밖에서 정문을 향해 세차게 달려든 차량을 타고 올라 공중에서 크게 반원을 그리며 추락했다. 180도 드러누운 승용차의 앞부분에서 흰색 연기가 피어올랐다. 사태를 파악한 나는 다시 정문을 향해 달려갔다.

정문 부근에 앞부분이 크게 파손된 경찰차에서 한 사내가 문을 열고 비틀거리며 나왔다. 뒷목을 잡고 인상을 찡그리며 나타난 검은 얼굴의 남자는 진광호 경장이었다. 나는 그에게 먼저 뛰어갔다.

"괜찮으십니까?"

"아이고, 이게 괜찮아 보입니까? 저 차는 뭔가요? 비싼 차 같은데 완전히 망했잖아요. 범인 어딨습니까? 정말 나타난 거 맞아요?"

"그럼요. 그리고 잡았습니다. 영화보다는 조금 일찍 나타난 경찰 덕분에 말입니다."

나는 턱으로 벌러덩 드러누운 제네시스를 가리키며 말했다. 입을 벌린 직원들이 하나둘씩 정문 부근으로 몰려들고 있었다. 나와 진 경장은 천천히 범인을 향해 발걸음을 옮겼다.

"조심하세요. 권총 비슷한 거 가지고 있습니다."

내 충고에 화들짝 놀라며 권총을 빼든 진 경장을 앞세우고 전복된 차량 앞까지 다가간 순간이었다.

철커덕!

엎어져 있던 제네시스의 운전석 문이 두어 번 들썩이더니 사내가 기어 나왔다. 나는 고양이 발걸음을 멈췄다. 범인은 죽지 않았다. 피로 얼룩진 민머리 아래로 처음 대면하는 그의 진짜 얼굴이 드러났다. 틀림없이 그였다. 짙은 눈썹, 진한 쌍꺼풀, 그리고….

"헉! 너, 너는…"

나는 너무 놀란 나머지 외마디 비명을 지르고 말았다. 내 눈을 의심하지 않기 위해 눈을 부릅뜨고 다시 정면을 바라봤다. 콧잔등에 다이아몬드 모양의 상처 자국이 선명했다. 낮은 신음 소리를 내면서 원망의 눈빛으로 나를 노려보는 사내는 굵고 검은 안경을 벗은 문기수였다.

굳게 닫혀 있던 셔터의 문이 활짝 열리는 순간이었다. 두 방향에서 시작해 막다른 골목에 부딪혔던 나의 추적은, 그렇게 하나의 셔터를 사이에 두고 서로 맞닿아 있었던 것이다.

면회

　문기수가 체포된 지 대략 열흘 정도의 시간이 흐른 어느 날이었다. 그날의 소동에도 불구하고 주주 총회는 원안대로 종료됐고, MS에너지는 결국 매각됐다. 내 자신이 벌인 활약으로 나는 백수 신세로 연말연시를 맞이했다. 새해가 되면 신년회를 하자던 심찬보는 새로운 인생을 찾겠다며, 가족들만 남겨두고 어디론가 훌쩍 떠나버린 뒤였다. 보험금 지급 건으로 직접 감사를 전하고 싶다는 오수경의 전처를 굳이 만나지는 않았다. 그녀의 어린 아들로부터 고맙다는 전화를 받은 것으로 충분했다.

　구직 사이트를 뒤적거리는 일을 제외하고는 거의 낮잠으로 소일하던 당시, 진광호 경장으로부터 문기수의 진술 조서 복사본을 손에 넣을 수 있었다. 원칙상 불가한 일이었지만, 심찬보가 비공식 루트로 예전 경찰 동기생 인맥을 총동원해 도와준 덕에 가능했다. 더군다나 미제 사건으로 묻힐 뻔했던 범인 검거에 결정적 도움을 준 나의 부탁을, 담당 형사인 진 경장도 거절하기 어려웠을 것이다.

　진술 조서를 읽어 내려가며, 나는 문기수가 상당 부분 거짓 진술을 했다는 사실을 발견하게 됐다. 어떤 면에서는 이해할 수 있는 거짓말도 있었다. 하지만 내 마음속에는 아직 풀리지 않은 몇 가지 의문들이 남아 있었다. 나는 구치소를 찾아가 그에게 면회 신청을 했다. 그리고 우려와 다르게 그는 내 신청을 선뜻 수락해줬다. 일반 면회에 허락된 시간은 단 10분이었다.

***

영화에서 보던 구멍이 숭숭 뚫린 투명 창이 아니었다. 투명한 창에는 구멍이 전혀 없었다. 어딘가에 설치된 작은 스피커를 통해 양쪽의 목소리를 들을 수 있는 시스템이었다. 그가 무표정한 얼굴로 유리창 너머에 모습을 드러냈다. 눈앞에 앉은 중년 사내의 입에서 문기수의 목소리가 흘러나왔다.

"어쩐 일로 오셨습니까? 우리 팀장님이 뵙자고 하니, 안 나올 수도 없고."

예전처럼 반말을 해도 될까? 존대를 해야 할까? 그의 말을 어떻게 받아야 할지 머뭇거려졌다.

"몸은 좀 괜찮으신가요?"

그의 오른손에는 붕대가 감겨 있었고, 이마 또한 치료의 흔적이 남아 있었다. 모공까지 깊게 메웠던 화장기를 걷어낸 얼굴은 군데군데 잔주름이 패여 있었다.

"병문안을 오신 건 아닐 테고. 용건부터 말씀하세요. 여기 그렇게 시간 많이 안 줍디다."

그의 초점 잃은 눈빛을 마주하기가 부담스러워, 나는 살짝 눈을 내리깔며 물었다.

"왜 그랬죠? 오수경 말입니다. 저에게도 치정이니 질투니 운운하실 생각이라면 반복하지 않으셔도 좋습니다."

"제 조서를 봤나 보군요. 이유가 그렇게 중요합니까?"

"당신은 거짓말을 했습니다. 공작새와 학. 그게 진짜 이유였으니까요. 꼭 죽여야만 했습니까? 오수경 상무는 사업을 망친 사람이 아니었잖습니까?"

문기수의 동공이 활짝 열렸다가 작은 점이 됐다. 그가 비스듬히 뒤로 젖혔던 허리를 앞으로 세우며 대답했다.

"그랬었죠. 나와 방향은 같았으니까요. 인정합니다. 그런데 방법론에서 차이가 있었어요. 아주 큰 차이가. 암을 확실히 치료하려면 암세포를 제거하면 그뿐인데 말입니다. 내 비밀스런 수술 계획을 세 번씩이나 파일로 보냈었죠. 반대했으니 살려둘 수 없었고요. 뭐가 그렇게 혼자 잘났다고. 구름 위를 날지도 못하는 주제에 사사건건 나를 가르치려고…"

그는 자신을 늑대가 아닌 학이라 여기고 있었다. 그가 점점 흥분하며 말을 이어갔다. 어느덧 그는 말을 내려놓고 있었다.

"회사 다니는 놈들, 밖에서 볼 때는 뭐 대단한 일이라도 하는 줄 알았지. 막상 와서 보니까 쓰레기보다 못한 놈들투성이더군. 그런 놈들이 탁상머리에 앉아 이래라저래라 해대고 있으니 말이야. 이놈만 없애면 되겠지 하면, 또 다른 놈이 말썽을 부리고. 온몸에 전이돼 회생 불가라는 것을 진즉에 알았어야 했어. 내 실수지. 아니 진짜 실수는 프로젝트의 우선순위였을지도 몰라. 회장 그놈을 맨 먼저 해치웠어야 했는데."

그가 다시 흥분을 가라앉히려는지 몸을 뒤로 젖혔다. 수 초간 다물었던 입을 다시 열었을 때, 그는 다시 문기수 과장으로 돌아와 있었다.

"오신 김에 염치없지만 부탁 하나 드리죠. 그 애 말입니다. 유전자

검사는 해서 좋을 게 없다고 잘 좀 말씀해주세요. 이제 와서 이 못난 아비의 존재를 확인해 뭘 어쩌겠어요. 부탁드립니다."

안 그래도 내가 하려던 말을 그가 먼저 꺼냈다. 내가 대답했다.

"의도는 잘 알겠습니다. 사실 많이 혼란스러워하고 있더군요. 같은 사무실 동료와 친부 확인 검사라니 저라도 그랬겠죠. 하지만 그건 제가 관여할 문제는 아니라고 봅니다. 당사자의 선택에 따를 일이죠. 비록 살인을 저질렀지만 자신을 위해 그랬다는 걸 누구보다도 이해하고 있으니까요. 그런데 그보다도, 그러니까…."

내 말꼬리가 흐려졌다. 그의 눈썹이 순간 움찔거렸다.

"뭡니까?"

"사실 궁금한 게 하나 있습니다. 그 수많은 사람을 죽이면서까지 회사를 지키려는 진짜 이유가 뭐였습니까? 그 애가 직장을 잃는 것을 막기 위해서? 정말 그것 때문입니까?"

"잘 알고 계시잖아요. 그 애가 기적같이 들어간 회사입니다. 실직하고 다른 회사에 취직하는 것은 불가능에 가까웠으니까요. 고졸에, 장애인에…."

나는 예상했던 그의 말허리를 자르고 조금 더 핵심에 다가갔다.

"당신에게는 마음만 먹으면 그 애를 취직시킬 수 있는 재주가 있을 텐데요."

무슨 말인지 알아들었다는 듯이 그가 천천히 고개를 끄덕였다. 잠시 후 조심스레 입을 떼는 그의 눈빛에는 촉촉하게 물기가 배어 있었다.

"그래요. 자격이 없다는 거 압니다. 하지만 함께 있고 싶었습니다.

그 애를 매일 가까이서 느끼고 싶었죠. 다른 회사에서 그 애를 다시 만나는 건 말도 안 되는 일이니까요. 그런 우연을 믿을 정도로 그 애가 바보는 아니니까요. 그래서 반드시 그 회사여야 했습니다."

그는 흐느끼고 있었다. 목이 메었는지 잠시 호흡을 가다듬은 그가 다시 말을 이었다.

"그 가엾은 아이가 혼자 힘으로 취직했다는 사실을 알게 되고 나서, 저도 수단과 방법을 가리지 않고 그 회사에 들어갔습니다. 처음에는 다만 며칠이라도 그 아이 가까이에 있고 싶다는 생각뿐이었습니다. 그러다가 염치없게도 점점 욕심이 커지더군요. 내게 회사는 그 애를 지켜볼 수 있고, 동시에 그 애를 위해 지켜줘야 할 공간이기도 했습니다. 그 소중한 공간을 지키기 위해 나는 무슨 일이든 해야 했어요."

흐르는 콧물을 수의 소매로 훔치고, 그는 얼굴을 어깨 아래로 파묻었다. 축축한 침묵이 구치소 내에 흘렀다. 나는 수긍하는 것도 수긍하지 않는 것도 아닌 애매한 얼굴로 고개를 끄덕였다. 그럴듯한 설명이었다. 그럴 거라 미뤄 짐작하기도 했다. 아직 개운치 않은 뭔가가 가슴 한구석에 남아 나를 불편하게 했지만, 더 묻지 않기로 했다. 어쩌면 내가 오해했을지도 모른다는 생각도 들었다. 벽시계를 보니 면회 시간이 거의 끝나가고 있었다.

"역시 그랬군요. 알겠습니다. 함께 있고 싶었고 가까이서 지켜보고 싶었다, 그런 말씀이군요."

나는 의자 등받이에 걸쳐뒀던 코트를 집어 들고 조용히 자리에서 일어났다. 양손으로 얼굴을 덮은 그의 어깨가 간헐적으로 흔들렸다.

코트를 입고 그에게 보내던 마지막 눈인사를 거뒀다. 뭔가 이상했다. 찰나의 순간 내가 뭔가를 본 것 같았다. 나는 황급히 몸을 돌려 아래쪽으로 시선을 향했다. 그의 양쪽 무릎이 경쾌하게, 아니 방정맞게 위아래로 들썩이고 있었다.

나를 구치소로 이끌었던 진짜 의혹의 해답을 나는 꼭 물어야 했다.

"그런데 말입니다, 조금 이상합니다. 도무지 이해할 수 없는 부분이 있어요. 그 애를 지켜보는 당신의 눈빛, 그건 그리움에 사무친 아버지의 눈빛이 아니었어요. 내가 혹시 잘못 본 걸까요? 그 애가 슬퍼하고 힘들어한 순간에 당신은 뭐랄까, 적절한 표현은 아닌 줄 알지만, 즐기고 있는 모습이었습니다. 도대체 뭐가 진실이죠?"

갑작스런 질문에 문기수의 눈가에 작은 경련이 일었다.

"무슨 말씀이십니까? 뭔가 잘못 보신 모양입니다만."

영문을 알 수 없다는 표정으로 그가 되물었지만, 나는 단호한 어조로 반박했다.

"아뇨. 나는 분명히 봤습니다. 그 애가 회의실에서 커피를 쏟았을 때, 그리고 술자리에서 슬픈 기억을 떠올릴 때, 당신이 어떤 모습이었는지를."

문기수의 얼굴에 미묘한 변화가 일어났다. 결코 당황하는 기색은 아니었다. 잠시 말문을 닫은 그의 볼이 살짝 부풀어 오르는가 싶더니, 이내 폭발하듯 그의 입술로 무엇인가 터져 나왔다. 웃음이었다. 그것은 어떻게 참았을까 싶을 정도로 오랫동안 참아온 웃음이었다.

"푸하하하! 아이고, 이거 좋은 아빠 코스프레도 쉽지 않구만. 하하하, 이왕 이렇게 된 거 웬만하면 해피엔딩으로 끝내려고 했더니,

내 연기가 영 형편없었군. 아이고 배야. 하하하하."

눈을 꾸욱 감았다가 다시 떠봤다. 눈앞에서 펼쳐지는 한 인간의 변신이 믿겨지지 않을 정도였다. 가까스로 웃음을 멈춘 그가 다시 말을 이었다.

"정말 궁금해? 슬픈 버전의 결말을 선호한다면 진실을 말해주지. 이게 다 그년 때문에 이렇게 된 거라고."

그년? 도대체 누굴 말하는 거지?

"그래 오래전 내 인생에서 여자가 하나 있었어. 내게 더러운 배신을 안겨줬던 년. 끝까지 찾아내서 목을 졸라 죽여버렸지만."

백석포 아낙에게서 들었던 이야기가 떠올랐다.

"세월이 흘렀는데도 분이 풀리지 않았었나 봐. 그 애가 지 에미를 많이 닮았더군. 그래 처음에는 잠시 호기심을 채우려는 생각이었어. 그러다가 매일매일 그 애를 관찰하는 일은 내게 무엇과도 바꿀 수 없는 자극이자 즐거움이 돼버렸지. 특히 그 애가 곤경에 빠진 표정을 보고 있을 때 그 쾌감을 주체할 수 없었나 봐. 눈에 띌 정도였다니. 어리바리한 줄로만 알았는데 당신이 제대로 본 거야. 하하. 딱 걸렸네. 씨부럴."

충격에 말문이 막혔지만, 뭔가 저항하고 싶었다.

"아냐. 지어낸 얘기야. 인간이라면 그럴 수 없다고!"

"시끄러워. 이만한 것도 감당 못할 거면서 진실을 운운했던 거야? 쯧쯧쯧. 어쨌든 나름 조심했는데도 내 욕심이 과했어. 적당할 때 그만뒀어야 했는데. 씨발. 괜히 주주 총회장까지 찾아갔다가 꼬리가 밟히는 통에 내 화려한 커리어에 금이 갔지 뭔가. 푸하하하하."

악마 같은 웃음소리가 구치소 구석구석에 울려 퍼지는 것 같았다. 현기증이 났다. 의혹은 풀렸지만 이제 나는 인간으로서 감당하기 어려운 불편한 진실과 마주하고 있었다. 비틀거리며 자리에서 일어나던 내 눈에는 분노와 경멸의 불길이 타올랐다.

"당신은 인간도 아냐! 세상에 어떤 아버지가. 어쩌다 그런 괴물이 된 거지? 차라리 뒈져버리지 왜 그 애 앞에 나타난 거야. 이 짐승만도 못한 새끼! 그 애는 아직도 버려지기 전날 흘렸다는 당신의 눈물을 기억하고 있다고."

내 귓바퀴를 괴롭히던 그의 웃음이 갑자기 뚝 그쳤다. 그는 고개를 약간 옆으로 비스듬히 기울이고 오른쪽 다리를 왼쪽 무릎에 얹으며 나에게 되물었다.

"눈물? 무슨 소리지? 난 내가 기억하는 나이부터 한 번도 울어본 적이 없는데. 가만, 애를 버리기 전날이라. 비가 쏟아지려는지 하루 종일 몹시 후덥지근했던 날이었지. 맞아. 울었을 리도 없지만 솔직히 울 일도 없었으니까. 아마도 이마에 맺혔던 땀방울이 떨어진 거겠지."

오른쪽 발끝을 까딱거리면서 그는 천연덕스러운 얼굴로 혼잣말처럼 중얼거렸다. 이윽고 다시 부풀고 있는 그의 얼굴을 발견하고 나는 도망치듯 뒤돌아섰다.

마지막으로 나는 문기수의 신문 조서를 있는 그대로 여기에 남기고자 한다. 물론 편의상 미란다 원칙이니 뭐니 하는 형식적인 부분은 생략했고, 뒷부분 또한 불필요한 내용이 많아 제외했다.

어린 딸을 고아원에 버린 뒤 MS에너지에 들어오기까지 문기수가 무엇을 하며 지냈는지는 알 길이 없다. 다만 그가 문서 작성과 위조에 매우 능했고 사제 권총까지 만들 수 있었다는 사실로 미뤄, 세상 어딘가 어둡고 거친 곳에서 살아왔으리라는 추측만 가능할 뿐이었다. 그의 말처럼 수많은 범죄 프로젝트를 성공적으로 수행하면서 화려한 커리어를 쌓으며 말이다.

구치소를 나와 집으로 돌아가던 중에 잠깐 길가에 차를 세웠다. 그리고 휴대폰을 꺼내 들었다.

"어이, 이게 누구신가? 백수 나리 아니신가?"

수화기 너머로 반가운 목소리가 흘러나왔다. 심찬보였다.

"그냥 생각나서 한번 전화해봤어. 거긴 어떠냐?"

그는 멀리 남해로 내려가 있었다. 자리가 잡힐 때까지 아내와 딸은 분당에 남기로 했다면서 그는 홀로 그 외로운 길을 걷고 있었다. 여생을 어부로 살겠다는 것이 그의 결심이었다.

"어떻긴? 솔직히 중고 배 알아보랴 어구 장만하랴 정신이 하나도 없다. 한번 놀러 오라니까?"

"가야지. 날 풀리면 회나 얻어 먹으러 한번 내려갈게."

"얘기가 나와서 말인데. 여기 오면 사람 눈치는 안 보고 살 줄 알았더니, 그것도 아니더라. 어촌계 사람들 비위 맞춘답시고 내가 얼마나 허리를 숙이고 사는 줄 알면 아마 놀래 자빠질걸? 사람 사는 데가 어딜 가나 다 똑같다 이거야."

징징거리는 그의 엄살이 오랜만이라서 그런지 싫지 않았다. 통화를 마친 이후에도 나는 운전대를 만지작거리며 운전석에 앉아 있었다.

한참을 망설이던 나는 다시 차를 움직였다. 속도를 내어 가까운 고속 도로 톨 게이트에 들어섰다. 내비게이션에 입력된 목적지인 남해에 도달하기까지는 대략 4시간 30분이 소요될 예정이었나.

피의자 신문 조서

문: 피의자의 성명, 주민 등록 번호, 직업, 주거, 등록 기준지 등을 말하십시오.

답: 성명은 문기수(文基洙)

주민 등록 번호는 810301-×××××××

직업은 현재 무직(前 MS에너지주식회사 근무)

주소는 서울시 강남구 신사동 ×××-× DS주택 C동 302호

우편물 송달 주소는 위와 같은 곳

등록 기준지는 강원도 강릉시

연락처는 자택 전화 없음, 휴대전화 010-4714-××××

문: 피의자는 전에 민사 또는 형사 관련 형벌을 받은 사실이 있는가요?

답: 없습니다.

문: 가족 관계는요.

답: 저 혼자입니다.

문: 현재의 주민 등록 번호를 취득한 경위는요?

답: 어릴 때 고아원을 도망 나와서 주민 등록 번호도 모르고 자라다가, 2012년 뒤늦게야 출생 신고를 통해 취득했습니다(피의자는

2012년 1월 21일 인우 보증제를 통해 최초 주민 등록 절차를 취함).

문: 피의자는 충남 아산 출생 남경식이라는 사람을 알고 있습니까?(피의자의 지문과 일치하는 주민 등록 기준 사망자 1인이 조회됨. 1974년생의 남경식은 1건의 사기 전과 보유자로, 복역을 마친 1998년 1월 이후 공식 기록이 나타나지 않다가 2011년 12월 사망 신고 처리됨.)

답: 모릅니다. 처음 듣는 이름입니다.

문: 다시 한 번 묻겠습니다. 피의자는 혹시 남경식이라는 이름으로 살았던 적이 없었습니까?[피의자는 사망 처리된 남경식으로 강하게 추정되며, 유일한 혈육인 남상미(여, 931025-×××××××)와의 유전자 대조를 통한 확인이 요구됨.]

답: 전혀 그런 적 없습니다.

문: 그럼 2012년 출생 신고 이전까지 무슨 일을 했습니까?

답: 그냥 이곳저곳에서 막일을 하며 살았습니다.

문: 좀 더 구체적으로 말씀해주시겠습니까?

답: 어렸을 때는 속칭 앵벌이 밑에서 구걸을 하며 지냈고, 그곳을 탈출한 이후로는 여러 부두를 떠돌며 일용직으로 살았습니다.

문: 그러다가 갑자기 MS에너지에 입사한 이유는 무엇입니까?

답: 남들처럼 저도 번듯하게 회사라는 곳을 다니고 싶었습니다. 뒤늦게 주민 등록 번호를 얻은 이유도 오직 그것 때문입니다.

문: 회사에 들어가게 된 구체적인 경위는요?

답: 별로 어렵지 않았습니다. 학력과 경력을 위조한 문서를 제출했습니다.

문: 피의자는 평소 가발을 쓰고 변장을 하고 다닌 특별한 이유가

있습니까?

답: 물론입니다. 제 정확한 나이를 몰라 81년생으로 출생 신고를 했습니다만, 실제로 제 외모가 늙어 보인다는 사실을 알고 있었습니다. 남들에게 젊고 멋지게 보이려고 노력하는 것이 문제가 되는지요?

문: 좋습니다. 피의자는 MS에너지에 근무하던 오수경, 석영우, 구승팔을 알고 있습니까?

답: 예. 알고 있습니다.

문: 피의자는 앞에서 말한 3인을 살해한 사실이 있습니까?

답: 예.

문: 전부 혼자 벌인 일입니까? 공범은 없었나요?

답: 네. 전부 혼자 처리했습니다.

문: 상기 3인을 살해한 이유는 무엇입니까?

답: 서로 다릅니다. 오수경은 제가 좋아했던 직장 동료, 신혜원이라는 여자와 지나치게 가깝게 지냈습니다. 질투심 때문입니다. 나머지 석영우, 구승팔은 회사의 사업을 망친 사람들이었습니다. 어렵게 문서 위조까지 하면서 들어온 회사가 망할 위기에 처했습니다. 저는 정말이지 내가 몸담은 풍력 사업의 성공을 위해 목숨을 바칠 준비가 돼 있었습니다. 사업이 망하면 내 인생도 끝이라는 생각이었습니다. 그래서 사업을 망치려 드는 무능하고 못된 간부들을 도저히 참을 수 없었습니다. 그들을 죽이면 사업이 다시 좋아질 거라 확신했습니다.

문: 오수경을 살해한 경위를 자세히 말씀하세요.

답: 그가 묵고 있는 모텔에 침입했고, 미리 준비한 흉기로 위협만

했습니다. 그리고 창문으로 뛰어내리라고 말했죠. 뭐 간단했습니다.

문: 석영우를 살해한 경위는요?

답: 공장에서 그가 오기로 했던 장소에서 기다렸습니다. 둔기로 머리를 내리쳤고요. 그러고 나서 터빈 안에 고이 모셔다 놓았지요.

문: 둔기는 무엇이었습니까?

답: 스패너였습니다. 공장에 널린 것 중에 큰 거로 골랐죠.

문: 범행 후 그 도구는 어디에 은닉했습니까?

답: 은닉이라뇨? 회사 공구를 버리면 되겠습니까? 잘 씻어서 원래 자리에 갖다 놓았지요.

문: 구승팔 씨 또한 같은 방식으로 살해했습니까?

답: 네. 그렇습니다. 밤늦게 그를 회의실로 유인해 역시 스패너로 때리고, 비상계단으로 옮겼습니다.

문: 석영우나 구승팔을 살해하고 나서 시신을 옮긴 이유는 무엇입니까?

답: 전시하기 좋은 장소로 옮긴 것입니다. 사업을 망치려 하면 이렇게 죽는다는 교훈을 사람들에게 남기고 싶었습니다.

문: 석영우와 구승팔을 살해할 당시 피의자는 남의 신분을 도용해 안산 공장에 야간 경비원으로 일했습니다. 살인을 목적으로 한 일입니까?

답: 아닙니다. 회사 월급이 너무 적어서, 부업 목적이 먼저입니다. 어쩌다 보니 거기가 범행하기 수월하긴 했지만 말입니다.

문: 피의자는 예전에 퇴사한 마강토와 배창희라는 사람을 알고 있습니까?

답: 예.

문: 피의자가 마강토를 식물인간으로 만들었고, 배창희를 협박했다는 제보가 있습니다.

답: 전혀 사실이 아닙니다. 내가 그랬다는 물증을 대보십시오. 그렇지 않으면 그 제보자를 명예 훼손으로 고소하겠습니다.

문: 좋습니다. 그건 물증이 나오면 나중에 다시 묻겠습니다. 피의자는 이안섭이라는 사람을 알고 있습니까?

답: 물론입니다. 제가 다니던 회사의 회장입니다.

문: 피의자는 2014년 12월 24일 이안섭 씨를 살해하려 한 사실이 있습니까?

답: 예.

문: 왜 그랬습니까?

답: 회사를 매각하면 실업자 신세가 될 테니 분한 마음이 들었습니다. 그냥 복수하고 싶었습니다.

문: 사제 권총은 어떻게 구했습니까?

답: 부품을 구입해서 제가 직접 만들었습니다.

문: 직접 만들었다고요? 부품은 어디에서 구입했습니까?

답: 청계천에 가면 어렵지 않게 구할 수 있습니다. 경찰이면 알고 계시는 사실 아닙니까?

문: 작업은 어디에서 했습니까?

답: 집에서 만들었습니다. 매뉴얼대로 했는데 쉽지 않더군요. 며칠 밤을 꼬박 새워야 했습니다.

(이하 생략)

에필로그

감염된 비즈니스

"박상필 팀장, 주말에 부부 싸움이라도 했나? 표정이 왜 그 모양인가?"

오전 9시가 조금 넘은 시각, 감청색 블레이저에 회색 바지를 입은 남자가 내게 다가와 물었다. 그의 네모난 얼굴에 박힌 작은 눈이 역시 네모난 안경 너머에서 웃고 있었다. 나는 자리에서 허겁지겁 일어나 약간은 비굴해 보이는 각도로 허리를 숙였다.

"아닙니다. 차 전무님. 덕분에 잘 쉬었습니다. 근데 오전에 임원 회의 가신 줄 알았는데요."

"자네 때문이야. 몰라서 그래? 내가 사장님께 말씀드려서 보고를 내일로 연기시키고 오는 길이네. 자네 보고서가 아직이니까 그럴 수밖에. 내가 아주 목이 빠질 지경이라고. 보고서는 언제쯤 내 책상에 올려놓을 건가?"

차 전무의 목소리에는 전에 없던 짜증이 약간 섞여 있었다. 고개를 살짝 숙이고 겸연쩍은 웃음을 지으며 내가 대답했다.

"죄송합니다. 오늘 점심 드시고 오시면 틀림없이 자리에 놓여 있을 겁니다."

차 전무는 그제야 약간 만족스러운 미소를 지으며 내 책상 위에 뭔가를 슬쩍 던져놓았다.

"이거 자네 거 맞지? 저쪽 회의실에 놓여 있더구먼. 이 회사 오래 다니고 싶으면 특히 보안에 유념하라고 내가 말했을 텐데? 내부의 적이 더 많다는 거 몰라?"

뼈 있는 말을 남기고 그가 멀어져갔다. 그가 자신의 집무실 문을 닫고 완전히 보이지 않을 때쯤 책상 위에 놓인 물건을 물끄러미 내려다봤다. 패브릭 질감의 회색 인조 가죽으로 커버를 씌운 조그만 책자, 하단에 금색으로 'KM중공업'이라는 상호가 선명하게 새겨진 다이어리였다.

MS에너지를 그만두고 백수로 지내는 동안, 나는 심찬보를 따라 어부가 될까 진지하게 고민한 적이 있었다. 너무 섣부르게 아내에게 털어놓은 것이 화근이었다. 이혼을 불사하겠다는 아내의 으름장에 나의 고민은 일찌감치 바다에 던져졌다. 무얼 하며 먹고살지 막막한 단계를 지나 아예 모든 일상에 무감각한 경지에 올랐던 나는 조울 증 비슷한 병을 앓기 시작했다. 그러던 어느 날 KM중공업에서 뜻밖의 전화가 걸려왔다. 나를 채용하고 싶다는 제안이었다. 내가 MS에너지 주주 총회장에서 벌인 활약(?)이 뒤늦게 차 전무라는 사람의 귀에 들어갔고, 내 무용담이 오너를 지키려는 강한 충성심으로 해석된 것이 이유였다. 차 전무는 예전에 판교의 사무실로 찾아왔던 세 사람 중에서 가운데 앉았던, 가장 나이가 지긋한 사람이었다. 제안받은 자리는 전임자의 전보 조치로 공석이 됐다는 전략 기획 팀장이었다. 삶의 방향성을 잃고 있던 내게, 그것은 제안이 아니라 구원이었다.

　오전 10시경, 나는 회의실로 팀원 전원을 소집했다. 사전 예고도 없이 소집한 갑작스런 회의는 아니었다. 이미 지난 금요일 이메일을 통해 회의 자료를 사전 숙지하고 회의에 참석할 것을 전 팀원에게 지시해놓았다. 아침 일찍 출력해놓은 보고서를 들고 나는 회의실에 들어섰다. 보고서의 표지에는 '신사업 타당성 보고서'라 이름이 붙여져 있었다. 6명의 젊은 남녀가 내 입이 열리기를 기다리고 있었다.

　"보고서 내용은 미리 읽어봤을 테고, 시간 관계상 곧바로 의견 개진 바랍니다. 예고 드린 대로 여러분의 솔직한 의견이 필요한 사안입니다."

　내 말이 끝나기 무섭게 뚱뚱한 남자 사원 하나가 기다렸다는 듯이 입을 열었다.

　"한마디로 정리하자면 우리 사업 영역을 확대하자는 거 아닙니까? 현재 풍력 터빈 제조에서 발전 사업자까지로 말입니다. 솔직한 제 의견을 말씀드리고 싶습니다. 우리가 발전소의 운영과 관련해서 어떠한 노하우를 보유하고 있는지 좀 우려스러운 게 사실입니다. 보고서에는 별도의 증원 없이 기존 조직으로 충분히 추진 가능하다고만 돼 있으니까요."

　동그란 안경을 쓴 다른 사원 하나도 고개를 끄덕이며 거들었다.

　"제 생각도 비슷합니다. 우리가 당장 발전 사업을 할 수 있는 역량을 보유하고 있는지 궁금해지게 만드는 보고서였습니다. 적당한 규모의 회사를 하나 인수한다면 모르겠지만요."

충분히 예상했던 의견이었다. 내가 답할 차례였다.

"이야! 이거 오늘 회의가 아주 기대가 되는데요? 아주 좋은 질문입니다. 두 사람 말이 맞아요. 풍력 발전소를 운영하는 것은 분명 또 다른 사업이니까요. 하지만 보고서에 언급돼 있듯이 발전소 운영 노하우가 우리 회사에 전혀 없는 것은 아닙니다. 그동안 우리가 발전 회사에게 터빈을 공급하고, 그 접점에서 유지 보수를 하면서 축적된 운전 기술이 적지는 않다는 의미죠. 물론 그걸로 충분한지에 대해서는 이견이 있을 수 있겠지만, 아쉬운 대로 시작을 하는 데는 무리가 없는 수준이라고 봅니다. 자 그럼 논의를 조금 더 진전시켜볼까요? 또 다른 의견은 없습니까?"

나는 의기양양한 태도로 팀원들을 둘러보며 한 사람 한 사람 눈빛을 교환했다. 솔직히 나는 이런 논쟁을 즐기는 스타일은 전혀 아니다. 회의는 의견 수렴이라기보다는 내 불안을 씻기 위한 목적이 더 강했다.

지난 금요일이었다. 오랜 공을 들여 작성한 장편의 보고서를 마무리하던 내 가슴 한편에는 성취감 대신 묘한 불안감이 도사리고 있었다. 선박을 만드는 사업으로 고성장을 지속해온 회사는 약 6년 전부터 사업 다각화의 일환으로 풍력 터빈 제조에 손을 대기 시작했다. 회사는 신속하게 해외 제품을 라이선스로 도입했고, 협소한 국내 시장보다는 처음부터 해외 시장 진출을 추진했다. 결과는 대성공이었다. 그리고 성공에 취한 경영진 일부가 내친김에 풍력 발전 단지 운영까지 사업 영역을 확장하자고 제안한 일까지는 그럴 수 있었다. 문제는 나의 직속 상사인 차 전무였다. 새로운 프로젝트에 가장 목소리를 높이고 있는 그가 전해준 정보들을 종합해봤을 때, 내가 보기에도 우려되는 부분들이 눈에 띄었다. 어쨌든 내 일은 그의 생각을 잘 파악하고 포장해 보고서에 최대한 담아내는 일이었다. 차 전무에게 보고해야 할 시한을 불과 몇 시간 앞두고 시행하는 오늘 회의는, 내 우려가 혹시 기우는 아닐까 다른 사람들의 시각을 통해 확인하려는 의도였다.

"발전기 사업부 쪽에 신기상 상무라는 분이 원자력 발전소 근무 경험이 있습니다. 혹시 그분이 기술 관련 사항을 총괄하시는 건 아니겠죠?"

얼굴에 기름기가 번들거리는 남자 직원이 조심스레 물었다. 그는 신입 사원 때부터 발전기 사업부에서 근무하다가 풍력 사업부가 발족하면서 전보 배치된 고참 간부다.

"아, 맞아요. 그분 맞습니다. 이 보고서 쓰는 데 많은 도움을 주셨죠. 이번 프로젝트에 매우 적임이라는 평가를 듣고 있어요. 발전소에 대해서는 정말 박식하시고. 해외 원전에서도 근무를…."

기름진 얼굴의 간부 사원이 내 말을 단칼로 베며 들어왔다.

"설마 했는데 역시나군요. 솔직히 그분 회사에서 평판이 그리 좋지는 않습니다. 탁상공론의 대가라는 별명이 붙어 있죠. 지금 계시는 발전기 사업부에서도 말이 많았습니다. 논문도 많이 내시고 아는 건 많은데 실제 성과로 이어지는 일이 없거든요. 여긴 회사지, 학교가 아니니까요. 더군다나 우리가 하려는 건 대형 원자력 발전소가 아니라 소규모 풍력 단지입니다. 업의 본질이 같다고 볼 수 없죠.

그분이 풍력 발전을 너무 쉽게 생각하시고 계시는 건 아닌지 걱정이 됩니다."

솔직히 신 상무라는 사람을 인터뷰하면서 나 또한 그의 발전소 근무 경험이라는 것이 주로 설비 유지 보수였다는 사실에 다소의 걱정이 있었다. 그러나 나는 일부러 소리 내어 너털웃음을 지으며 말했다.

"글쎄요. 일단 믿어봐야죠. 현재로서는 우리 회사에서 그 분야를 가장 잘 아시는 분이고, 또 자신이 직접 컨트롤하면 지금 우리 인력으로도 충분하다고 자신하시니까요."

얼버무리는 듯한 내 말투에 팀원들의 회의 열기가 조금 식은 느낌이었다. 갑자기 끊어진 대화의 흐름에 어색한 공기가 메워지고 있었다. 그때 팀원 중 가장 막내가 내 기대를 저버리지 않고 회의의 흐름을 이어가 줬다.

"팀장님, 보고서 읽어보니까 풍력 발전소 투자와 운영을 맡을 별도 법인을 신설한다고 하던데요. 혹시 우리 팀원들 중 일부도 신설 법인으로 가게 되는 건가요? 우리 전무님이 법인장으로 갈 거라는 소문을 들었거든요."

그의 질문은 내가 기대했던 범주를 크게 벗어나 버리고 말았다. 게다가 설상가상으로 우리 팀의 홍일점인 여자 대리가 한술 더 뜨고 나왔다.

"저도 그런 소문을 들었어요. 이번 신사업에 전무님이 유난히 목청을 높이는 이유가 자신의 자리보전을 위한 것이라는 소문 말이에요. 사업보다는 젯밥에 더 관심이 있는 것은 아닐까 걱정이 듭니다."

내 이마에 진땀이 배어 나오기 시작했다. 급하게 수위 조절의 필요성이 느껴졌다.

"자아, 그런 뜬소문에 대해서 내가 진위를 말할 위치는 아닙니다. 오늘 회의가 그런 자리도 아니고요. 오늘은 보고서 내용에 대해 집중해주면 좋겠습니다."

지나치게 정색을 했는지 분위기가 한층 더 어두워졌다. 이제 회의는 파국을 향해 치달았다. 뾰로통하게 닫았던 입을 다시 열기 시작한 여자 대리의 말투에는 아예 노골적인 냉소가 담겨 있었다.

"팀장님, 말씀드리기 죄송합니다만 오늘 이 회의를 왜 소집하셨는지 솔직히 저는 이해가 가질 않아요. 이미 결론을 내신 것 같은데 우리들에게 의견을 묻는 이유가 뭐죠?"

"…."

귓불이 빨개질 정도로 뜨끔했다. 마치 도둑질이라도 하다가 들킨 사람처럼 말문이 콱 막혔다. 하지만 이대로 물러설 수는 없는 상황이 돼버렸다.

"솔직히 말하죠. 내가 보기에 경영진은 발전 사업으로 진출하겠다는 긍정적인 판단을 이미 내리신 것 같아요. 그리고 우린 기획쟁이들입니다. 경영진의 의도대로 구체적인 실행 방안을 구현하는 것 또한 우리들의 임무란 말이죠. 어쨌든 오늘 여러분의 의견은 잘…"

급하게 마무리하려던 내 의도를 눈치챘는지 다시 기름진 얼굴의 간부가 내 말을 끊었다.

"말씀은 바로 하셔야죠. 경영진이 아니라 차 전무님이잖습니까? 더군다나 최근 신재생 에너지 시장 침체로 회장님께서도 이번 프로젝트에 대해 별로 탐탁지 않게 생각하신다는 말도 돌던데요. 회장님도 의심의 눈으로 보고 계신 사업이라 말입니다. 그런 프로젝트를 차 전무님이 발 벗고 나서시는 걸 보면 소문이 꼭 소문만은….'

억누르고 있던 부아가 터지고 말았다.

"닥쳐! 소문 얘기하는 자리가 아니라고 내가 말했잖아! 내가 여기 온 지 얼마 안 된다고 무시하는 거야? 너희들이 사업을 알아? 지옥 같은 실전을 경험해본 적 있어? 교과서 몇 권 읽고 탁상공론이나 벌이는 풋내기들 주제에!"

회의는 그것으로 끝이었다. 나는 붉으락푸르락 칠면조 같은 얼굴로 회의실 문을 박차고 나왔다.

***

회사 주변 상가 골목을 얼마나 걸었을까? 거리에 쏟아져 나온 정장 차림의 무리를 발견하고 나서야 점심시간이 됐음을 알아차렸다. 문득 아침에 차 전무에게 호언장담했던 기억이 떠올랐다.

'죄송합니다. 오늘 점심 드시고 오시면 틀림없이 자리에 놓여 있을 겁니다.'

나는 급하게 사무실로 발길을 돌렸다.

사무실에는 점심을 거르고 일하는 사람들 서너 명 외에는 거의 자리가 비어 있었다. 나는 잠시의 주저함도 없이 검은색 결재 판을 들고 차 전무의 방문을 두드렸다. 아무런 인기척이 없었다. 방문을 열고 들어가 책상 위에 결재 판을 반듯하게 올려놓고 밖으로 나왔다.

차 전무의 방을 나와 벽시계를 보니 12시 30분을 가리키고 있었다. 잠시 후면 팀원들이 몰려올 시간이었다. 오전 회의 때 내가 보인 격한 모습이 슬슬 신경 쓰이기 시작했다. 꼬락서니라도 대강 정돈할 생각으로 화장실에 다녀오기로 했다.

찬물로 세수를 하고 나니 머리가 맑아지는 느낌이 들었다. 나는 양손으로 세면대 주변을 짚고 가만히 거울을 응시했다. 흰색 셔츠에 붉은 계통의 넥타이 위로 이제는 제법 턱에 살집이 잡히기 시작한 중년 남자가 보였다. 그의 누렇고 탁한 눈동자가 물끄러미 나를 쏘아보고 있었다. 나는 입술을 양쪽으로 늘려 억지로 웃어봤다. 거울 속의 사내도 따라서 웃었다. 그에게 찡긋 윙크를 한 번 날리고는 옆에 걸린 종이 타월을 뽑아 들었다.

손에 묻은 물기를 다 닦기도 전이었다. 문득 내 주위를 휘감고 있는 오싹한 기운에 소름이 돋았다. 그러고 보니 좀 전에 거울에서 시선을 떼던 순간 뭔가 자연스럽지 않은 것을 본 것 같았다. 나는 곁눈질로 세면대 앞의 대형 거울을 물끄러미 들여다봤다.

"누, 누구야?"

사람이 바뀌어 있었다. 화들짝 놀라 뒷걸음질 치면서 다시 거울 속을 응시했다. 거울 속의 남자는 분명 내가 아니었다. 군데군데 허연 비누 얼룩이 묻은 거울 너머에 낯선 노인이 서 있었다. 섬뜩한 백발 아래로 툭 불거져 나온 광대뼈와 야비해 보이는 입술, 불룩한 배를 지탱하고 있는 앙상한 안짱다리, 오늘 새벽에도 내 자리 뒤편 유리창을 통해 나타났던 그 흉한 몰골의 노인이었다.

어깨를 들썩이며 알 수 없는 표정을 짓고 있는 그를, 처음에는 울고 있다고 생각했다. 하지만 가만히 살펴보니, 그의 입꼬리가 슬며시 위쪽을 향하고 있었다. 나는 눈을 가늘게 뜨고 거울 가까이로 한 걸음 다가섰다. 노인의 눈빛에 담긴 의미를 보다 더 정확하게 읽을 수 있었다. 그는 비웃고 있었다. 그의 눈빛에는 사람의 표정이 최대한으로 담을 수 있는 경멸과 조롱이 담겨 있었다. 나는 호주머니에 들어 있던 휴대폰을 꺼내어 거울 속으로 힘껏 던졌다.

쨍그랑!

이제 노인의 눈은 수십 개의 조각으로 나뉘어 나를 노려보고 있었다. 나는 허둥지둥 화장실 문을 박차고 나와 내 자리를 향해 도망쳤다. 화장실에서 들려온 소리에 몇몇의 시선이 계속해서 나를 따라왔다. 나는 시선들을 피해 의자를 돌려 창밖으로 고개를 돌렸다. 건물 아래에서는 점심 식사를 마친 수많은 정장 차림의 남자가 개미떼처럼 각자의 건물로 빨려 들어가고 있었다. 마음을 진정시키려 어금니를 꼭 깨물어봤다. 자꾸만 소름이 돋았다.

슬금슬금 내 눈치를 보면서 부서원들이 자리에 돌아와 앉기 시작했다. 내 시선은 아직도 창밖을 향해 있었다. 갑자기 눈물 한 방울이 내 볼을 타고 내려와 무릎에 툭 떨어졌다. 거울 속 노인이 무엇을 비웃고 있는지 비로소 깨달았기 때문이다.

그것은 내가 속한 조직의 작은 균열 속에서 암세포처럼 움트고 있는, 새로운 이솝 증후군의 시작이었다.

이솝증후군

1판 1쇄 인쇄 2018년 4월 20일
1판 1쇄 발행 2018년 4월 30일

지은이 김경수
펴낸이 최준석

펴낸곳 한스컨텐츠㈜
주소 서울시 마포구 동교로 136, 401호
전화 070-5117-2318 팩스 02-2179-8103
출판신고번호 제313-2004-000096호 신고일자 2004년 4월 21일

ISBN 978-89-92008-76-1 03810

이 도서의 국립중앙도서관 출판예정도서목록(CIP)은 서지정보유통지원시스템 홈페이지(http://
seoji.nl.go.kr)와 국가자료공동목록시스템(http://www.nl.go.kr/kolisnet)에서 이용하실 수 있습
니다. (CIP제어번호 : CIP2018011780)